财新图书
Caixin book series
U0904148

财新图书
Caixin book series

天下有贼

THE INVISIBLE THIEF

赵何娟◎著

南方日报出版社
NANFANG DAILY PRESS

图书在版编目（CIP）数据

天下有贼 / 赵何娟著．— 广州：南方日报出版社，2012.4
ISBN 978-7-5491-0420-8

Ⅰ．①天…　Ⅱ．①赵…　Ⅲ．①新闻报道—作品集—中国—当代
Ⅳ．①I253.3

中国版本图书馆 CIP 数据核字（2012）第 024986 号

天下有贼　　赵何娟　著

出版发行：南方日报出版社
地址：广州市广州大道中 289 号
电话：（020）83000502
经销：全国新华书店
印刷：北京嘉业印刷厂
开本：720mm × 1040mm　1/16
印张：17.5
字数：266 千字
版次：2012 年 4 月第 1 版
印次：2012 年 4 月第 1 次印刷
定价：36.00 元

投稿热线：（020）83000503　**读者热线：**（020）83000502
网址：http://nf.nfdaily.cn/press/
发现印装质量问题，影响阅读，请与承印厂联系调换

天下有贼
目录

序一

///////////

让警钟长鸣

展 江

前不久，国际公民社会组织“透明国际”（Transparency International）发表了2011年《行贿指数报告》。该组织将世界上28个主要工业国家和新兴工业国家纳入考察范围，对来自30个国家的3016名企业经理人就“是否愿意通过对外国官员行贿来获得业务上的好处”进行了匿名问卷调查，并根据他们的回答给这28个国家的企业分别打出分数，满分为10分，即从不行贿。按该指数所谓排名，中国在全部28个国家和地区中排在27位，俄罗斯排名垫底。在从2002年起该组织公布的四次行贿指数，中国每次排名倒数第二。而在该机构给出的腐败感指数中，2011年中国在183个国家和地区中排在第75位，被列为居于“腐败”和“非常腐败”之间的国家，在两岸四地中敬陪末座。

这两种指数说明中国的腐败到了相当的程度。在市场经济貌似高度发展的当下，权力和资本的高度媾和使得行贿受贿丑闻越来越多。就像何娟女士在书中列举的诸多国企高管丑闻一样，在掌握着政治权力的官员身上由于腐败而出现的无论什么样的丑闻都不足为怪。最近才出现的一个新型的但颇具中国特色的“合影经济学”，就很能说明中国的腐败形式足以让世人吃惊。

腐败可分为勒索性腐败和勾结性腐败两类，勾结性腐败通常是隐匿的，很难被发现。我们现在知道的腐败丑闻一般仅仅是媒体公开报道的，可能只是冰山之一角。所以，中国的腐败程度是难以被准确地衡量的。像本书中所列举的案例，都是媒体公开报道或部分公开报道过的。况且，按照腐败的主体来划分的话，国有企业高管的腐败只是其中一类。

英国哲人阿克顿勋爵说过："绝对的权力导致绝对的腐败"。像中移动、电信这些国有企业公司为什么这么腐败？其中最重要的原因是这些公司垄断着大部分的公共资源，甚至在价格上都实行垄断，以致由资本形成的权力毫无制约，同时这种权力又受到更高层面权力的侵蚀和不同利益集团的争夺。

前不久，电信、联通涉嫌宽带接入垄断争议，为中国垄断行业权力乱象打开了一扇窗，期间工信部主管的《人民邮电报》和广电总局主管的央视进行舆论"互掐"，也引发了大量关于部委争夺垄断利益的猜测，使得反垄断如此严肃的法律问题，沦为一场舆论闹剧。

本书中涉及中移动腐败的重要人物就是张春江。2011 年 8 月，张春江因受贿罪被判处死刑，缓期两年执行，也是中国电信行业"落马"官员中级别最高的一位。有媒体评论认为，"纵观张春江的腐败历程，罪魁祸首就是他与几个朋友之间结成的所谓裙带关系，维系这种关系的就是权和钱。"但是，笔者认为，权和钱不是引发张春江走向今天这条不归路的本质因素，最根本的是张春江作为国企高管所掌握的权力所受制约不足，不受制约的权力必然导致腐败，这是恒定不变的法则。

那么，我们不禁要问，怎样才能让权力受到制约，减少腐败现象的发生？在党内监督、人大政协监督、行政监督、司法监督、群众监督这些监督机制不很管用的情况下，我们唯有依靠新闻媒体的舆论监督。就舆论监督如何制约权力上，我曾经在 2007 年写过《舆论监督的反腐败功能》一文。"反腐败的关键是约束和监督权力，其中让权力运作透明化以及揭露和抨击权力的滥用的重任就责无旁贷地落在了新闻界的身上。如果说隐蔽是腐败的特性的话，那么曝光和公开性则是媒体的本能。媒体日常的客观报道可将权力运作透明化，特殊的揭露性报道可将腐败丑行暴露在光天化日之下，或者为司法机构惩治腐败提供线索，寻找证据。媒体的评论则是社会良知的体现物，它有利于形成反腐败的强大舆论。"

舆论监督在制约权力、抑制腐败方面，通常会有如下三种具体形式：（1）大众传媒在第一时间以文字和图像的形式进行海量的客观报道，力求使权力的运作置于众目睽睽之下，透明化、阳光化。这是一种看似隐性、实则常规的舆论监督形式。在廉洁程度高的国家，这种报道最为常见。（2）大众传媒以文字评论和漫画的形式，针对权力滥用导致的腐败作出抨击和谴责。（3）大众传媒以特殊的新闻文体和节目类型——调查性报道——深入揭露重要腐败案例和现象。在这三种舆论监督形式中，第三种监督的力量最为强大。在我们这样一个权力无制约和很少受到制约的国度，尤其需要大量的调查性报道。在中国目前的政治环境和社会环境下，调查性报道有大量的运作空间。

何娟女士的这本书，就是在她任职的《新世纪》周刊上发表的一系列调查性报道基础上整理而成的。就移动通信行业的腐败案而言，何娟发表了大量的重磅报道，其间付出的汗水和辛劳是旁观者所体会不到的。如《李向东地下王国》、《电信隐形人》、《寄生中移动》、《中移动SP利益链》等。这些调查性报道直指权力腐败的本质，从而暴露出垄断行业腐败中的种种内幕。就民主政治本身而言，也达到了制约权力、抑制腐败的目的。

本书中所提到的这一系列案件，牵涉到的人数之多，其间的人际裙带关系之复杂不难想见。要了解事件的真相，必须要进行持续地跟踪调查，只有这样才能使调查性报道起到“拔出萝卜带出泥”的效果。通过本书的出版，相信读者会从书中进一步了解到，何娟女士在从事调查性报道当中，写作思维是多么清晰，证据掌握是多么严谨。“从系列报道到这本书，集合了两年来难以计数的采访素材，包括多份独家采访录音、照片，数百页的司法案卷文件、公司内部材料。”读者会发现读本书像是听一位爆料者站在您面前向您娓娓道来垄断通信行业不为人知的黑幕。

最后，我相信何娟女士的这本书对中国的调查性事业是一个特殊贡献，也是调查性记者学习的一本床头书。同时，其也对中国社会现实生活中的腐败分子敲响了警钟。希望更多的人从本书的出版中受益。

是为序。

本文作者系北京外国语大学国际新闻与传播系教授，法学博士

序二

///////////

体制之过与个人之错

谢 文

小友何娟将过去几年有关电信业的调查报道，以及很多未曾披露的细节、故事重写成书。虽然对书中大部分故事都早有了解，对其中有些事还有些近距离观察和切身体验，但以何娟特有的激情与细腻，将各种相关或表面上看似不相关的事情，刨根问底、抽丝剥茧般娓娓道来，还是给人以震撼感。有心人自会从中引发一些思考。

一

直到20世纪80年代初，电话仍然是身份的象征。北京城里除个别单位和个别职业者外，家里能安装电话的都是局级以上干部。随着改革的深入，身份让位给金钱，能够付得起三五千元初装费和昂贵的通话费的人都可以有家庭电话了。这对家有一机(或数机)、人手一机的今天来说是个遥远的过去。

旺盛的社会需求，不断下降的设备运营成本和不断上升的人民生活水平以及新兴互联网通信方式的兴起，应该是中国电信业从百行百业中脱颖而出、率先进行全面改革、与国际接轨，取得惊人的飞跃与丰厚的收益的三个重要环境因素。无论是政企分离，一而再，再而三地企业重组，还是以极高的速度跨越模拟通信体系，几乎与世界同步进入数据通信时代，都应该算作中国改革开放大潮中值得电信业自豪的业绩。中国的经济发展、社会进步、走向世界不可能没有电信业现代化的有力支撑。

二

同社会的其他方面一样，电信业的改革开放成了半拉子工程，许多已做的事没做完，许多该做的事没有做，许多做了的事有所倒退。尽管电信业从一家独大变为三分天下，但本质上仍然没变，还是国有央企、垄断经营。所谓市场竞争无非是一个偏心娘的眷顾下的三兄弟争食，没有民资外资生存发展的空间，甚至也没有其他体系的国资央企的介入机会。电信业的企业经营管理依然离现代企业制度相距甚远，是一个忽而讲政治，忽而讲市场，忽而讲自家利益的混杂体。

不能说电信人没有继续改革的愿望和努力，不能说其缺少社会的批评与压力，但从近年的状况看，恐怕这些很少变为电信业改革创新的真实探索和行动。深层次原因有外在的，大环境与这些婆婆专政都限制了电信企业的改革力度与自选动作范围；也有内在的，巨大的既得利益与错综复杂的利益关系减弱了电信业图新求变的勇气和快刀斩乱麻的决心。

三

今天的电信业早已失去了二十年前，甚至十年前的优越社会地位和上游产业地位。过去随便干干就赚大钱的日子一去不复返，现在拼命认真干赚钱也不容易。除了移动领域中移动还有些残存的垄断优势，固网和固话早已变成低利润的鸡肋。互联网当然是个巨大的战略机遇，但十几年来电信业始终没找到切入的角度和感觉。

和谷歌、腾讯与百度这样的网络公司相比，电信业在收入增长速度，利润率乃至市值方面都已经落了下风。和苹果与FACEBOOK这样的主导产业走向的网络霸主相比，电信业早已失去了往日的霸主雄风，失去了产业主导权，渐渐沦落为跟随者和配合者。这是全球电信业的普遍现象，中国电信业由于行政垄断，日子还相对好过一些。但是，中国电信业并没有充分利用这一宝贵而短暂的历史机会，大举杀入网络业，与网络公司平等地、互惠地、共同地开创一个崭新天地，反而更加依赖残存的垄断地位，变本加厉地欺负像ISP、网络游戏公司和网络视频公司这样对带宽成本高度敏感的下游企业，至于亿万普通网民更是无缘享受和世界发达国家或地区（例如北美、西欧、日本以及中国的台湾、香港）和半发达国家（例如罗马尼亚和保加利亚）普遍享有的一样的价廉高速的网络服务。

四

中国电信业处于内外交困的境地。一方面，外有众多的权力寻租者和利益掠夺者强横野蛮的进攻；另一方面，官办企业与大企业双重身份带来决策缓慢，效率低下，创新乏力，人事纠葛等一系列病症。以我过去十几年和电信企业打交道的感受，在个人层面，电信干部个个教育背景良好，专业能力突出，视野开阔，理解和接受新生事物的能力不差；在公司层面，地区，部门乃至个人利益干扰决策，使决策难决、创新难行。

十年前，电信业职工收入一枝独秀，招来无数红眼。今天，电信业职工收入还是不错，但最多只能算是中上等了。无论是横比其他国有垄断行业，例如石油业和银行业，还是纵比民营网络业和软件业，都没有什么可骄傲的资本。虽然都是上市公司，其中部分还是海外上市，但电信业职工并没有享受到股权期权等合法激励机制的好处。业绩好，别人说是垄断效应；业绩突出，与个人收益没有明显关系。所以，宁慢勿快，宁稳勿冒，宁打官腔太极拳勿搞个人责任制，这一套官场哲学仍然是号称早已企业化市场化的电信企业的招牌特色。

五

企业的扭曲机制必然导致个人的扭曲行为。本书报道的若干贪腐大案以及坊间流传的种种故事都揭示出国有垄断企业必然存在以权谋私，权力寻租，利益交换和假公济私等等丑恶现象，而且不可能只是个例。诸如思想教育，道德宣教，严刑酷法，集体决策，盯人监管等等方式，无非是一些治标不治本、遮人耳目乃至越反越贪的无效或者微效措施。

采购、工程和外包是电信业产生腐败的沃土，无论哪一级干部，只要权力在手，做起手脚来必然令人防不胜防。对外合作中的乱点鸳鸯谱是电信业最为人诟病的贪腐手段，每个电信企业外围都聚拢着一大帮利益相关公司。不思进取，小富则安，地方割据，阻碍创新，也许多数人看来这些不是贪腐行为的现象，其实这都是更为普遍、危害更大的挥霍国有资产、迟滞社会进步的另类腐败。

六

企业中的腐败行为即使是采用最先进最现代的企业机制与企业管理也很难完全避免的。但是，像中国电信业这样大面积、长时间、高案值的贪腐现象，完全可以通过进一步的实质性改革将其控制在最低水平上。

网络业有许多成功的经验可以供电信业借鉴。首先，要通过一系列现代企业机制统一权责利关系，不能又要马儿跑，又要马儿不吃草。其次，通过透明化、规范化和权力制衡方法，引进社会监督、行业监督和用户监督。第三是平衡供需双方的关系，让博弈有章可循，尽可能消除灰色、模糊、混乱的博弈空间。谷歌的 ADSENSE 平台，苹果的 APP STORE 平台和 FACEBOOK 的开放平台都是可以学习借鉴的样板。

何娟以一介弱女子之力，敢碰电信业贪腐内幕这样的敏感题材并能有所成就，除了个人价值观、敬业精神和专业能力外，财新公司的历史传承和使命感也给她大施拳脚提供了可靠坚实的平台。其实，媒体业内也有不少面对丑恶随波逐流，甚至同流合污的事情。可见，即使在同样大环境下，每个公司、每个个人可以作出完全不同的事情。中国的改革开放事业正处在一个紧要关头，不进则退，不兴则衰。希望本书的读者们能从本书一个个具体故事中得出些积极正面的思考与收获，投身到推动改革开放的事业之中，同时使个人价值得到实现。

本文作者系雅虎中国前 CEO，中国知名互联网评论人

自序

////////////

我调查的电信业贪腐真相

赵何娟

两年多来，财新《新世纪》周刊发表了一系列有关中移动腐败窝案的重磅报道，从第一篇《张春江案由来》，到后来的《李向东地下王国》和奠定该领域核心影响力的封面报道《电信隐形人》，再到今年以来的封面《寄生中移动》和特别报道《中移动SP利益链》等等，这一系列独家和领先于同行的报道产生了极大的影响，也奠定了本书的基础。

至今记忆犹新的是，《电信隐形人》的初稿交晓冰后，晓冰一边编一边打电话给我说"每句话都是干货，舍不得删啊"。第一次听到要求严格的编辑如此感叹，那是对我莫大的鼓励。

发表之后，我们都觉得事情并没有完，张春江和张锐的案子才刚开始，仍有很多细节没有搞清楚，我们决定继续深挖下去，后来又有一系列报道出炉。之后的每一次报道，从独家到深度，基本占据了行业领先地位，但也有越来越多的读者，包括一些同事都不再具有最初的关注热情。这也是新闻本身"易碎"和"易旧"的残酷性。

2011年初的一天，一位骨灰级的中国互联网人，也是我们多年的好朋友似乎都有点厌倦了。某次采访中，他突然说"何娟，你别老盯着中移动案子那点事了，烦不烦啊"。大多数时候这个业内大腕都是在鼓励我，甚至他还会说"你在博客中那么写采访随笔挺好的，坚持多写点"。

他对中移动系列报道不再感冒，在我看来是一种提醒，肯定是自己做得还不够好。因为我本来是希望通过案子，把电信领域更深层次的错综复杂的利益寻租问题挖得更透彻更清晰，而非简单地就案子报案子。但记者总是背负着截稿期的压力，新闻也总是转瞬即逝。我们并不总能达到理想的预期，所以新闻报道从来都是遗憾的作品。我坚信在这个才刚刚露出线头的大选题里还有很多“大鱼”可挖，只是我们做得还不够。我继续一头扎了进去。

直到《中移动SP利益链》发表后，那位业内大腕也大赞，并接着鼓励我继续围绕电信领域多写几篇角度新颖、认识到位、事实丰富的文章。我松了一口气，如果连看腻了中移动那点事的他，都觉得写到位了，应该是不枉此努力了。

其实《中移动SP利益链》的整个采访过程，是我受批评最多的一次。这个选题做了很长时间，由于涉及的问题时间跨度太大（历经十年），需要梳理的故事太杂太细，有的问题表述若一知半解，都会被编辑打回来，一问再问，一改再改。

此轮从2010年初至今的反腐风暴中，已有超过11名中移动高管涉案，其中至少4名中移动高管，张春江、施万中、李华、沈长富已被判以死缓，而这还仅仅只是系列窝案审判的开始，这使得此次风暴无论从外在对全行业的影响，还是内在对中国最大的运营商、最挣钱的国企，涉案高层人数、范围及刑罚力度都前所未有。

之后，为了让好的新闻不碎，让好的故事不旧，我萌生了把近两年来的持续报道、台前幕后的故事，包括因各种原因无法发表的很多故事和材料以图书的形式出版的念头，这一想法得到了我所在媒体的全力支持。

从系列报道到这本书，集合了两年来难以计数的采访素材，包括多份独家采访录音、照片，数百页的司法案卷文件、公司内部材料，凝结了我和我的多位同事近两年的心血。在调查过程中，每个人都给予了我很大帮助。

我越来越深刻地感受到，优秀的调查报道永远是团队合作的产物，个人英雄主义式的调查记者时代正在远去，这不是单个人采访和突破的问题，更重要的是在复杂的大时代，个人视野和认识的局限，知识的局限。

做中移动报道过程中，搭档于宁和编辑王晓冰等都是我的求助对象。于宁做调查报道多年，跨越金融、产业诸多领域，经验丰富。每次让于宁帮我问点什么，她都会不遗余力地帮忙。在采访过程中，编辑也给了我很多鼓励。我每次一有新的线索或者采访收获就立马想第一时间给晓冰打电话，讨论下一步，晓冰不厌其烦地帮我分析，这几乎都已经形成了工作习惯。

有一次，老公在旁边听我和晓冰煲电话粥，实在忍不住了，说“你们是开侦探社的吧，搞得跟破案一样”。

我笑了，可不就是吗？

然而，这本书除了像侦探小说一样，讲一部有些跌宕起伏的内幕交易和反腐故事，我究竟想告诉读者什么？对这个问题我想了整整两天都无法动笔写下一个字。在我的脑海里，这其实也是一部长达十余年的中国电信业，尤其是移动通讯发展史，几乎最近十年该领域所有的重大事件，你都可以在这本书里找到，因为利益之源与内幕交易往往都躲藏在历史的阴影里。

书名最后确定为《天下有贼》，并以“The Invisible Thief”为英文名，就是想告诉读者，今天，当在手机用户已近10亿，电信服务无处不在，早已成为你我生活必不可少的一部分的今天，被垄断却又缺乏有效监督的权力，一旦进入灰色交易之中，随时可从每一个用户钱包里攫取不正当利益的无形之手，也已无处不在。

著名经济学家许小年教授曾对当下中国的市场化现状评论说，半管制半市场是中国各级领导最高兴最喜欢的了。因为管制可以设租，市场可以变现。全管制无法变现，全市场无法设租，都不爽。用许小年的话来形容垄断电信领域的半市场化再恰当不过，而此书正可成为一部完整的中国特色市场经济下，权力与资本媾和的典型案例。

中国移动研究院的陈志刚对电信行业的游戏真相也有一个非常经典的描述：“中国电信业之游戏，很多人误以为是三国志，实际上大错特错；其实这个游戏是一场中国特有的四人麻将，不过坐庄的永远是三家的主子；卖力的表现市场化，本质的垄断化；卖力的降价，大把的国资增值；卖力的要求公平，本质的各自独大；卖力的重组，本质的人事调动；装的是轮流坐庄，一不高兴就推倒重来！”

是的，我写这本书，就是想告诉读者这样一个时代大故事，用最严谨翔实的调查和尽量生动的描述，来还原这样一段惊心动魄，又匪夷所思的历史。

引子

天下有贼

有艺人有唱片算什么，你有KPI吗

老杨象征性地敲了敲徐婷婷办公室那扇敞开的木门，她两只干巴巴的死鱼眼紧紧地盯着电脑，眼球都没斜一下："进来。"

跟在老杨后边的亚文胃里的酸液都要吐出来了：楼下前台秘书刚刚才跟这娘儿们确认过我们要上来，知道我们来了连看都不看，这就摆起架子来了啊，泛亚通信就是了不起啊，全国最大的运营商，连个省级小处长都跩成这臭德行啊！

他们走到"徐总"硕大的高档黑色办公桌前，徐总很适时地又吐出两个字："坐吧。"

亚文嘴角一撇，顺势身子一歪坐在办公桌前的靠背椅上，脚丫子跷得老高，直盯着脚下那双阿玛尼皮鞋轻描淡写地说："徐总就是不一样哦，'坐吧'，这分明是把办公室当自己家啊，或者说是把泛亚通信当自己家？"

徐婷婷这才把目光从电脑前移到亚文脸上，继而转到老杨身上，意味深长地回了一句："这天下都是你们年轻人的了，还来找我这个老人家干吗？下午挺忙的，老杨要不是看你约得急又大老远地飞来，我还真没工夫见你。"

老杨面色尴尬地正要赔笑脸解释，亚文迅速撤下二郎腿凑到桌前："'没工夫见你？'原来老人家眼神都不好了啊，只看见老杨一人，我这么个大活人居然没看到呃，奇怪呃……"

老杨发出一阵急促而生硬的干笑声："哈哈哈，亚文走到哪儿都爱开玩笑，呵呵，徐总您可别见怪啊！"

徐婷婷这会儿也靠在椅背上，面不改色地直视亚文："你就是王亚文吧，老杨跟我说起过你，你们公司的艺人都大红大紫，唱片销量又那么高，我看不需要跟泛亚合作也能做得很好。我今天真的挺忙的，不送。"

亚文"噌"地一下站起来："我今天本来要陪Sunny去马来西亚做歌友会，都跟这儿耽误了。"说完转身便走了。老杨额头上冷汗直冒，正要给徐总赔不是，徐婷婷冷冷地回应没有半句商量的余地："今天到这儿吧。"

回酒店的路上老杨的脸色一时比一时难看，亚文知道他是真生气了，假装不知地不时问问司机哪儿的东西好吃啊、哪个夜店有名啊等等。下了车，老杨打开车门冲进酒店大堂就不见了。亚文边付账边忐忑不安地瞅着他远去的背影。

亚文独自在房里好似没头苍蝇般溜达了半小时，虽然话说有胆做就有胆承担后果，可这老杨的反应可真少见啊，不行，还是得找他说说去。

老杨给他开了门，瞅都没瞅他一眼就径自到酒店办公桌前鼓捣电脑去了，亚文跟在后边把门一带便迫不及待地说："老杨，杨哥，杨老师，您说您用得着这样嘛，不是说谈合作吗？她那个德行合作什么啊合作，我们有艺人有资源，想找咱们合作的人多的是，犯得着对这种不懂礼貌的老女人低声下气吗？！"

老杨摘下眼镜擦了擦，又戴上："我真不想说你，我最后花一点力气跟你算笔账。你知道我2010年跟湖南卫视搞的选秀节目那个季军，刚刚发第一张唱片，唱片销量10万张，多不多，卖到这个数不错了吧？48元一张，10万张就是480万，除去发行费、渠道费、版权费、税费、这费那费能挣多少钱你也是清楚的，最多不超过100万。从制作到发片到宣传不得折腾上一年啊。上个季度我跟泛亚也就是徐婷婷那个部门合作推广，一个季度，也就是三个月，我什么都没干，就把歌曲版权提供给他们，你知道他们替我挣了多少钱吗？"

亚文顿时紧张起来："多少？"

老杨说："500万。五五开，另外50万公关成本，净挣200万。"

亚文："啊？"

老杨说："还没完，他们还找了五个省公司承办五场演出，结果又有一家SP找到我给了我100万，说要包揽下来。"

亚文："那前后就是300万？"

老杨狡猾地一笑："这可比唱片发行好做账多了，到时候我慢慢再跟你说吧。"

一席话把亚文都听愣住了，不过聪明如他，立马避开锋芒问了一个钱眼子上的问题："那你说的公关成本就是……"

老杨嘿嘿一笑："你小子人虽然桀骜不驯了一些，到底还是一个聪明人啊，哈哈！泛亚通信的这个音乐基地每个季度会向各省下发一个单项考核，以泛亚的话说也就是一个单项KPI。不是总有人发新唱片吗？泛亚就以竞标的方式从这些唱片中选出一张，把歌曲制作成彩铃啊、单曲啊、振铃啊之类的让全国各省完成总共500万到1000万的收入。你说狠不狠？"

亚文尴尬道："狠。那，什么是KPI？"

老杨嘲弄道："没想到你这么大个音乐人还这么老土！简单说就是下发给部门或者员工必须完成的任务，一般还和奖金甚至工资直接挂钩！新唱片推广KPI这还只是一个小头儿，这个泛亚音乐基地啊，学问大着呢，慢慢再跟你说吧。马上要新唱片评审了，你家的Sunny这期唱片质量蛮高的，你就准备好80万吧。"

亚文说："不是50万吗？！"

老杨不耐烦起来："你自己看看你今天什么态度，你以为你拿钱别人就给你办事啊，找她办事的人你我都数不过来！80万还不一定搞得定呢！随便你吧，不做拉倒！"

不要误会，此书不是一部小说，而是一份翔实的调查作品。上面也不是我的报道，而是一个长期关注我报道的普通读者，根据我们报道的《娱音之死》等改写的短篇小说，我略作了修改。当他把简短的小说发给我看时，我不禁感叹，民间多高人，这俨然是举国震惊的中国移动腐败窝案爆发源头地——中国移动四川无线音乐基地的一个关键场景，里面角色所代表的真实人物不言自明。

为何一个中国移动省级公司的处级干部能手握如此大权，能让国际顶级、最富有的那群音乐商人俯首称臣？为何一个小小的彩铃能改写整个传统音乐行业？为何各种 SI（集成代理商）、SP（增值服务提供商）、CP（内容服务提供商）们争相巴结，或拉高干背景，或辅以巨贿才能进入中国移动这张全国大网？

中国移动这个中国最挣钱的国企，全国最大的运营商，长年占据 70% 以上的移动用户市场份额，各种寄生公司也如影随形，那些 SP 从暗箱操作走向资本运作，随着无处不在的手机通信和增值服务，他们从用户钱包里不断套现，一夜暴富的故事激荡了整个 SP 的辉煌时代，那些围绕在巨人身边的寄生者犹如附骨之疽，既侵蚀着巨人的身体，又在虚胖中走向“致富”之殿。

然而，一场始于 2009 年冬，已持续近两年仍未终结，可谓惊心动魄、一波三折的全行业风暴告诉人们，这一切都是不安全的，没有制度与法律之盾，规则可随时改变，腐败随时东窗事发，人心的贪婪永远无法填满。这时，他们，走上的已是，不归之路。

上篇
隐秘交易

天下有贼

古有笑闻录《拊掌录》，至今编撰者仍成谜。书中写道，闽地海盗郑广被招安，任为官员。一次，同僚逼他作诗。郑广不得已，随口作了一首打油诗："不问文官与武官，总一般。众官是做官了做贼，郑广是做贼了做官。"郑广此言无论是否有意，都可略揽古今朝野事，流传于历史，即便放在当下公共权力泛滥与市场制度之殇的背景下仍可适用。

第一章
东窗事发

某日，饭席上，一圈移动互联网人谈笑风生，有人说了这么一个段子：

某人从高官成高管，调任大型国企，去老领导处求道，老领导送了一幅字：“西塞山前白鹭飞，桃花流水鳜鱼肥。”五年后该国企频频出事，高管默默远走加拿大，但在国外又无所事事想回来，致电老领导取经，老领导打着暗语说，后半句用得上了。该高管赶紧去翻书，见：“青箬笠，绿蓑衣，斜风细雨不须归。”

听罢，席间一干人等均放声大笑。

山雨欲来风满楼

“喂，最近怎么样，有新消息没有？”“没有消息，就是好消息。”

“小谢啊？啊？不在啊？”

“什么？老谢已经进去了？”

“× 总出来了，陈总又进去了。”

“老王啊，那个，我最近要出去啊，你什么打算？”

肖辰（化名）每天都紧张地打探着各方面的消息，终于忍不住，他还是出国了。避避风头，风声太紧。其实躲到了国外，也没什么事，每日在透明的屋顶下游泳，让孩子先习惯国外的环境，在他看来，将来为了孩子的教育，一定得送儿子出去读书，今天拼了命地挣钱，都是为了儿子。

肖辰刚年过四十，正属于事业如日中天之时，之前下了些工夫，在四川移动几个项目中分得一杯羹。他知道自己不干净，但是如果完全干净就别想做生意，他那点小钱其实在移动大鳄们的眼里也实在不算什么。中国移动是什么地方？连省级公司大大小小任何项目都有人抢，不花点敲门砖，那些处长看都不看你一眼。“每个人要是真查到了，多少都能查出问题，就看查不查、往哪个方向查了。”

2010年的夏天，对每一个像肖辰这样与四川移动大小老总发生过交易的商人来说，都是难熬又格外闷热的一季。6月底，时任四川移动总经理的李华被“双规”，这个从四川移动成立起就一直雄踞“一把手”的大个子男人倒下了，不是因为旧疾糖尿病，而是因为旧患——腐败。

中国移动自2000年正式挂牌成立起就进入了快速发展的十年，并迅速赶超中国电信，成为中国第一大电信运营商。一个处于西部省份的四川移动长年能成为中国移动中国版图的前五强，其经济地位不言而喻，曾在其中分得一杯羹的人很多都在紧张打探，想知道调查组的这张网到底铺得多大。

“你说，他们会继续往哪个方向查？是采购，是项目工程，还是增值服务？……你说他们的目标，是要把谁搞下来？是为了往上面查，还是就在底下地方上端个窝案算了？”肖辰即便在国外仍不忘往国内四处打听最新的进展，以判断自己何时回国。

那时，没有人敢担保绝不会查到自己身上，包括四川移动每一个大小老总。李华案发并不突然，早在当年3月，时任四川移动无线音乐基地总经理的李向东携巨款潜逃国外，李华无论是担负领导责任，还是连带延伸调查责任都躲不过去。

但直到李向东突然消失，人们才恍然大悟：这个人太聪明，妻儿早已移民加拿大，自己一闻到味不对就走了。当时，李华也不是没有意识到手下突然出逃可能给自己带来的危险，但他还是嘴硬地对我们说，那是李向东的个人问题，包括他在内的四川移动其他负责人都没事。

李向东一逃，就没人出得去了，他用一个人的“逃离”封死了所有其他人的可逃之路。审计署、中纪委纷纷开始派驻四川移动展开调查。

关于李向东携数亿巨款潜逃的各种传闻甚嚣尘上，没有人敢相信，区区一个省级公司的处级干部能如此有钱。但后来，连续两个多月，一石激起千层浪的外界突然变得平静了，看似平静的背后人人都在猜测其后的波涛汹涌，犹如海啸将来前的寂静海面，静得让人胆战。

该来的还是要来的，三个月后，李华落马，像肖辰一样胆小的商人都躲了起来，虽然还是有人没有躲过去。但整个事件焦点从张春江转向四川移动显得有些突然，因为此前关于中国移动的一切问题和迹象，都指向张春江和他的那摊烂账。李向东为什么要逃？李华到底是因为谁深度卷入？张春江案究竟与四川移动有何关联？这一切在当时都是待解之谜。

2010 年 3 月我们在财新网上第一个报道了李向东出逃的消息，6 月底又第一个报道了李华被“双规”的消息。正在张春江案走入死胡同的时候，全国媒体开始有了新的关注点，但谁也没有想到，后来，从中国移动自身的整顿到整个 SP 行业，这场震动如此之大。

整个事件的源头，还必须从张春江说起。

张春江案的一堆线头

2009 年 12 月 2 日，北京。

寒冬已至，北方已是冰天雪地。那天，河北沧县人民检察院几名工作人员“跨省”来到北京，突然调查了一个男人的豪宅，进行了地毯式搜查。办案人员没有放过任何一个角落，哪怕是一张纸片。

这个男人的家装修豪华，收拾得井井有条。对于办案的工作人员来说，搜查并不困难。很快，集中在书桌、保险柜等处的文件、物品都被一一搜出来，并被照相留证。

最终，调查组带走的搜查结果，包括整整两麻袋的文件材料。这些文件材料中，张春江和他的前妻姬蓉的借款单据、还款记录赫然在目，还有装有为张春江取款及缴纳房款凭证的信封、香港渣打银行对账单、汇款通知书等。办案人员没有想到，取证如此轻而易举，这家男主人将跟张春江有关的打款、还款记录，以及相关凭证早已全部整理得整整齐齐，每一笔记录都极为详细。

这个豪宅的男主人名叫宋世存。

在宋世存豪宅的隔壁，正是另一套一直由张春江居住，却临时突击改回宋世存名下的豪宅。这两人同为北邮同学，从大学同班到隔壁邻居，行事谨慎的张春江最终彻底栽在了他同学的盛情和“细心”之下。不过，也许宋世存不这么认为，因为，可能有一张更大的网早已在等着张春江，与他相关联的人都会被一网打尽。不管怎样，张春江欲盖弥彰之举最终仍未保住他。

2009 年冬，外界正乐滋滋地疯传，年满六十的中国移动集团总裁王建宙将由张春江正式接班。2008 年中国电信业第三次重组，张春江由网通调任中国移动，任中国移动集团公司新任党组书记、副总经理。那时，就已经有各种传言，认为年仅 50 岁的张春江将成为即将退休的王建宙的接班人的不二人选。

官至副部级的张春江生于 1958 年，籍贯山东烟台，1982 年从北京邮电大学载波系毕业。其同学大多在电信行业发展，北邮载波系学生遍布电信行业，名噪一时，张春江是其中的佼佼者，对外也一直是一个电信业官场和企业都少年得志的精英形象。

2009 年 12 月 26 日，“中国移动集团党组书记、副总经理张春江因涉嫌严重违纪接受组织调查”，该消息在新华网上一发布即震惊全国，此案也成为近三十年来，中国电信系统的最大腐败案。

另一个外界可能并不知道的细节是，2009 年底，审计署太原审计办牵头武汉办等四五家特派办正对中国网通进行经济责任审计。然而，太原办协调并不顺利，审计也没什么结果，正当他们准备撤场时，张春江突然向检察院交代了。这一下让审计署变得极为被动，那些审计师暗自庆幸，幸好没撤，这要是撤了，必然要被追究失察责任了。

张春江案发，中纪委一如既往地保持神秘，媒体只能各显神通地打探真相，最终案情如何演变当时实难知晓，但经多方了解，案发链条已初现端倪，主要是两条线，一条线是其大学同学宋世存，另一条线则是一个神秘商人张锐，这将在后文中作更详细的论述，张锐落马也在张春江案发之后。

宋世存的先行落案，更牵出了张春江一直秘而不宣的另一感情史。最初，这段恋情被定义为“作风问题”，后来发现，张春江和他的女人早已不是普通的男女朋友，而是已经秘密结婚，只是从未向组织汇报。这个女人就是网通职员王晖。

事发于2010年10月，神州泰岳（300002.SZ）登陆创业板。神州泰岳即中国移动飞信业务的独家支撑服务商，其迅速成立、迅速接下中国移动独家大单、迅速上市，又迅速在上市前为了满足上市需要与中国移动的合作从一年合同更改为三年合同，一度引起市场上各种非议和其背后实际控制人的猜测。然而，就在神州泰岳上市之前，宋世存谋求入股，引起了证券监管方面的注意，自己送到了枪口之上。

宋世存和张春江、姬蓉三人同是大学同学，也是至交。姬蓉曾在国际数据集团（IDG）及大唐电信研究院工作，后赴美攻读MBA，也将儿子带出国读大学并陪同。姬蓉赴美期间，张春江患糖尿病得到王晖的悉心照顾。尽管此后两人曾有分合，但张春江最终决定与前妻离婚。

在对宋世存的调查中，调查人员发现了张春江、王晖与宋世存之间的款项往来。2008年4月，张春江与前妻姬蓉离婚，在离婚过程中，张春江和姬蓉曾向宋世存数次“借款”。

不久，张春江与王晖再婚，买房又向宋世存借款。二人向宋世存“购买”了一套估价400万元的位于北京城南的别墅，后以388万元成交。截至案发，房产已过户到王晖名下，但王晖暂时只支付了首付。可能因为最终结清，这套房产最后未纳入法庭认定的范畴。

宋世存案发后，王晖被带走接受调查。张春江极力“捞人”，欲力辩王晖清白，但也被很快带走。张春江的一位好友说：“可能他觉得尴尬，没有将离婚一事向组织汇报，准备再婚时再报。但毕竟两段关系有重叠期，调查起来，张难辞其咎。”而且，张春江后来确与王晖再婚。

张春江的一路升迁离不开吴基传的赏识与提拔，2000年初即出任信产部副部长，主要负责电信监管事务，成为电信业最年轻的副部级干部，是时年仅 42 岁。

吴基传生于 1937 年 10 月，湖南常宁人。1960 年 7 月加入中国共产党，1959 年 9 月参加工作，北京邮电学院有线电通信工程系电话电报通信专业毕业，大学学历，教授级高级工程师。现仍是北邮的兼职教授。他也是第十届全国人大常委会委员，中共第十四届中央候补委员，第十五届中央委员。

吴基传在过去近二十年里在中国电信行业的影响力，可以说无人能及。他从 1993 年 3 月即开始担任中国邮电部部长、党组书记，后来 1998 年政府机构改革重组，电信行业改革，信息产业部成立，他开始担任信息产业部部长、党组书记，一直主管电信工作，直到 2003 年 3 月退休出任第十届全国人大常委会委员。

张春江受到吴基传赏识离不开时任吴基传秘书的宋世存力推。吴基传上任后首次到大连考察，时任大连市邮电局下属电信中心局局长的张春江接机。随后的考察过程中，张春江以突出的业务能力得到吴基传的赏识，仕途从此一帆风顺。

由此可见，宋世存本人绝非等闲之辈，他是恢复高考后的第一届考生，载波 1977 级 11 班班长，在同学中有“老班长”之称。毕业后他于 1984 年开始担任吴基传秘书多年，后因泄露商业机密获罪，出狱后仕途无望，转而经商，仍颇得电信圈旧友照顾。

但宋世存的经商之路走得并不是那么顺利，也未因此大富大贵，还一直是有关部门的重点监控对象，所以才有了飞信上市前的一幕。在当时，很多人都不敢直接跟宋世存打交道，张春江却很“讲义气”，一直与他来往密切。

宋世存出狱转商，即与张春江一路保持着密切联系。他成立了多家电信领域企业，公开信息显示其名下至少有两家公司：安通汽车卫星定位通讯有限责任公司和北京铱镝电讯技术发展有限责任公司。前者成立于 1999 年，注册资本 1000 万元，曾与中国联通和美国高通合作。

安通公司由四通集团和宋世存的铱镝公司合资成立，四通占 80%股份，铱镝公司占 20%股份。2001 年，四通集团将其所持有的 80%股权转让给普天东方通信集团，宋世存依然担任公司总经理。1999 年 9 月，安通公司即被信产部批准在北京、上海等5个城市开展定位信息服务业务的商用试验，2001年11月试验范围扩大到全国20个重点城市。

当年，有媒体报道安通公司还在北京宣武区成立“安通汽车卫星定位通讯有限公司网络技术服务中心”，其经营范围包括利用现有移动通信网络为汽车及其他活动物体提供导航的网络技术服务。但该服务中心一直没有正式开业，于2007年因未接受2005年度企业年检而被吊销营业执照。

而宋世存转商后成立的北京铱镝电讯技术发展有限责任公司，注册资本50万元。其中，宋世存与古铮各持有50%的股份，宋世存任公司法人。但该公司的经营情况并不好，工商资料显示该公司资产总额在2003年之前基本都在100万元以下，年利润不足10万元。2003年之后虽有所好转，但利润也都不足百万计。

对张春江事后的审判证明，宋世存是张春江的关键行贿人之一，我们报道的事实得到了司法确认。宋世存以房产和现金的形式，总计向张春江行贿470余万元，但张春江被认定为宋世存请托的事项，主要只有十年前宋世存刚创业不久为求生存而卖手机终端获利之100余万元人民币，让人觉得不可思议。

“挣的钱等两人老了一起花”

2006年的一天，宋世存约上张春江和UT斯达康创始人吴鹰共进晚餐，也许大家都不大自在，晚餐虽不是鸿门宴却是讨债席。

他们三人坐在一起有一个特殊的渊源，张春江所主政的中国网通是UT斯达康的重要客户，而宋世存则是UT斯达康小灵通的代销商。

在本世纪初，小灵通风靡全国，UT是最早做小灵通的企业之一，也是最大的受益者。对于中国网通的“恩情”和“交代”，吴鹰自然不敢怠慢。张春江没有交代别的，只是让吴鹰赶紧把UT欠宋世存的提成共计1000多万元给付了。

中国的电信圈子其实不大，转来转去都会发现同一批人的身影。UT能崛起，其背景不容小觑，也与和张春江的交情分不开。其中可以一提的是，2006年，时任UT斯达康副总裁的李慧镝颇为低调，直到后来，2008年电信重组，李慧镝又从联想副总裁职位以社会招聘形式调任中国移动担任总裁助理，他才在业内为人熟知。

也正是2008年电信重组，张春江在运营商整合中，从中国网通调任中国移动成为副总经理兼党组书记。

如前所述，宋世存1994年出狱之后下海经商，成立了铱镝公司和香港力晋实业有限公司（力晋公司）。有的业务自己做，但更多的业务都是帮其他公司联系，他从中间拿提成。来找他联系业务的那些公司往往都知道他和张春江的同学关系和交情，想通过他得到张春江的关照，并承诺做成业务后给他提成。而张春江也知道这些业务能够让宋世存挣钱，所以会尽力去办。

1994年底，张春江担任辽宁省邮电管理局副局长期间，宋世存找张春江帮忙联系手机销售业务。经张春江介绍联系，张春江和辽宁省时任邮电管理局副局长的姜卫平，都给时任辽宁邮电器材公司经理的周家广打了招呼，宋世存得以顺利向辽宁省邮电管理局下属的邮电器材公司供应了2万部手机，赚了人民币100余万元，这几乎成了宋世存仕途无望转商后的第一桶金。

姜卫平后来也成为中国网通公司的人力资源部经理。

2003年开始，宋世存的香港公司开始代销UT斯达康的小灵通手机，那时张春江刚刚调任中国网通成为总经理。网通正是UT的大客户。

UT斯达康公司由20世纪80年代中国留美学生创办，发源于美国硅谷，成长于中国市场，2000年3月在美国纳斯达克上市。

2003年，UT斯达康在中国凭借小灵通的火爆几乎进入了发展高峰，一年之内推出了10多款自主研发、生产的小灵通手机。2003年11月，UT斯达康小灵通无线市话还首次进入了拉美市场。

但小灵通的市场可谓迅速崛起又迅速衰落，到2006年，UT的发展基本到了一个顶峰，之后就由盛转衰。在当年结算时，UT公司仍欠宋世存人民币1000余万元的提成款，经其索要未果。

此时，宋世存想到了张春江，通过那餐饭局，吴鹰让UT公司于2006年2月给宋世存香港公司的渣打银行账户汇入86万余美元。事后，吴鹰协助调查，做了此事的证人，他对张春江案的调查组成员说，张春江是中国网通公司总经理，能影响UT斯达康公司与各地网通公司之间的业务。

虽然宋世存与张春江关系匪浅，但也不是每一次张春江点头目标都能最终达成。

2007年，现任北京郎新信息系统有限公司董事长徐长军的一个朋友想与中国网通公司合作在天津开发区建IT外包业务基地，徐长军找宋世存帮忙联系张春江，并表示可以一起做这项业务挣钱。宋世存找到张春江，张春江同意。不长时间后，2008年1月8日下午，张春江召开会议专门讨论此事，并让其带徐长军和他的这个朋友参加会议。在会议上，张春江表示同意合作，但后来因天津方面的原因，这个项目没有做成。

徐长军的这个朋友就是现北京世纪互联宽带数据中心有限公司董事长陈升。陈升同时也是美国纳斯达克上市公司时代互联董事长兼首席执行官。

2007年，代理中国人民财产保险股份有限公司业务的唐在峪想联系做中国网通传输线缆的统保业务，也找到了宋世存，如果业务达成，将按业务费给其分成。这个也获得了张春江的同意，并安排双方在中国网通公司召开会议，后来因为双方分歧较大，没有谈成。

2008年，国家要求国有控股大中型企业主辅分离。根据《关于国有大中型企业主辅分离辅业改制分流安置富余人员的实施办法》，中国网通公司实业管理部关于集团公司酒店类资产处置工作的建议和请示，中国网通公司与北京凤凰盛世资产管理有限公司的委托代理协议等书证证明，中国网通公司于是将其旗下五家酒店挂牌公开交易，委托北京凤凰盛世资产管理有限公司代理出售五家酒店事宜，中国网通公司有权选定最终交易对象。

此时，著名的香港新世界发展有限公司也对这五家酒店产生了兴趣，其内地经理、新世界公司执行董事李葛卫找到宋世存，想谈收购中国网通五家酒店的事宜，他说如收购成功给宋世存提成，宋找到张春江帮忙，张春江给负责此事的中国网通公司实业管理部原经理池泉国打了招呼。后李与新世界公司内地经理池泉国洽谈。因新世界的资金问题，这笔业务最终也没有实现。

2009年，宋世存的朋友王红卫想承包中国移动通信集团四川公司的新办公楼项目工程，也找到他帮忙，通过张春江与时任四川移动总经理的李华见了面。王红卫说，宋世存在电信行业人脉广，他们公司就与宋世存签订协议，由宋世存帮助公司联系业务，公司则给宋世存佣金。宋世存经常提起张春江与他是同学的关系，王正好打听到四川这一在建工程项目，于是就有意承接，但最终因为李华说此项目已经招投标结束，不了了之。

后来，据李华交代，这一在建工程项目正是四川移动新办公楼，包括多媒体呼叫中心等。由于李华等人也陆续案发，四川移动迟迟未搬进新楼办公。

由此可见，张春江虽然给宋世存提供了不少便利，但是在处埋公司利益问题上仍有一定的原则性，并不是霸王硬上弓的“独裁”思维，这也是为何张春江落马之后，他的不少朋友为其惋惜之处，他处事、收钱都颇为谨慎。但对于张春江帮助宋世存向UT斯达康追要欠款的行为，法院最后的认定是，该行为不属于张春江辩护人所言的民事范畴的居中调解，而是因为其所主政的中国网通与UT有业务关系，其已经利用了其公共产品的采购权。

宋世存说，他出狱后，对张春江给予他的帮助非常感激，但都不是立即就给他钱物，张也不会马上跟其要。他多次和张春江说，只要你需要钱，我就一定给。

2003年春节前，就在宋世存正式与UT斯达康签署代销协议之前，宋世存借拜年之机对张春江表示感谢，将20万元人民币现金包好，送到了张春江的家中。

后来，张春江真的有了需要的时候。2004年初，宋世存在丽水佳园买了两套相邻别墅。张春江和他分别选定A20和A26，他们成了邻居。但张春江的那套是过户到张的儿子张大川名下，他仅支付了50万元，其余款项210余万元均由宋世存支付，宋世存还为别墅进行了装修和购置家电。2005年张春江的别墅又更名在他的母亲关心名下。

2006年，中纪委因为网通上市争议已经关注到了张春江的经济问题，对其进行了调查，并对其在香堂村的房产作了调查。张春江就让宋世存又把A20号别墅拥有者名字改回了“宋世存”，并搬了出去。宋世存也把张春江此前已付的50万元归还给张春江。而张春江又害怕组织上调查别墅的事情，又让宋世存编造了一份由张春江购买别墅的出资记录。

这份假出资记录大致内容是：除了张春江给其的不到50万元以外，又在2004年4月给其两次现金，一次人民币25万元，一次人民币30万元；2005年初给其1.5万美元；2004年4月宋世存、张春江、关心一起缴纳房款人民币120万元。

后来房产公司的会计景海荣证明，所有的房款均由宋世存一个人去缴纳。

2006年4月，张春江让宋世存给他汇款20万美元，作为儿子张大川的学费，这笔钱后来打到了张春江的妻子姬蓉的美国账户上。

2007年8月，宋世存接到张春江的紧急电话，带着2万元赶到玛丽妇婴医院，才知道张春江当时的女友王晖正在北京玛丽妇婴医院住院做手术。2009年11月，张春江母亲关心到北京看病，宋世存又送了10万元做医药费，这又是一次紧急用钱。

张春江在接受调查时坦言，“宋世存多次跟我说，他赚的钱等两人老了一起花”。虽然两人几乎没有一手交钱一手办事的交易，但正是这种交情让两人建立了平日“互相帮助”的默契。

但是，张春江的辩护人认为，无论是宋世存，还是后文提到的与老友张锐之间的私下寻租交易，都没有明显给张春江所在的中国网通或者辽宁电信局带来实际损失。

2011年7月12日，河北省沧州市中级法院一审开庭，张春江被押上了被告席。此案由最高法院指定管辖，具体由沧州中院刑一庭审理。身为副部级干部的张春江，是迄今中国电信行业“落马”者中级别最高的。早在2000年初，张春江即出任信息产业部副部长，主要负责电信监管事务，成为电信业最年轻的副部级干部。当时他尚不满42岁。

法庭上，张春江全部认罪，身体和情绪看起来都比较正常，被一审判处死缓后，他没有选择上诉。7月22日，张春江被一审判处死刑，缓期两年执行，因未在法定期限内提起上诉，一审被判死缓的张春江自8月2日起，开始在秦城监狱服刑。

据河北省沧州市检察院指控，1994年至2009年，被告人张春江在担任辽宁省邮电管理局副局长、中国网络通信集团公司总经理、中国移动通信集团公司副总经理期间，利用职务便利，为他人在承揽业务、追要欠款等事项上牟取利益，先后多次收受北京铱镝电讯技术发展有限公司总经理宋世存、北京阳光加信广告公司董事长杨蕊宁及其丈夫张锐给予的款物，共计折合人民币746万元。案发后，赃款赃物已全部追缴，应以受贿罪追究张春江的刑事责任。

此前沸沸扬扬的真正让网通陷入亏损泥沼的大小网通之局最终没有被认定，不过这笔巨额的亏损发生在张春江调去网通之前，他调到网通即主政网通的整合和上市，被业内质疑为有“擦屁股”之嫌。

在调查张春江的过程中，张春江在中国网通工作时的离任审计本已封卷，又被重新开启，一些张春江在任时的重大交易被重新关注，诸如大小网通整合、处置网通“三产”以及对电信盈科的收购案等。但最终这些没有进入给张春江定罪的范畴。张春江的定罪与刚刚案发时的各种线索相差甚远。

有意思的是，张春江事发前在圈内“谨慎”、“重感情”的名声反而得到了“定罪”事实的证实。他受贿的款项与方式主要流向三个方面：一是离婚时留给前妻，前妻困难时帮助她；二是新婚妻子治病和二婚所需；三是母亲看病。

与此同时，张春江最终公布的受贿金额只有746万余元，其受贿过程中屡屡以“借钱”为掩饰的细节亦令识者唏嘘，业界因此不乏打抱不平的声音，认为张是政治斗争的牺牲品。但也有反对者认为，对张春江案的调查不够深入，特别是大小网通整合的详细过程丝毫没有涉及，因此并不清楚张在其中有无责任。

即便如此，张春江备受争议的网通往事仍值得记入历史。

网通往事

尽管张春江的能力、魄力备受关注，年纪轻轻且仕途一路风顺，但业界对他的评价仍是褒贬不一。他早年得志，2000年初即出任信产部副部长，分管电信监管。2003年5月，张春江被任命为中国网通集团党组书记、总经理。

一位跟从张春江十余年的老部下称张春江为《中国电信管理条例》的“发

动机”，无论在信息产业部还是网通，张都希望有所作为，但位高权重，牵涉利益太大，诱惑太多，树敌也多。也有人士称，张为官为商都不宜，出事是迟早的事。

真正最让张春江的“人际关系”和“口碑”蒙上阴影的，是其在网通的日子。在网通内部，张春江并不受欢迎。网通上市时，管理人员共获得了 1.47 亿股期权，张春江本人获 92 万股期权，但他主动将其期权上交。在整合电信北方九省一市、小网通和吉通时，因岗位重合，张春江裁掉很多职位。2004 年网通上市时，张又砍掉很多“三产”公司。

在张春江任上，2004 年 10 月，中国网通集团完成了港股 IPO。2008 年中国电信业第三次重组，张春江由网通调任中国移动，任中国移动集团公司新任党组书记、副总经理。

所以张春江落马后，一度传出他在离任审计时查出巨额假账的消息，问题直指大小网通整合后至今仍未平息的上市争议。但最终此事未出现在张春江的审判中。

中国网通集团公司于 2002 年中国电信业第三轮改革重组时组建，其前身包括原中国电信集团公司及所属的北方十省份电信公司、中国网络通信（控股）有限公司（所谓“小网通”）、吉通通信有限责任公司。第一任总经理是信息产业部原副部长奚国华。

1999 年成立的小网通，最初由中科院、铁道部中铁通信中心、国家广电总局网络中心和上海联合投资有限公司出资 1.98 亿元人民币成立，田溯宁任总裁。

此后，小网通还进行过海外私募，新闻集团、高盛、戴尔、新鸿基集团等海外投资方以 3.25 亿美元获位于香港的网通控股 12% 的股权。

小网通计划凭借互联网革命带来的宽带业务，立足于中国电信业。但 2000 年互联网泡沫破灭之后，小网通就面临着资金压力和市场难题。由于其股权复杂且涉及境外投资者，如何对其重组遂成为中国网通的头号难题。

2003 年 4 月，奚国华回归信产部，重新出任副部长。当年 5 月，张春江则走出信产部，担任中国网通党组书记、总经理，摆在他面前的是一个棘手局面：移动替代效应逐步明显，移动通信业务在高速增长，固定通话业务开始呈现萎缩；而在中国移动通信市场，只有中国移动和中国联通拥有移动牌照，形成双寡头垄断格局。以固定电话业务为主要收入来源的中国网通，没有经营移动通信的牌照成为其致命软肋。

如何寻求到未来的成长出口，是张春江面临的最大问题。张春江上任后立即对吉通重组，采取了按实收资本 1∶1 收购吉通 4.819 亿元国有股权的方案。对于小网通，他则采取了另一种重组方案：除剔除部分国际业务，与中国电信北方十省份公司合并组建成立网通北方公司。原中国网通内部人士透露，合并的对价比例也是 1∶1。

中国电信北方十省份公司拥有员工超过 20 万人，全年业务收入超过 600 亿元。小网通则累计投资超过 300 亿元，同时负债 150 亿元，到 2002 年仍然处于亏损状态。

截至 2003 年底，中国网通的债务超过 700 亿元，净负债对股本比率达到 147%。确定重组方案后，中国网通 2003 年对价值 257.78 亿元的固定资产重组后减值，当年账面亏损额仍高达 111.1 亿元。

为了能够顺利上市，网通集团以股权置换的形式从网通控股的四家国内股东——中科院、铁道部中铁通信中心、国家广电总局网络中心和上海联合投资有限公司，以及新闻集团、高盛、戴尔、新鸿基集团等持有网通（香港）12% 股份的海外投资方手中收购全部的股权。

但蹊跷的是，2004 年 11 月，中国网通在纽约和香港分别上市，当年即扭亏为盈，净利润达到 92.5 亿元，但上市之后又再次陷入增长瓶颈。

不言自明的事实是，为了顺利上市，网通集团承担了大部分的债务，分解了原股东可能面临的巨额债务风险。

后来，《商务周刊》公开了一份《中国网通集团融合重组方案》，显示在 2004 年注销三家分公司时，原网通北方、网通国际的债权债务统一都由网通集团公司承接，对于南方各通信公司的债权债务，则是通过清算方式，先行由当地的清算组织清算和偿还，不足部分统一由集团公司负责承接。由此，原来的吉通和小网通的所有债务都转移给了网通集团，优质资产则被划拨到网通后来成立的上市公司中。《中国网通集团融合重组方案》原文可见附录四。

2004年底上市之后，中国网通发行的美国存托凭证（ADR）每股价格为21.82美元，香港IPO价格为每股8.48港元，共计筹资11.4亿美元。其招股说明书显示，网通将把IPO的50%资金用于网络扩容和更新，30%用于偿还债务，10%用于新业务的研发，剩下的10%则作为一般性用途使用。

在一系列眼花缭乱的上市资本运作之后，当年市场人士一度指责，网通重组中真正顶着亏损又迅速扭亏为盈上市的背后最大赢家，其实为上市之后即成功退出的新闻集团等外资财团。这在当时引起轩然大波，而网通的高债务问题也一直挥之不去。

2005年，因收购黑龙江、吉林、内蒙古及山西四省区资产，中国网通的负债上升27.1%，其资产负债率达68.9%；2006年，中国网通的资产负债率仍达47.4%，远远高于其他三大运营商。

2006年，中科院曾就小网通情况向国务院递交过报告，就其财务、创新成果等作过说明，而此前针对小网通也有过多次审计。言下之意，小网通并不存在“假账问题”。

同年，原网通CEO，也是小网通创始人的田溯宁在争议声中辞职身退。

2007年，中国网通公告显示需偿还的合约现金债务为417.64亿元，未来两年需偿还的合约现金债务分别为69.95亿元和98.29亿元，短期债务占总债务的63.2%。

2008年1月，从小网通继承而来的四家国有股东——中科院、铁道部中铁通信中心、国家广电总局网络中心、上海联合投资有限公司，将其所持中国网通上市公司股份也全部出售给西班牙电信，由此实现了全面退出。当时田溯宁曾欣慰地表示，股东最终溢价退出，说明小网通的实验并不是一个失败案例。

但似乎一切像“预谋”已久、按部就班。很快，2008年5月24日，工业和信息化部、国家发展和改革委员会、财政部联合发布《关于深化电信体制改革的通告》，联通集团携G网与网通集团组成新联通，原网通董事长张春江调任新的中国移动担任党组书记、副总经理。

2008年10月15日，中国联通和中国网通两家上市公司合并。2009年1月，中国联通集团和中国网通集团两大母公司也正式合并，原联通和网通的全部债权债务，均将由新的联通集团继承。

从2002年新一轮电信重组确定大小网通合并，2003年张春江所谓临危受命，完成网通资本重组、实现网通上市，将网通上百亿巨额债务转危为安；到2008年所有原本得承受巨债的股东逐步获利全身而退，又一轮电信重组开始，网通并入中国联通，张春江调离中国移动，从时间点上看，他在网通的使命意味颇为浓重。

网通风波，一切看似尘埃落定，实则仍未平息。无论是资本市场还是电信圈，至今仍有人在继续怀疑和揣测着这一盘大棋背后的庄家。

这笔糊涂账以及网通之功过，只能留待未来，由历史给予公正的评价。

然而，在开放相对较早且近年一直高速发展的电信业，张春江所面临的，无论是市场上还是政治上的压力，以及各种垄断权力之下的诱惑都可以想见。一位与张春江共事多年的电信业内人士就感叹，“早开的花不结果”。

张春江也错误地估计了形势，以为他的行贿人，也是与他关系最紧密的两名“利益伙伴”绝对不会出卖他，因为这些“利益伙伴”一度信誓旦旦，并且也配合他做了很多事后掩盖退赃等假象工作。但是正是对行贿人的一一突破，让张春江不及提防。

虽然法院最后认定了张春江的认罪态度良好，但中纪委对张春江的案发经过材料也证明，根据对行贿人张锐、杨蕊宁、宋世存的调查，中纪委在张春江交代犯罪事实前已掌握了张春江全部案件线索。在案件的整个调查过程中，张春江没有主动交代有关犯罪事实，所有涉嫌犯罪问题均是被动接受调查。在接受组织调查前，张春江也未向其单位、组织或有关负责人投案。

值得一提的后话是，已经年满60岁、曾在这个局里反复循环者奚国华，于2011年6月再次宣布出任风暴中心的中国移动党组书记，回归企业，却与当年张春江的路径、位置无二，两人像历史轮回般再次互换。

李向东出逃

张春江的落马既在情理之中，又在意料之外，正当谁也无法判断其走势时，四川移动突然出事了，这更令人吃惊。

2010 年 3 月下旬的一天，正在接受审计谈话的李向东突然逃了。一时间，整个业内炸开了锅，不就是区区一个省级移动公司的处级干部吗？可就像一枚炸弹投向了舆论，因为李向东横跨电信、互联网与娱乐圈的地位，这里面的内情在后文中将逐一揭开。

但他为什么要逃呢？媒体的各种猜测性报道也随之而来。有人说他做贼心虚，审计署正常审计谈话，他以为要抓他，所以逃了；有媒体说这次谈话本是要升他，是升职离任前谈话，李向东还是做贼心虚逃了。可问题是，审计署年年审计年年查账，为何偏偏 2011 年逃？如果李向东都不知道自己要升职，而审计署来对他进行升职前的审计谈话，是不是有点太牵强？审计署何时管干部升职了？它向来只管离任审计，那也是在确定要离任之后。

巧合的就是，李向东本来确实要升职了，他自己也知道。后面要介绍的随后出事的李华本来也是要升职了。已经担任了长达七年多的四川移动数据部总经理，李向东在无线音乐基地建成后，又兼任基地总经理，但是中国移动已经决定将基地升级，直接归属总部管理，他的级别将相当于省级移动副总，即副厅级干部。但显然，他害怕失去的那些，包括自由，可能比得到一个副厅级干部的官衔要重要，而且要紧得多。

他的真实想法除了他自己，谁也无法完全知晓。但当时唯一已经爆出并有蔓延可能的张春江案，无论是案发线索，还是张春江的经历、人生轨迹，都实在无法看出跟他区区一个省级移动公司数据部的小头目有任何关联，何以这场风暴转移如此之快？

再多的疑问，都难以改变一个事实，就是李向东逃了。首先肯定是他知道自己可能有危险，只是危险的程度可能不是他能判断的；其次，他已经作好了随时出逃的准备。还有一个重大的前提是，他已经“赚够了”。一切都是问号，一个又一个的问号。直到后来，在我们的缜密调查中，张春江案的重要涉案人张锐与四川移动各色人等的关系浮出水面，一切似乎才有了眉目。

李向东的出走并非毫无准备，他的手机一直留在国内，直到 2010 年 4 月 7 日，我们拨打李向东的手机，仍然处于接通状态，只是无人接听，但当时，距他出逃已经有十余天了。可见，他并不想带走他的手机，并且在他出走且没被发现的空当让人误以为他仍在成都。

李向东的妻子姚红也是电信圈人，曾经长期担任四川省原通信管理局局长孙康敏之秘书。孙康敏后来于 2001 年开始担任四川省电信董事长、总经理，姚红也逐渐被提拔为四川省电信实业公司副总经理。2004 年孙康敏升任中国电信总部副总经理。就在姚红看似前途一片大好之时，2004 年，姚红辞去一切，移民加拿大，同时移民的还有李、姚二人的养子。此次李向东顺利出逃，且能长期隐居海外，很可能也早已持有绿卡。

李向东案发后，有关部门也找孙康敏问过话，但未有后话。2011 年有网站报道孙康敏被调查，中国电信于 2011 年 3 月 29 日发表声明表示，目前中国电信集团公司没有接到任何有关部门关于此事的通知，且孙康敏副总经理在正常工作。

各种迹象表明，李向东在出逃前，无论是为资金转移，还是安置家人，包括出逃路径都已经作了非常周密的安排，不是接受审计署问话后的一时之兴。但李向东的突然出逃显然让整个四川移动都成了惊弓之鸟。他被发现已逃无踪影的当天，此案就上报到中国移动总部纪检部门。

我记得我第一时间致电四川移动数据部时，其员工即以很明确的态度说，“我们也不知道李总去了哪里”，那时是李向东出逃的当天，还没有媒体报道，但在当地圈内已经传得风风雨雨。

后来由确切的信息得知，李向东就在审计署找其谈话的第二天凌晨，搭乘最早一班飞机飞往深圳，之后去向成谜。一说李从我国香港转道去了澳大利亚，一说去了加拿大。“中国移动内部，特别是省级公司，现在人心惶惶。”中国移动总部一位内部人士在李向东出逃十天后说。

而在李向东刚刚逃离几日的 6 月底，有关部门通过权威的渠道私下放出消息说李向东已经被截回，颇有想稳定军心或者与进一步放长线钓出的大鱼打打心理战的意图。但事实是，从此谁也没了他的消息，他就像人间蒸发了一样，留下的是从无线音乐基地到四川移动，再到整个中国移动数据领域都人人自危的烂摊子。

“音乐教父”

李向东，1965 年 5 月 14 日出生于江苏启东县，曾就读于电子科技大学。毕业后，他被分配到成都电信局工作，后来成为四川省通信管理局办公室秘书，直到电信改革移动分家，他选择了当时很多人不愿意去的企业——四川移动。自 2001 年起，到 2010 年案发离职，李向东担任中国移动四川公司数据部负责人长达十年时间，在四川移动时间久、根基深、关系广，但是一直都很低调，为人相当谨慎。

无线音乐基地始建于 2005 年，自 2006 年正式投入运营之后，随着无线音乐基地的扩建与壮大，它逐渐从四川移动数据部剥离独立出来，至 2009 年下半年几乎完全独立成一个部门，财务也独立核算。顶着四川移动数据部总经理头衔的李向东实际上已把主要精力都放在无线音乐基地，整个基地在李向东逃离前已经有二百来号人。

李向东出事是迟早的事，这是我问过的接触过无线音乐基地、接触过李向东的业内人士的普遍看法，因为他太有权了。恐怕这也是他自己心知肚明的，所以时刻都在谋划准备着外逃。

2009 年，移动内部即出现了对李向东操纵 SP 公司并从中获益的举报，举报内容递交至包括中国移动总部在内的多个主管部门。

积数年之功，李向东在中国无线音乐界建立了“教父”一般的地位，亚洲四大唱片公司全球高层每次来华几乎都要拜会李向东。即使是王力宏、蔡依林这样级别的港台大牌明星来大陆推广，也必须要赴川拜会李向东。这就是前言小说里徐婷婷与杨总之间伤不起的关系渊源。

李向东主持四川移动数据部并建设移动无线音乐基地的十年，正好是移动增值业务从诞生到繁荣、从混乱到逐步规范的十年。中国移动对无线音乐寄予厚望，希望在四川打造一个面向全国用户的无线音乐基地，全网统一运行、统一管理、一点接入、全网服务，建立一个以中国移动为主导的无线音乐价值链。

这个价值链的核心，就是彩铃。唱片公司是内容的主要提供者，即一般所谓的 CP（内容提供商）。

2002 年，彩铃开始在韩国流行。韩国人率先发明了彩铃技术，发明者仅仅是想让打电话的人在对方接电话之前能有一段放松的时间，也许 1 秒，也许 30 秒，但就是这么一放松，转眼创造了巨额财富。很快，彩铃被推广至整个亚太地区。

第二年，中国移动即率先将彩铃引入中国，李向东是关键人物。当年，四川移动数据部主任李向东赴韩国学习无线彩铃业务，这一次的学习彻底改变了李向东的命运。2004 年他回国的第一件事就是申请在成都建立中国移动的无线音乐基地。

2004 年中国移动在无线音乐方面收入达 15.8 亿元，2005 年翻了将近 1 倍，达到 30 亿多元。由于李向东推出的彩铃业务贡献突出，四川移动在与其他几个省的竞争中脱颖而出。2005 年 8 月，四川移动成为中国无线音乐备选基地，李向东的 12530 门户和中央音乐平台运营方案也获得推广机会。翌年 3 月，四川移动无线音乐产品基地正式挂牌运营。

在一片萧条的唱片业中，数字音乐的崛起成为唯一的一抹亮色。在 2004 年之前，中国乃至全球音乐产业增长率已几近停滞；最近三年，全球音乐产业销售收入更是连续负增长。但从 2005 年开始，数字音乐增长却一直保持稳定，收入明显提升，收入占比也逐年递增。

“2006 年之前，中国音乐市场几乎就要死了。”一位原环球唱片数字音乐项目负责人称，是四川音乐基地的建设改变了局面。他介绍说，在此之前，中国的唱片公司已急剧萎缩到仅存数十家，这几年又扩大至三四百家，很多公司完全靠中国移动无线音乐业务养活。（附图）

年 份	数字音乐			全球音乐产业	
	销售收入（单位：亿美元）	增长率	占全球总销售收入比重	销售收入（单位：亿美元）	增长率
2004 年	4	—	2%	200	—
2005 年	12	200%	5%	240	20%
2006 年	22	83%	11%	200	−17%
2007 年	29	32%	15%	193	−3%
2008 年	37	28%	20%	185	−4%

数据来源：国际唱片业协会（IFPI）发布的《2009 数字音乐报告》

根据 SOUNDSCAN 在 2009 年公布的音乐消费数据显示：

数字音乐销量在 2009 年上半年已经占据了音乐总销量的 40%，预期到 2010 年将占据 50% 的份额。

音乐消费渠道也逐步由传统的音乐商店向数字音乐服务、在线零售、邮购等非传统的渠道转变，扮演最主要角色的是 3G/ 互联网。

我拿到的一份四川移动数据部内部统计数据表明，中国移动的无线音乐业务已占了中国无线音乐市场 80%左右的市场份额，彩铃使用人数达到 3.87 亿，完全建立起霸主地位。（见图——数据来自四川移动数据部）

2009 年，三大电信运营商无线音乐业务对比

运营商	曲库容量	合作伙伴数量	彩铃用户数（亿）	用户渗透率	业务种类	运营支撑合作伙伴	到账时间
中国移动	近 135 万首（其中华语歌曲 22 万）首	总数超过 400 家（包括四大）	3.8	70%	彩铃、振铃、全曲下载等	由音乐基地及相关支撑公司组成	T+1

续表

运营商	曲库容量	合作伙伴数量	彩铃用户数（亿）	用户渗透率	业务种类	运营支撑合作伙伴	到账时间
中国联通	预计5万首	预计初期为四大及主流公司	0.48	41.3%	彩铃、振铃、整曲下载等	组建音乐子公司	承诺由T+3缩短到T+2
中国电信	约35万首（对合作伙伴要求）	未知	0.2（估）	50%（估）	通过招标方式与达到要求的合作伙伴实现		

其中，除华纳外，另三大唱片公司——索尼、EMI、环球唱片的总收入中，从中国移动分得的收入占40%～50%，其他唱片公司则有70%～80%的收入来自中国移动。（附图——数据来自四川移动数据部）

主要唱片公司中国移动无线音乐收入占比

	索尼	EMI	环球	华纳	太合麦田	种子
中国移动无线收入（万元）	3100	2300	2600	1000	1700	900
数字音乐总收入（万元）	6100	5300	6600	3400	2020	1250
移动收入占比	50.82%	43.40%	39.39%	29.41%	84.16%	72.00%

四大：除华纳外，另三家唱片公司的中国移动收入占比达到40%～50%

其他唱片公司：中国移动收入占比达到70%～80%

与巨大的市场贡献和份额相对应的，是音乐基地及其创始人李向东的地位迅速提升。而中国移动的“基地战略”更将李向东推上“教父”的宝座。

中国移动过去一直是中央音乐平台和各省平台同时并行。一首彩铃既可以上中央音乐平台，也可以上各省本地通道。原则上，中央音乐平台的彩铃版权只能隶属一家唱片公司，而在本地通道上，一首彩铃版权可转售给多家 SP。

在中国移动的“基地战略”下，四川移动的中央音乐平台被打造成音乐集成平台，其前台是 12530.com 音乐门户网站，为客户提供包括音乐搜索、彩铃定制、音乐下载、音乐资讯等多种与音乐相关的服务。用户通过手机就能获得最新的音乐、排行榜歌曲。该平台还为中国移动下属品牌“中国无线音乐排行榜”提供支持。

四川移动在音乐基地具体运营中采取的是类似外包的模式。在内容上，四川移动可与四大唱片公司，包括滚石移动公司直接合作，其他则委托 SP 公司集成内容；在技术支撑上也主要由 SP 公司负责。

为了规范管理各省重复投入的音乐平台，中国移动从 2010 年 1 月 1 日开始正式实施无线音乐内容集中管理，所有彩铃内容由设在四川无线音乐基地统一引入，各省公司不允许自行新增任何本省彩铃内容。

无论是 SP 还是 CP，其能否进入中国移动网络平台的关键，都系于四川移动数据部和音乐运营基地主管一身。时势之下，李向东被推上了音乐市场的金字塔尖，成为各方争相讨好的对象。在 2003 年后，因为李向东喜欢打网球，很多 SP 负责人也开始练网球，希望能和其套近乎。此后，李向东开始打高尔夫球，SP 们就开始练习高尔夫。他具有比明星更高的依附价值。在当地圈内就传说，成都最高级的牧马山国际高尔夫球场，有一块石碑还专门刻着李向东的名字，记录他的一杆进洞。不知道是因为李向东和李华都钟情于高尔夫这一特别爱好，还是当地就爱这个，当地电信圈像一个紧密的小圈子，高尔夫是这个圈子最流行的运动，既显得有档次，又能互攀结交。

尽管很多彩铃内容提供商对李向东及无线音乐基地的分配方式颇有微词，但很多人仍不得不在这个王国里“俯首称臣”。也有人认为李向东“确实有能力，愿意学习，懂行”，因此还是对他存有感激之情。一家中国移动无线音乐基地的 CP 负责人就认为，中国移动所有的基地中，只有音乐基地异军突起，除彩铃的市场潜力，跟李向东也很有关系，“权力加上懂行，造就了李向东的地位”。

无线音乐基地蒙羞

李向东案发后，我们在重庆的驻站记者、同事邓海第一时间赶到了无线音乐基地。我很喜欢邓海的一句自我介绍：面朝邓海，春暖花开。每次看到我都会心一笑，他就是这样一个大男孩，一边玩笑着生活，一边认真地工作，虽然正忙着他那三峡大稿，但也丝毫不拒绝我那些突如其来的请求，第一时间赶了过去。

然而，他去了一看，不由得感叹，这哪是音乐基地啊，简直是军事基地。可能是因为李的出逃，更加戒备森严，几乎每栋小楼下都站着保安，随时准备对陌生的进入者进行盘查。每层楼、每个通道里都有电子眼监视。每层楼还设有哨卡、门禁，外来者进出困难。可多少人，想踏破门槛在这里寻找商业机会。

2006 年，由李向东主导的四川无线音乐基地正式挂牌运营。这个耗资 4 亿元左右搭建起来的无线音乐基地给中国移动带来巨额收益的同时，也激活了当时一潭死水的中国唱片业。凭借近 4 亿无线音乐用户，中国移动的无线音乐现在一年创造着超过 220 亿元的销售业绩。

220 亿元是什么概念？这是中国移动全年收入的 4% 以上，是中国移动增值业务收入的 16% 以上，也可匹敌四川省移动全省的传统业务收入。而这仅仅是一个无线音乐，说得通俗点，主要是彩铃、振铃，就是我们手机来电时和拨打他人手机时听到的音乐。这成就了四川移动和李向东个人的辉煌。

2010 年 1 月，参加四川省“两会”的李华曾在发言时骄傲地宣布，位于成都高新区的中国移动无线音乐基地已经成为中国最大的正版音乐库，也是交易量最大的网站，全国新歌有 98% 的首发都在四川成都。

如今，这里却显得有些门庭冷落了，不是因为不受欢迎了，而是因为围墙内外都还不知道如何互相欢迎。

2010 年夏，我再次来到音乐无线基地，李向东案发后，接任李向东原来职务的陈建骥已经上任了一阵，但看起来仍不大适应新的环境，谨小慎微。

调来之前，他是四川移动建设中心总经理。他也无法预料接下来怎么调整，亦不知道那些李向东的影子公司如何处理，一切都必须等待领导的安排。

我挑了一个阳光明媚的上午进入无线音乐基地，虽没有了此前军事基地般严厉的架势，但仍然严格。

无线音乐基地，进门的时候登记，必须把身份证押在那里，而且身份证在保安的一台机器上一扫，竟然直接出现了我的类似于公安信息的个人资料，我顿时感到极为窘迫。拿着保安交给自己的一张瞬间打印了本人照片的小卡，我穿越般地想到了两个字："探监"。对了，上面还有我的到访信息，必须要被访人签字才能出来换回我的身份证。

这是搬迁之后的新基地，据说花费了数十亿元打造。他们的基地厂房也很新，我环顾了一周，整个基地不算大也不算小，基地里还停着一辆很大的、我以前在电视台才看得到的演播车。我四处溜达着进去，看起来貌似没人来管我，但当我突然看到头上的摄像头，我又缩了回去。

管理层在 5 号楼办公，我进入一楼转了一圈，没有人拦着我，整个办公环境到处都是可爱的无线音乐动画形象，连厕所 Logo 都是音乐动画人物。进入 4 楼就要刷卡了。

新任的总经理陈建骥个头比李向东高，皮肤比他黑。见到记者，他有些局促，一个劲强调特殊时期真的不方便接受采访，带着我到食堂吃了顿饭。我能感觉到他的紧张，但无法知道他是不是会暗自庆幸能拿到李向东这样的肥差。反正现在看起来，他觉得这是一个烫手的山芋，分外敏感。

后来，我们了解到，李向东原来在位时确立的几个关键支撑公司已经被暂停了合作，还砍掉了几个 CP。这些公司都会在后文中出现。当时全公司管理层和相关业务管理者都在轮流协助调查，大家都在私下抱怨李向东。四川移动高管也没人敢签字了，音乐基地暂时运行正常，但谁也不知道，曾经的国王不在了，这个王国还能持续多久。

模式之争

作为一个中国移动省级公司的中层干部，李向东何以一手在唱片业呼风唤雨，一手操纵下游具体业务操作？一些业内人士当时将矛头直指中国移动的“基地模式”。

在中国移动提出“基地模式”之前，中国各大电信运营商包括中国移动都是分省而治，每个业务的运营主体都是省分公司，而无线音乐基地的建立是对这种模式的颠覆。

2009 年 6 月，中国移动下发《关于开展无线音乐内容集中管理工作的通知》，要求自 2010 年 1 月 1 日起，所有彩铃和各省个性化内容需求都统一由四川无线音乐基地的 12530 中央音乐平台统一引入和分发，从而使无线音乐基地的集权更进了一步。

中国移动改革的初衷是集中采购、集中管理、提高效率，但实际操作中因将内部资源更加集中于一个部门和一个人之手，结果为相关者创造了更大的寻租空间。

李向东手中掌控着中国移动 31 个省（直辖市、自治区）4 亿多用户的无线音乐应用，SP 和 CP 要与中国移动就无线音乐合作，李向东是绕不过的人。李向东最早提出中央音乐平台与音乐内容资源方（唱片公司）按照五五分成，SP 分成则根据不同公司具体谈。合同谈定后，将递交四川移动法律部门审查，主管副总经理盖章。但业内人士表示，这类审查和盖章目前形式大于实质，对于在四川移动有十余年根基又是无线音乐基地创始人的李向东而言，形同虚设。

中国移动对 SP 管理的分级模式和移动搜索排名亦产生了巨大的灰色监管空间。中国移动根据合作 SP 的综合实力与增长性，将之分为优秀和普通两个等级，其中优秀又分为 A、B、C 级别。中国通信业资深人士项立刚就曾评论说，“理论上资源会越来越向高级别 SP 倾斜，低级别的慢慢被淘汰，但实际上主要决定于与李向东的关系亲疏”。

“无线音乐排行榜”等类似的产品排行榜单也是如此。无线音乐各门户界面上的推荐直接影响到用户下载量，即收益。电信公司普遍监管不严，冲榜比较笨的办法是 SP“自消费”刷榜，有能量的 SP 凭关系就能排到前面。

“这种商业模式（‘基地模式’）的根本特点就是垄断，有通达客户的渠道，掌握几亿手机客户，钱要从这里收，任何增值产品都要通过它转发出去。”一位接近中国移动的业内人士表示，这种集中管理只能带来更大的集权腐败。

但在李向东案发之前，“基地模式”被认为有利于集中资源发展新兴业务，还引来了中国电信和中国联通模仿。

中国电信在广州建立了全网数字音乐运营中心，其运营模式就是在广州建立全网音乐运营中心，建立全网集中的数字音乐平台，以“爱音乐”为品牌倾力打造中国电信数字音乐服务，整合华纳、百代、环球、索尼、滚石唱片、华友世纪、太合麦田、大国文化等多家国内外知名唱片公司的内容，但是内容引进的进展极为缓慢。其主要凭借的是拥有中国52%的宽带用户和长期以来“互联星空”培养的一批付费用户。

中国联通略有不同，是成立独立子公司——中国联通音乐公司负责全网音乐运营，实行市场化管理，薪酬标准和薪酬结构通过市场机制确定。但因为唱片公司合作积极性不高，中国联通尚未打开市场。

原环球唱片无线音乐负责人告诉我，唱片公司乐于接受现在的移动模式，主要因为摆脱了过去对于SP的依赖，减少了“压榨”层级，但很多CP都对现在的分成模式不满。

该负责人介绍，CP与基地直接五五分成，主要是来自信息费，但由于用户活跃度不高，具体算下来很可能拿到手上的很少。比如一个人定制了彩铃，一个月5元，一年支付60元，但可能他只支付2元下载了一首歌，这意味着CP只能从移动总计62元中收取1元。

从四川移动内部统计看，信息费仅占中国移动无线音乐增值业务收入的14%。

我拿到了一些四川移动数据部的内部文件，从他们的管理架构看，中国移动对四川无线音乐基地的管理是中央音乐平台、各省平台两个模式并行的。一首彩铃既可以上中央音乐平台，也可以上各省本地通道。原则上，中央音乐平台的彩铃的版权只能隶属一家唱片公司，而在本地通道上，一首彩铃版权可以转售给多家SP。

具体运营结构是，中国移动以四川移动为运营单位成立音乐运营基地，具体运营工作由四川移动采取第三方合作方式：

内容上，由四大唱片 + 滚石移动采取直接合作，其他 CP 委托创艺和弦和迅捷英翔公司集成内容。

版权及运营上，由娱音科技（成都）有限公司负责中央音乐平台内容引入中的版权审核，包括无线音乐内容版权审核、产品设计和营销、运营支撑、无线音乐品牌建设、市场和用户分析。

技术支撑上，则由北京迅捷英翔网络科技有限公司负责，作为无线音乐基地的支撑单位，负责网站、WAP 的支撑等以及音乐产品制作。即娱音把内容引入后，迅捷负责把产品（包括振铃、彩铃）制作完成；如娱音引进产品并制作好产品后，则迅捷负责后台技术支撑以及分发。

客户端上，则由合力迅达公司负责，包括提供客户端和 DRM 解决方案，主要运营仍旧以四川移动为主。

其他相关解决方案和平台厂商派驻工作组在四川基地长期负责平台的维护和更新工作，如后期开发的铃音直通车、客服管理、渠道管理等都由华为支撑团队负责开发。

看起来合情合理，但在我们事后的调查中发现，上述提交的类似“外包”出去，最核心的第三方合作方：创艺和弦、迅捷英翔、成都娱音、合力迅达等，全部是背景深厚的关系公司，成为权力寻租的最好例证。这在后文中将进一步详细讲述。

事实上，随着后来事态的发展，中国移动并没有否定“基地模式”在整个中国移动增值业务发展中的作用。他们多认为中国移动在 SP 领域遭遇的问题并不新鲜，是很多大企业都面临的难题。将李向东的出现归罪于“基地模式”并不完全公平，因为只要中国移动仍是中国移动通信市场的垄断者，想在这一领域发展的 CP 和 SP 就必须找中国移动合作。即使没有“基地”，由各省移动来运作，其结果无非是各唱片公司和 SP 要拜会的码头从一个“李向东”变成多个。

解决类似的“大企业病”，真正走出新的管理模式的是手机终端厂商。以苹果为例，苹果推出了在线音乐商店 iTunes，曲库内容超过 800 万首，是全球第一大网络音乐零售商。苹果网上商店向所有开发者开放，除了每年 99 美元的注册费，没有其他费用，对个人和大制作公司一视同仁。

这种开放的平台显示了强大的生命力。而中国移动虽然有巨大的用户规模基数，但用户活跃度不高，其设置的审批式的运作流程也形成了“一夫当关”的局面。

2010 年 3 月 29 日，四川移动正式下文将李向东免职，任命四川移动建设中心总经理陈建骥接替李向东的职务。这意味着李向东时代的终结，但还有很多其他的类似寄生虫仍然活着。

眼花缭乱的影子公司

在围绕着无线音乐形成的巨大利益链条中，SP 因提供业务的技术含量不高、业务性质单一，具有很强的可替代性，竞争十分激烈。也因此，SP 的竞争在很大程度上沦为了关系的竞争。这里很快成了李向东的私有领地。

我们在后来的调查中进一步发现，在李向东担任四川移动数据部负责人的十年时间里，有多位亲朋从其分管的移动数据领域获得业务，相关关联公司主要分布在李向东的工作地四川及老家江苏，也有的注册在北京，其共同特点是股权变更频繁。开始时股权分散，随着移动增值业务收入的提高逐步集中。以成都音信互动信息技术有限公司（下称音信互动）为例，参股人俞卫中与李向东关系密切，系李之同乡和大学同学。

音信互动成立于 2005 年 1 月 18 日，主要从事电信增值业务的咨询服务等，与四川移动数据部有长期合作关系，主营业务包括与掌上天府充值卡、天府快讯充值卡、动感地带、随意呼等相匹配的 SP 服务。

该公司由成都创思特科技发展有限公司（下称创思特科技）、俞卫中、秦兴兰三方发起成立，俞卫中为公司法人和总经理。在注册资本中，创思特科技投资额 37.5 万元，占股 75%；俞卫中投资 7.5 万元，占股 15%；秦兴兰投资 5 万元，占股 10%。2007 年，俞卫中将其股份转让给黄克芳。

李向东祖籍江苏启东县，李向东父亲生前一直在启东县工作。音信互动的发起者之一俞卫中不仅是李向东老乡，而且在1983年两人同时考入电子科技大学，李向东就读于无线电专用机械设备专业，俞卫中就读于无线电技术专业。

俞卫中在接受我们电话采访时否认与李向东相识，称双方素无往来，甚至与四川移动数据部也早已没有业务往来。但有知情者却说，尽管俞卫中在2007年已将自己的股份转让给黄克芳，但实际上是“左手换右手”。根据音信互动工商资料和俞卫中学籍档案显示，黄克芳和俞卫中二人登记的家庭地址为同一地址，都是启东县天汾乡中心小学，前者2011年71岁，后者2011年45岁。

另外一家跟四川移动业务往来频繁的公司——北京迅捷英翔网络科技有限公司（下称迅捷英翔）的股权变更也令人眼花缭乱。

迅捷英翔成立于2004年4月，注册资本200万元，主要为无线音乐俱乐部、12530音乐门户网站、梦网WAP音乐门户、12530999语音门户等提供产品开发、内容组织、技术支持、营销推广等运营服务，这些业务基本来源于李向东掌控的移动无线音乐基地。

在四川移动数据部的合作伙伴中，TOM.com是内容集成商，主要代理版权。但它与负责无线音乐运营维护的主要SP和李向东之间的关系紧密在四川移动内部为人熟知。

2004年4月发起成立时，迅捷英翔的法定代表人是洪亮，投资人包括洪亮、盛勇、仇卫民、严珊、戴坚、陈政、杨琨、刘明海；当年8月，投资人变更为华如秀、盛勇、戴坚、王霆霆。

在变更后的投资者当中，华如秀正是之前出现在音信互动的创思特公司的法人代表，而盛勇和王霆霆两人此时均在TOM在线任职，其中盛勇为TOM在线总裁助理，王霆霆则是TOM在线首席执行官王雷雷的堂弟。

工商资料显示，2004年，迅捷英翔亏损9万多；2006年无线音乐基地正常运营后，其税后利润猛增至889万元；2007年全年销售收入翻倍，达到5287万元，利润140万元；2008年，销售收入达到1.3亿元，利润总额651万元。

然而，就在2008年公司业务大幅好转时，创思特的华如秀再次激流勇退，与其一起退出的包括盛勇和王霆霆。2008年9月—10月间，他们将股权陆续转给 TOM 在线原副总裁蒲东皖。蒲东皖同样来自江苏，也是李向东的老乡。有多位业内人士证实二人关系亲密，但如同俞卫中一样，蒲东皖也否认对此事知情。

从这些各种各样的影子公司，可以看出李向东的权力为什么会这么大。其权力无非来自三层。第一层，即中国移动特殊的“基地”模式下，垄断了渠道的音乐基地成了众人抢夺的稀缺资源，而基地也自成一体，具有相当高的独立性。

中国移动无线音乐基地内部分为门户运营、业务运营、合作管理、营销管理、客户中心、系统支撑、产品开发等多个部门。其中，门户运营主要负责各门户（WWW、WAP、IVR、短信彩铃、手机客户端）的运营、规划、板块设计及优化管理，支撑对各省门户的个性化营销等；合作管理主要负责音乐内容引入、内容库管理、版权审核、产品制作、渠道发展与管理，以及合同签订、信息费结算及队长、合作伙伴考核管理等。

过去，各大运营商包括中国移动都是分省而治的。每个省都有分公司，中央音乐平台跟各省利益其实是有很大矛盾的。但李向东最早提出了中央音乐平台直接销售内容的信息分成，与音乐内容资源方（唱片公司）按照 50 : 50，SP 分成则根据不同公司具体谈；而当时各其他省公司都还主要是通过 SP 公司按照 85 : 15 的比例分成。中央音乐平台在对 CP 的吸引力上具有更为明显的优越性。

李向东手中，掌控着中国移动 31 个省（自治区、直辖市）4 亿多用户的无线音乐的用户，SP 和 CP 要跟中国移动就无线音乐进行合作，他是绕不过的人。四川移动数据部和移动无线音乐基地要跟 SP 们合作，首先需取得这两个部门的同意。而李向东在这里待了十年时间，同时作为移动无线音乐基地的主要创始人，李向东在部门对外合作方面有着绝对的权威。

在合同谈定时，有关移动无线音乐基地的合同将递交到四川移动法律部门审查，主管副总经理处盖章。但业内人士认为，这类审查和盖章目前更多的是形式意义大于实质意义，也不排除李向东在整个四川移动内部存在一个攻守同盟。

权力来源的第二层，乃中国移动对于 SP 管理分级的模式和移动搜索排名产生巨大利润的灰色监管空间。

根据中国移动的政策，针对信用合格的合作伙伴，结合其综合实力与增长性，将合作伙伴SP分为四个级别：A、B、C三个优秀级别和普通级别。“资源会越来越向高级别SP倾斜，低级别的越来越多地被淘汰，但其盈利能力不是与科研能力有关，而更决定于与李向东的关系亲疏。”飞象网总裁项立刚如此总结。

我获得的一份四川移动内部管理计划也显示，其在对SP管理的明确方针也是“针对优质合作伙伴倾斜更多营销及服务资源，以达到深度捆绑优质合作伙伴的目的——需要有效激励”。

而决定此评级的关键权力人，就在于掌门人李向东。“无线音乐排行榜”等类似的产品排行榜单也是如此。无线音乐的移动搜索体量巨大，无线音乐各门户界面对用户主推的产品，排行榜的专业化对于激活用户、加固行业影响力非常重要，也直接关系到用户下载量，即收益。

冲榜比较笨的办法是SP“自消费”刷榜，有能量的SP一般都是凭关系，因为此块目前并无具体管理和杜绝“人为操作”的办法。

四川有一家动漫公司高层透露，该公司曾计划试着成为SP服务商，跟四川移动合作联手推出一项音效加视频的新业务，尽管该公司法人代表在成都也算小有名气，但是却始终难以见到李向东，李向东的下属说要层层禀报和预约，但是每次都没有约到。最后李向东放出话说，让他们跟下属谈即可，结果大家谈了几个月依旧是白搭。

这名高层在与李向东在数据部的下属开会商讨几个月，和数据部的员工有了较好的私交后才得知，在整个数据部，只要李向东没点头，跟谁谈都是白谈。最后这家公司退出，打消了进军SP的念头。

权力来源的第三层，SP公司是近年来随着移动增值业务的兴盛才不断冒出的，表面规模均不大，而且在体外循环的SP公司通过长达数年的资本运作，具有很强的隐秘性。与前面李向东的各种影子公司相比，后来与有着“中国SP第一人”之称的王雷雷相关公司清楚后，一切才真相大白。

从李向东到TOM到中国移动数据部，从张春江到张锐到李华，让本书串成了一个完整的故事。

再以北京迅捷英翔公司为例，其几乎在基地业务中无处不在，但其企业股权变动及背后投资结构却极其诡异。

我们根据四川移动内部运营流程和合作方名单统计，在无线音乐基地的合作流程中，四川移动除与四大唱片公司直接合作外，其他 CP 都委托创意和弦与迅捷英翔两家公司集成内容；在版权运营上，版权代理的 CP 集合商包括 TOM 在线，作无线音乐内容版权审核、产品设计和营销、运营支撑、无线音乐品牌建设、市场和用户分析；在技术支撑上，也主要是由北京迅捷英翔作为音乐基地的支撑单位，包括 12530 网站、WAP 的支撑等。

迅捷英翔还负责音乐产品制作，即成都娱音把内容引入后，迅捷英翔负责把产品（包括振铃、彩铃）制作完成；如成都娱音引进产品并制作好产品后，则迅捷英翔负责后台技术支撑以及分发。

如前文所述，迅捷英翔也与 TOM 有着千丝万缕的联系，可见迅捷英翔几乎涉及了无线音乐基地运营流程中的每一个环节。

然而，我们查到，该公司目前因为为一家技术咨询公司——北京亮点时间科技有限公司（下称亮点时间，Sharp Point）作支付服务费的担保，其股权已经全部质押给了亮点时间；迅捷英翔公司投资的一家全资子公司北京瑞信在线系统技术有限公司股权也以同样的方式全部质押给了亮点时间，但亮点时间的法人和股东与北京迅捷英翔的股东都为同一人——蒲东皖。亮点时间的股东为亮点集团，为一家注册在英属维尔京群岛的外资公司，亮点集团法人也为蒲东皖。显然，迅捷英翔股权变更的频繁操作最终指向，仍是为了掩藏注册于海外的亮点集团背后股东。

创艺和弦、迅捷英翔究竟是什么关系？华如秀、蒲东皖、盛勇、王霆霆，无线音乐基地与 TOM 究竟有什么关系？亮点集团又与前面提到的所有人物与公司有何关系？这一切错综复杂、眼花缭乱的影子公司背后，实际控制人究竟是谁？看似单独存在的李向东出逃，实际是怎样的一张利益大网？

疑问继续，我们的调查也在继续，当一切清晰时回头再看，我们在 2010 年 4 月即调查出的这些关联公司和提出的这些质疑，早已为 2011 年更大的一场席卷全行业的风暴埋下了伏笔。

第二章
上千亿的诱惑

每年数千亿元的设备采购及IT采购、数十亿元的广告招标，以及同样数额惊人、包罗万象的电信增值服务和各类工程采购，使得中国的几大国有电信运营商犹如传说中的黄金国度。上至西门子、爱立信等跨国电信设备制造商，下至以承包建筑工程为生的包工头，都渴望迈进“帝国”的门槛，成为中国国有电信公司的设备或服务供应商。

探访李华家

“有一个美丽的传说，精美的石头会唱歌，它能给勇敢者以智慧，也能给勤奋者以收获，只要你懂得它的珍贵呀，山高那个路远也能获得……”

这是拨通李华手机后，那头传来的彩铃歌声，也是他一直引以为豪的人生，勤奋与足够努力是他对自己的评价，如今，这个手机已不再有人接听。

成都神仙树路，这个有着很好听名字的街道，是四川移动总经理李华家的所在地，但是李华不信神仙说，他相信依靠个人的勤奋与努力可以改变命运。

在李华家的后院里栽着一株玉兰树，民间有谚语“玉堂春富贵”，说玉兰花象征着吉祥、富有和权势，初夏花开，李华的母亲每天会摘几朵花挂在客厅里，整个房间也因此而散发着淡淡的清香。老人已年过七十，每每提起大儿子李华，都是一脸骄傲，孝顺、勤奋、成功，这都足以慰藉老人的晚年。

然而，在推广彩铃事业上如日中天的李向东出逃，却将他的上司李华拉入深渊。2010 年 6 月底，李华落马的突然变故打破了老人生活的宁静，这一切也给屋中象征富贵与权势的玉兰花投下阴影。

李华的问题并不孤立，就在事发三个月前李华的直接下属、四川移动数据部兼四川无线音乐基地总经理李向东携款潜逃，至今其行踪与携款金额仍是谜。老人宁可相信儿子是为李向东的潜逃承担领导责任，她心疼儿子多年的糖尿病，心疼儿子整日在外出差，但无法明白，在他们身后，还有更大的经济问题有待查清。

我根据当时已有的采访，逐渐清理出电信领域中潜伏极深的各种潜规则。主要有三方面。一是设备采购，这块黑幕最大、最复杂，集团层面、省一级、地一级，都复杂，甚至比较乱。二是 SP，虽然现在 SP 都纷纷寻求转行或者其他途径了，因为集团风变，前些年中国移动就开始整顿 SP，现在蛮难发展了，但是很多模式滋生的黑幕仍广泛存在。比如“基地模式”，业务专有的 SP 模式，卓望模式，往往一个项目养活一个公司，寻租空间太大。三即广告投放的黑幕，这个在全国的广告行业非常普遍。往往地方上做得最大的广告公司做的都是当地电信运营商的客户，其中这个利益输送是怎么弄的，每一条线都需要好好查。更重要的是能把这些个利益链条都揭开，否则继续潜在水下，以电信领域多年垄断的作风，大家都围绕其争抢资源，倒一批人、换一拨人不过是利益蛋糕再分配，也不知道能有什么实际影响。

后来的事实证明，当时的判断是正确的，这三条线成为电信腐败和反腐的三条主线，虽然到了 2011 年有了主次之分，这种主次之分或被动或主动，或有更深的背景，相信看完后文，读者也会有判断。

正是基于此，我走访了李华家，目的在于弄清楚他到底是在哪条线上出了问题，是延续的李向东之数据业务一线，还是其权力最大，金额往往涉及最大的采购线，或者三者兼有，利益均沾。或许《新世纪》周刊也是李华案发后唯一一个能走进他家里的媒体，走访过程了解的情况多少还是让人感到意外。

2010年7月初成都的天气说是婴儿脸一点都不夸张，走在路上就迎来毫无情面的大雨。站在路边等车，一出租车故意狂飙而过，我被溅了一身泥水，呆呆站在雨地里，内心快要抓狂到冲上去截下这辆车。好容易平复下心情，脑子里又出现刚刚一家一户找过去的公司地址，没一家与其办公注册地一致，都是这样的皮包公司，却堂而皇之地成为四川移动那些重要的支撑公司，他们，究竟在哪里？

谁能知道真相？本想直接回家的我，还是决定去李华家找找他的妻子刘农美，一个在移动公司、在四川移动无线音乐基地负责了多年财务工作的核心岗位人员。

神仙树路的著名别墅区，出租车司机基本都知道，像一个大大的院子，绿树成荫。整个院子大概只有30户，联排别墅，李华家在拐角的一家。

前面提到的一个商人肖辰去过他家，但是也只能粗略地描述大概位置，而无法准确地记住门牌号。我像瞎子摸鱼一样在里面摸，有的不在家，有的说找错了。后来看见一个在小区里面工作的工人，穿着制服，像是电工，于是让他帮着找，他人还算好，帮忙问了之后就指着一块地，说是那两三间中的一间。我一一问过去，在门外窗口描述样子，通过电话向肖辰询问，还好终还是敲开了李华家的门。

门开了，李华家保姆和母亲在家，养了一条拉布拉多犬，见人进去就叫个不停。当我道明拜访刘姐的来意，出来开门的保姆忙说刘还没下班回来。我于是说我是特意从北京来看他们的，一位老太太就出来看了我一眼。老太太就是李华的母亲，十分慈祥，也很温柔，得知有前来拜访的朋友，面露激动，不断给刘农美打电话，可惜刘农美一直未接电话，她说那就请进屋里坐坐等吧，于是把拉布拉多犬关在了后院。

看着慈祥的李母的热情，我心想可能事发后，平日交往的朋友多避而远之，刘农美也因得配合调查每日晚归，寂寞的黑屋里她常常连灯都不愿意开，有友来访，陪着聊天，她倒是有些满足的。

我有点不忍心刺激老人，就在屋内坐着等刘农美，漫不经心地与李母聊起来。我知道李母不可能了解李华在公司的事，不过在聊天中，她却让我看到了一个更为丰满的李华，那个老人心目中的一个有血有肉、有背后辛酸的儿子。

这些聊天，使我的走访突然显得有些残忍，却不得不坚持。这些年在作调查报道过程中，我越来越心生一些辛酸的感慨。其实，贪官也是人，是人就有心，有欲，有情感，尤其是对他们的亲人。

一直以来，自己都非常热爱和忠实于记者这份职业，对于恶，始终从心底有一种恨不得将其碎尸万段的憎恶。如今已为人母，当面对李华的母亲时，我突然有种说不出来的沉重感。在这样一个年代，我们该如何面对下一代，如何让下一代面对社会？我常常无解。

后来回到北京，编辑说了一句话让我印象特别深刻，她说："千万不要去考验一个人的道德水准，你把他放在火上面每天烤、每天烤，总有一天会融化的。"好的制度能让坏人变好，坏的制度能让好人变坏，人性之中的善恶往往都在一念之间，并不遥远，一旦背离却可能一去不回头。

回到在李华家的聊天。其实从我前面已经看过了的同院别墅和厅景看来，他家装修不算特别豪华。房子一共三层，厅里还有一副小对联悬着，分别写着"财源滚滚"、"四季平安"。厅里的玄关处有全家人的照片，还有李华做奥运火炬手的照片，他的女儿很漂亮，老婆虽有点胖但显得雍容。由于我是傍晚去的，加之下雨，天已经暗了，老太太却始终没有开灯。

直到坐下来，我才仔细端详了老人，老太太已满头白发，2011 年 71 岁，三年前她老伴去世，就从内江被李华接来了成都住，她们一家都是四川内江人。老太太的和善真的出人意料，有时候她说着说着眼里就会泛着泪光。老伴三年前去世，她很伤心，孝顺的儿子一直在试图减轻她心里的创伤，过了三年，她心里终于平复了很多，结果儿子又出事了，如遭雷击。

李华对老人非常孝顺，"孝顺"是老人屡屡提到的一个词。她很久没有倾诉了，当她把四个儿子的故事对一个陌生人都一一倒出来，也许反而是一种欣慰，她最感叹的还是长子李华，"这孩子最努力"。

李华的父亲在成都军区内江分区（其间因为地域行政变迁，分区的名称有过几次变动，但最后就定为内江分区）是一个专管部队的科长，李华从小在军事化环境中长大，因此作风也颇为雷厉风行。

李华一共四兄弟，李华为长子，在外界比较活跃的是老大和老二，他们俩也都参过军，三弟、四弟没有参过军，因为老爷子不让他们去部队了。老三进了内江工商银行工作，老四在成都边上的庐山（音）运动学校教射击，是个射击高手，最近又带队去山里面练习射击去了一个月了，还没有回来。老二自己做生意，给学校做工程项目。

从性格上看，四个兄弟也性格迥异，老大李华勤奋努力，适合国企；老二聪明灵敏，适合创业，曾经也在成都工商银行工作，后来跟他老婆一起买断工龄开始创业，还去了海南几年；老三性格内向，进了内江工商银行就再也没有调动过工作；老四不大爱说话，但是很爱运动，所以就成了教练。

李华曾对他爸爸说："爸爸，虽然我没有老二聪明，但是我比他勤奋。"在母亲眼里，他就是这样一个勤奋的人，也是四兄弟里面做事最踏实的一个。从他的工作业绩来看，他也确实是很拼命。

"前几年因为工作压力太大，身体开始发胖，还得了糖尿病，后来就恢复了运动，必须坚持运动，否则身体就支持不下去。这两年因为糖尿病真的瘦了好多，他以前200多斤，现在瘦了几十斤了，看得我都心痛，搞那么大压力的工作干什么子嘛，汶川地震，玉树地震，他都到现场指挥工作。"李母一边不停地讲述着儿子的故事，一边擦着眼泪。

李华的女儿在英国留学，学习城市规划，当年即将研究生毕业，老二的女儿也在英国读书。这些原本都是一个完整而充满憧憬的幸福家庭的骄傲，如今一切不往。有消息称，李华女儿在英国读书的资金即来自张锐，由张锐直接打到国外账户上。

我想起了自己曾经经历过的另一件事。2008年上海一个分管土地的官员受审，其女儿在法院外一路哭一路呕吐，那一天是上海的台风预报日，黑压压的天空下，我当时的内心很受触动，伸手递过去一包纸巾，如果她爸爸看到这一幕，如果从头再来，他会宁愿选择清贫平凡的日子吗？

陨落的骄傲

就在李向东于2010年3月出逃之前的春节，李华还在得意并思忖着升入集团做副总。这一切已成梦幻，2010年6月底，他终于走不回那个家。

母亲清楚地记得，李华离家之前一切都正常得不得了。那天早上吃过早饭，7点多李华说去上班了，就再也没有回来，他们也都没有再见过李华。一开始李华老婆刘农美告诉母亲，李华出差了，后来刘农美也休假一周在家里哭。母亲才知道，李华是被纪委查了，可能几天都回不来，但是没想到从那天后再也没回来了。

母亲说这太突然了，因为李华有多年的糖尿病，他平时如果出差都会告诉她，让她准备好糖尿病的药，每天早上、晚上都要各打一针。她还担心这么多天李华怎么办，儿媳妇说调查组都给他准备了药，这个可以放心。

没有人去李华家里查过，家里的电脑也没有被带走，但是李华母亲相信，应该都被监控了。

李华刚被查的前一个星期，李华老婆都待在家里休息，每天情绪都很差，进入第二周又开始上班了，逐渐情绪稳定一点，但晚上经常不回家吃饭，说是单位有事或者在外面吃饭。

李华老婆在李向东所管的无线音乐基地上班，负责财务，她和李华也是在老家四川内江邮电局认识的，当时她是内江邮电局的财务人员，而李华是办公室副主任。

李华15岁高中都没有毕业，就被招进了体校，当时体校排球队要人，他就去了体校，参加了很多比赛，后来长到17岁，还只有183厘米，李华爸爸怕他长不高了，以后也进不了省队，体育就没有了前途，于是不让他继续念体校了，把他招进了部队。他曾代表四川省参加全国青少年排球比赛，代表二炮参加全军运动会，代表四川邮电系统参加全省、全国的篮球比赛。

当其年满22岁，在部队要退役的时候，李华代表部队参加一个球赛，被内江邮电局局长看中了，迅速调走了他的档案。“当时老头子还很不满意，想把李华搞到金融系统去，以前他曾从军队去地方‘支左’，跟财贸系统熟悉，所以他总是想把儿子搞到财贸系统，工作好，邮电系统那个时候有什么好的，他很不高兴。”李华母亲回忆着，还有些遗憾。后来李华二弟去了银行，曾劝说李华也去银行。

但这在那个年代已经来不及了，档案已被邮电局局长调走。李华退役后先到内江邮电局做办公室副主任，后来到成都某干部学院学习进修，回去就升了主任。年仅34岁时，先调到广元市去做了邮电局局长，干了几年后又调到省局，后来因为电信分家而到了移动通信局，又因移动分家而到了四川移动。整个晋升过程可谓顺风顺水。

所以运动员出身的李华即便在工作中也颇爱锻炼，他曾有句流传甚广的话：“身体不好，会让人退出工作；知识不足，则让人退出生活。”2005年，李华完成了在四川大学工商管理课程班的管理硕士学业；2007年，又在香港理工大学获得了硕士学位。

生活中的李华讲究细节，追求考究。他热爱旅游、摄影，好名牌，重仪表；尤爱品味红酒，酒量不小。他的私家坐驾是价值180万元的黑色辉腾，挂着“川O”的特殊牌照。

李华擅长很多运动项目，尤爱打高尔夫球，还喜好爬山、飞行、跳伞、潜水、自驾越野车等挑战性十足的运动。在与朋友的运动项目较量中，他往往是佼佼者，“很少有人干得过他”。

在经济方面，他的多位朋友、合作伙伴、同事亦有截然不同的评价。有人说李华跋扈乖张，在收钱上毫不手软，“一般的项目收入他还看不上”；也有人说，作为省级移动公司的“一把手”，且公司业绩在移动系统内属领先，李华的明面年收入也接近200万元，“他不缺钱，也不是一个贪婪的人。他行事仗义，认为可以做的就会帮你，做不了的他怎么也不会做——这并不以收多少钱为标准，而是看你是不是找对了人，或者跟他是否能看对眼”。

但在李母眼里，李华从来不是个坏孩子，“这个娃从小就很努力，什么都想拼第一，他人很好，很正直，我不相信他会犯什么大错，我相信我这个娃……老头子死之前，我们都一直住在内江，我也是这几年才住到成都来，李华这个娃太孝顺，总是怕我伤心……他太过努力了，什么都想往上争，我都跟他说，不用这么辛苦”。

李华的工作能力在中国移动集团内部确实颇受肯定。李华主政期间，四川省移动已经成为中国移动系统内排名第四的省级运营商，也是中国西部地区最大的通信运营商。由于地处西部，要作出大的业绩并不容易，其在中国移动体系的权重仍远远高于四川其他省级通信运营商，比如四川电信和四川联通在其各自集团公司中的地位。“无论横向或纵向比较，四川电信和四川联通的市场分量都远逊于四川移动。”李华的一个商业合作伙伴如此评价。

官方资料显示，四川移动成立于 1999 年，之后根据客户的细分需求适时推出各种新业务，包括针对全球通客户推出了“手机上网”、“随 E 行”、“群英网”等服务；针对年轻客户推出“手机游戏”、“彩铃”等娱乐性很强的业务；针对大众客户提供了“亲情号码”等优惠实在的服务。近年来，四川移动的计费支撑系统、10086 服务热线、营业厅服务、集团信息化、网络质量位居全集团前列。

“李华是我在中国移动系统内见到的不可多得的一名将才，领导力极强，务实能干。”即便在李华案发后有些心惊胆战的肖辰，仍对李华的能力有所褒奖，李华提拔的大多中层干部往往也是有棱有角的，而非一般国企四平八稳的提干标准。

2010 年春节前夕，李华与众友吃饭，曾在席间透露，他很快将被调到北京，升任中国移动集团副总裁，组织上已经找他谈过话，事情已基本确定。他甚至跟北京的友人开玩笑说：“我去北京，要借你房子住。”

为了这一天，李华已经准备了多年。他一直在运作成为集团副总的机会，但也一直未能遂愿。其间他还曾多次想办法，把本要将他交流至上海、广州等地的调令挡回去。可以说，他是中国移动在同一级别、同一位置上任职时间最长的“封疆大吏”。据闻在中国移动，像他这样任期超过十年的省级公司高管，只有另一位重庆移动的“一把手”，但他业已退休。根据中国移动内部的人事规则，一般高管 4 ~ 6 年就需要作出交流变动。

李华唯一的想法是向北京升迁。但张春江案、李向东案陆续曝光，尤其是李向东案发后，他的期待就已经接近无望。

但事实上，李向东的无线音乐基地问题同样直指李华。以四年前10亿元左右的投入成本，如今一年运营收入已超过220亿元的无线音乐基地，是李华、李向东一手建设、运作而成的项目。熟悉李向东的人士透露，李向东一般不喜欢在外面出席活动，往往李华让他必须去的，他才会去。

不过，除去无线音乐基地问题的牵涉，李华还应有更大的一摊子事。

据了解，李华此次受调查的问题中，性质最严重的就是设备采购。当时已有多位设备供应商正在协助调查，有部分设备供应商人员已经出境到国外“暂避风头”。这就有了开篇肖辰的那一幕。

“陆陆续续有人协助调查，有的出来了，有的还没出来。”消息人士称，“一把手”突然“落马”，公司内部自然人心浮动。目前由党组书记主持工作，过去每天都要进行的大量项目签报、审批等工作也有滞缓。当时潜伏在成都的我，确实也很能感觉到这种紧张的气氛。

1959年出生的李华，在四川移动“一把手”的位置上已稳坐十余年，类似在同一级公司坐镇如此长久，在中国移动体系内少有，另一与他同样从创立开始坐镇，持续十余年的，只有重庆移动的老董事长沈长富。沈长富后也因为受到李华牵连落网，后文会有详述，所以他们一旦案发，所涉人员之广，事件之复杂也可想而知。

从李华的履历也可以看出其在当地电信领域扎根之深。20世纪90年代初，李华退伍后先到四川省内江邮电局工作，后调入四川省邮电管理局，任办公室主任。在“大哥大”通信事业兴起后，李华进入了改制成立的移动通信局。此后，移动通信局政企分离，中国电信公司成立，内部设立移动通信部门，李华时任中国电信移动通信部门负责人。20世纪90年代中后期，在第一轮电信改革中，移动业务从中国电信中拆分出来，1999年四川移动由此成立，李华则成为四川移动公司第一任负责人，直到案发。

四川移动内部人士称，李华出事并不突然，很多人都认为其迟早都会出事，关于他的举报信多年来在中国移动内部一直就没有停过。

在李华出事之前，四川移动内部曾经传出消息，说李华得罪了某位很有背景的设备供应商，“李华也很可能因此而陷入麻烦”。多位业内人士都如是说。他所说的供应商直指新邮通，这是一匹电信设备领域的黑马，只是业内共知的是，这是一家几乎没有自己的核心技术，只有贴牌的以某中央高层背景而“著名”的厂商，所以李华“不买账”。

但即便没有传闻中的此事，李向东、张春江所牵涉的那一摊子烂账也足以让他身陷囹圄。

有四川移动内部人士称，“李华被抓，既在意料之中，又在意料之外”。由于他的个性表现，不少人都认为“迟早会出事”，关于他的举报材料，多年来几乎没有在中国移动集团内消停。但在一次次有惊无险之后，身边人也简单地认为李华确有能力“把问题平掉”——作为移动系统里资历最深的一批“老人”，“只要集团不想动他，应该不会有问题吧？”

据我们了解，李华“落马”的直接导火索来自两方面。一是受四川移动原移动数据部总经理李向东案牵连。李向东因通过四川无线音乐基地巨额获利而案发，且四川无线音乐基地垂直隶属于集团总公司，横向仅对李华汇报工作，李向东也是李华一手提拔的亲信。二就是 2011 年初曝光的中国移动副总裁张春江案中，有涉案的设备供应商同时供出了李华。李华案中更涉及了张春江案的核心人物——张锐。而后者是否也正是李向东毫无征兆突然出逃的原因呢？张锐究竟与各方有着怎样的关联？我们还在沿着这一线索继续调查着。

对这一切，李母都难以知晓，她只知道儿媳妇告诉她是李向东跑了连累了儿子，要承担领导责任而已。李母仍旧不甘心地强调，她儿子不会做坏事。

当时，我很想跟她说实情，却有些不忍，只能默不作声地听老人叙述这一切。

其实，李母不知道的还有李向东案发后，李华即已被限制出境。李华继而案发，带来的是更大的风暴。

李母对李向东没有什么太大印象，唯一记得每年夏天他们退休老干部们会一起到太平镇青城山区度假，几百块钱一个人，而李华和李向东他们也会一群人一起去那边打高尔夫球。听过有人叫李向东的名字，但是至今未能对上号。

“我地震之后就没去过了，唉，往年这个时候，我都该在度假的……”李母和儿媳、孙女的生活轨迹皆因李华的涉案而改变。

李华案，由中纪委直接督办，委托四川省纪委进行。李华身为一名省级央企公司负责人，这样的调查规格，意味着整个案件性质被提升。这是李母及其家人都始料未及的。

虽然中国移动集团当时未直接对李华作出“双开”决定，但无论纪检部门最终调查结论如何，李华离职几成定局。为了保证四川移动公司的正常工作，中国移动集团将很快从其他省级公司调来干部接替。事实也证明，后来很快迎来了中国移动内部的大轮换，从江西省移动调来的新任总经理走马上任。而中国移动集团总裁李跃在广东开会时也曾有谈及，严肃表示此事性质“非常严重”。

2011 年 7 月 5 日，攀枝花中院开庭审理了李华案，在法庭上，李华的辩护律师提出七点辩护意见，在法院的判决中大多被驳回，但法院接受了关于李华因有自首和重大立功表现等应从轻判决的请求，判处李华死缓。

其中，李华辩护律师提出，中国移动通信集团四川有限公司已变更为外资公司，故被告人李华自 2002 年 7 月 18 日以后的受贿行为应构成非国家工作人员受贿罪。相比非国家工作人员受贿罪，国企高管的国家工作人员受贿罪名要重得多。

对此，法院认为，经中华人民共和国对外贸易经济合作部以外经贸资一函［2002］605 号文件批准，四川移动于 2002 年 6 月将国有独资公司变更工商登记为外资企业。其投资人系四川移动通信（BVI）有限公司，但四川移动通信有限责任公司的投资总额及注册资本金额均不列入外资统计。因此，李华仍属于国有企业的国家工作人员。此案例也可为中国诸多海外上市做过外资结构的国有企业高管借鉴。李华并未侥幸逃过此劫，已彻底断送自己的前程。

施万中与西门子的 500 万美元

同样事涉采购的李华与施万中，两位“封疆大臣”的集中落马，让外界看到的似乎是中国移动在设备采购这条线上的案件升级，尽管后来事态的发展显然又发生了改变。

李华和施万中都是中组部选定的五人后备干部之一，施万中更是头号人选。这在 2010 年 12 月即已定下，这意味着他们是副总的候选人，所以李华才会如前文所说，请友相聚通报好消息。

出生于 20 世纪 60 年代初的施万中，“后备”时间更短，在确定了后备名单以后，他就以中国移动人力资源部总经理的身份又兼任了中国移动党组成员，但只当了 20 天，他就被河南省检察院直接带走，甚至都没经过纪委部门。

然而，在之后相当长的时间内，他在中国移动内网上的职位照旧，毫无被免的痕迹。

2010 年初，中国移动安徽省移动公司原董事长兼总经理施万中，因涉嫌收受西门子公司贿赂而被调查。案发时，其身份已经是中国移动党组成员、人力资源部总经理。

施万中几乎与中国移动原总经理张春江同时案发，于是诸多消息指向了两人的涉案关联。但接近移动高层的人士当时即向我们透露，施万中被查与张春江案无关，而主要源于其早年长期担任安徽省移动董事长兼总经理期间的经济问题，且还与两年前轰动全球的一桩贿案有关。

作为电信业的元老，2011 年 51 岁的施万中也陨落在其事业如日中天之时。施万中出生于 1960 年，1982 年获南京邮电学院工程学士学位。他早年一直在江苏工作，历任江苏省移动通信局副局长，江苏移动党组成员、纪检组长兼工会主席。在短期出任中国移动总部网络部部长后，2002 年调任中国移动集团安徽有限公司董事长兼总经理。

与李华一样，施万中同样是省级“一把手”中的能人，在主政安徽期间，安徽移动公司连续数年内客户数量、运营收入和净利润都获得快速增长，施万中本人曾在 2006 年被评为全国劳动模范，被授予五一劳动奖章；2007 年亦被评为安徽省劳动模范。

但一个看似不相关，很多人也没有留的意相关性的事件于2008年发生，西门子全球行贿案被曝光并全球发酵，有关中国人员涉案案情在西门子的海外诉讼中通过正常途径送达中方。其中一位“问题”人员即是施万中。但在西门子案发后的这一年多时间，施万中又从安徽省移动公司调为中国移动总部人力资源部总经理。

2009年初，施万中调任中国移动集团人力资源部总经理，并任党组成员，时年49岁，看似丝毫未受西门子案影响，前途也一片光明。时隔仅一年，2010年初，施万中因涉嫌收受西门子公司贿赂被调查，这个电信业内的“明星”就此陨落。

根据法院的判决，施万中的受贿行为均发生于其任职中国移动通信集团安徽省有限公司董事长兼总经理期间。与李华的陨落轨迹几乎一致，当时，施万中手握安徽移动的电信设备采购大权，也主要案发于此。

施万中落马后被关押在河南省鹤壁市，一同被关押的还有施万中的妻子以及一个中间商。该案最后由河南鹤壁中院审查起诉，由于案涉美、德等国家，对河南省检方而言，这是一个少有的大案，由中纪委直接交办，有国家领导人直接过问，不仅事关刑事审判，更牵涉国际关系，因此保密程度特别高，从头至尾，此案也以事涉国家机密为由，一直被秘密审查、起诉、宣判。

一度有接近专案组的人透露，该案专案组在河南高检院开会，只要进入高检院大门，专案组人员手机都必须一律去掉电池，司法部对办案人员以及代理律师一律政审，代理人是鹤壁律师以及一个北京律师，且该问题上边有交代，案件办理过程中若有问题，地方协调不了的，由司法部和最高检出面。该案但凡有涉入人员，包括代理人，首先要签保密协议，案卷在开庭审理后，拟定会在第一时间封存交由司法部。

当地司法系统流传的一个细节还有，施在任期间曾和某中央领导的一个外甥在工作上因同属一部门而相熟，中间还有中纪委不少人到鹤壁说情，但没人敢帮忙。

但我们从各方获知案件所涉及核心事实也可对电信领域的采购黑幕以管

窥豹。与施万中同案被审的那个中间人名叫田渠。施、田二人被法院认定共同收受德国西门子公司给予的总计高达506万美元的贿赂款，田渠最终被判有期徒刑15年。此外，施万中单独收受一民营公司老板李某的行贿款约200万元人民币。

行贿的目的只有一个，即施万中手上对全省设备采购的生杀大权，这些都是一年动辄上百亿的重大交易。这样的权力，对于意欲扩大市场份额的西门子而言充满诱惑。深谙中国潜规则的西门子找到中间人田渠，攀上施万中的权力高枝，以实现销售设备的目的。田渠是一个民营公司的老总，与施万中为多年好友。这样的关系被西门子盯上，其工作人员找到田渠，邀请其担任销售代理。

从最后的判决书来看，在田渠的周旋之下，安徽移动公司和西门子签署了销售电信设备的协议。多次交易中，西门子累计向田渠的私人账户汇入销售提成款共计约506万美元。田渠则通过转账或者给施万中购物等多种形式让施万中获得利益。

但从我们此前得到的一个消息来看，施万中是通过一家公司接受的这笔转账，而该公司的负责人即为施万中的妻子。最终，施万中独揽了全罪，未祸及妻子的共同受贿。法院最终按照西门子汇入田渠私人账户的总金额认定，田渠和施万中共同收受贿赂506万美元。

据西门子的原内部人士透露，西门子物色的“中间人”有两种形式，一种是代理商模式，即在某一地区推广产品，按照销售额提成。有时甚至是先把产品买断再去推销。按照行业的潜规则，许多代理商最终都会以回扣的形式对买方行贿。

另一种形式则是“商业顾问”的模式，销售方通常会与一些假壳公司签订“商业顾问协议”，一笔回扣签一份合同。所以，“商业顾问”往往徒有其壳，只是提供“洗钱”的渠道。这也是电信领域早期特别广泛存在的一种行贿方式。

据了解，田渠在和西门子签订协议之前，曾经就此事咨询过施万中，安徽移动公司能否购买西门子的产品。得到施万中的表态后，田渠与西门子签订了代理商协议，表面上约定，田渠帮助开发市场，按照销售额提成。

西门子在此案发生后一直采取回避的态度，我们财新曾向西门子公司提出过正式采访的请求，但对方表示，对于发生在中国境内的官员腐败案件不置评论。

案件“涉及国家秘密”，目前也没有西门子作为施万中案行贿方的相关行贿人员是否受到相关刑责，是否受到相应法律追究的消息。根据中国《刑法》第三百九十三条关于“单位行贿罪”的规定，“单位为谋取不正当利益而行贿，或者违反国家规定，给予国家工作人员以回扣、手续费，情节严重的，对单位判处罚金，并对其直接负责的主管人员和其他直接责任人员处五年以下有期徒刑或者拘役”。

不过，作为美国上市公司，西门子未能逃脱美国《海外反腐败法》的法网。从 2006 年起，美国司法部和美国证监会开始对西门子此前披露出来的涉及可能达 4.2 亿欧元的全球商业贿赂问题展开调查。

2008 年底，西门子与美国司法部和美国证监会分别达成和解协议，支付了总额高达 8 亿美元的巨额罚款。美国司法文件也披露了西门子海外行贿的多个项目，其中包括涉及中国的项目，牵涉交通、通信、医疗等领域，但未披露具体中国涉案人员、公司和这些人员收受贿赂的具体数额。

一直延续到 2011 年 5 月，几乎完全不为外界所知，“原中国移动通信集团党组成员、人力资源部总经理施万中受贿案已走完司法程序，终审被判处死刑、缓期两年执行”。这一消息最早在财新《新世纪》周刊上披露。施万中已由河南省鹤壁市中级法院进行一审，河南省高级法院二审维持一审死缓判决。

爱立信的百亿生意

西门子之外，随着中国移动腐败案的升级，爱立信等其他外资供应商也被卷入。

2010 年 9 月，继四川移动总经理李华之后，四川移动分管设备和项目采购的副总经理、董事陈炳澜已被有关部门正式“双规”，两人均涉嫌在电信设备采购中受贿。在接受调查的电信设备供应商中，爱立信赫然在列，爱立信的相关人员也涉案被拘。该消息我也报道过，最早被刊登在了财新《新世纪》周刊上，但因为一些客观因素，仅体现在了纸面杂志上，而未在财新网上同时刊登。

有趣的是，后来《新世纪》周刊报道的爱立信涉案一文被翻译成英文稿发在了财新英文网上，后经外电引用进一步报道后，又被国内的媒体引述外电报道在国内作了报道，引发了一次新闻热点，而此时已比我们的最早独家报道晚了近一个月。我常想，这应该是在中国才可能出现的怪事吧。

2010 年 6 月李华受贿案发后，年过五十的陈炳澜即成为纪检部门重点调查对象，之后的几个月中，陈炳澜多次接受问话和调查，直到其案被正式定性。

除此之外，国际电信设备供应商巨头爱立信的一位设备经销商负责人被传唤配合有关部门对李华、陈炳澜二人的调查，之后未归。

不久，2010 年 10 月，重庆移动党委书记沈长富涉案被调查，亦由外资设备采购案牵出，爱立信也牵涉其中。

在张春江下台、张锐涉案之后，担任四川移动数据部总经理的李向东出逃，加速了李华的落马。李华落马牵出了毛节琦，最终导致沈长富也随之被逮捕。

沈长富出生于 1951 年，重庆市垫江县人。看其简历：重庆移动前董事长、总经理、党委书记、教授级高级工程师，曾下乡做过知青，自称毫无背景。在 20 世纪 90 年代中后期的第一轮电信改革中，移动业务从中国电信中拆分出来。自 1999 年 9 月重庆移动成立后，沈长富一直担任公司负责人。

据不完整统计显示，在中国移动成立历史上，从最初成立至此次案发十余年里，各省级移动公司始终把守“一把手”重任的大将仅有两位，即四川移动李华和重庆移动沈长富，耐人寻味的是，两人都在此轮反腐风暴中落马。

李华案发后不久，中国移动内部各地方高管之间进行大轮换，当时尚未到退休年龄的沈长富即被要求退居二线，总经理职位由一位副总接任，沈暂时保留董事长职位，这一突然的举动在当时已有人预感到情况不妙。

沈长富是重庆垫江人，土生土长，在重庆电信局任职长达 28 年，根基颇深。沈长富最早于1971年3月即进入四川省重庆市电信局无线通信分局成为普通的机务员。恢复高考之后，1982年9月，沈长富考入北京邮电学院高函载波通信专业，至此改变人生。前文有介绍，张春江、宋世存都是北京邮电学院载波系毕业，也是1977年恢复高考后的第一批考生。

毕业之后的沈长富，在1988年3月成为四川省重庆市电信局收发讯台副主任，1989年6月担任四川省重庆市电信局无线通信分局副局长；1992年8月担任四川省重庆市电信局无线通信分局局长；1994年8月担任四川省重庆市电信局局长助理；1995年6月成为四川省重庆市电信局副局长；1997年6月，升任为重庆市电信管理局副局长。

沈长富与李华在电信部门的工作经历极为类似，一路提升顺风顺水，沈长富在1997年担任重庆电信管理局局长之后，又随着电信改革，中国移动重庆公司成立，他开始担任重庆移动董事长超过10年，直至案发。

李华与沈长富私下的关系也很好，彼此熟识。有消息称，沈长富的儿子沈力，大名沈俊成，一直在成都从事四川移动业务，开跑车，生活奢华，此次沈长富涉案也与其儿子的问题引发有关。

当地的消息还称，沈长富被捕之后，他的一名在重庆从事移动相关业务的情妇也被曝光而协助调查沈案。而李华、沈长富案中两者收受的贿赂，很多也都通过海外账户。

在对李华和沈长富的各项受贿指控中，最大的受贿指控都来自爱立信。爱立信的中国顾问公司负责人毛节琦是具体行贿人。毛节琦为香港长远贸易株式会社总经理，1985年，香港长远贸易株式会社与瑞典爱立信公司总部签订合同，担任爱立信总部的高级顾问，毛节琦负责中国市场。急于占领电信设备市场的他走上了行贿路，给执掌四川移动的李华送上1173万余元，向沈长富送上1747万余元，均为两者受贿最大金额。

2000年至2010年这十年，李华收受毛节琦美元160万及英镑4万（上述美元及英镑折合人民币1156.2698万元），人民币7万元，价值10万元的宝格丽手表一只，总计1173.2689万元。

其间，作为交易，经李华签字批准的四川移动通信公司即四川移动与爱立信公司累计签订的合同总额也高达 60.4249 余亿元。与重庆移动的合同额也相当。

在 2001 年至 2002 年期间，毛节琦向李华表示要送给他一笔美元，李华表示接受，并要求毛节琦将钱代为保管。此后，每间隔一段时间，毛节琦就会告知李华他代为保管的美元又增加了多少。他还多次向李华表示，需要用钱的时候，可以随时给李华。

2005 年，李华购买胡晓萍转让的清华坊住房时，叫毛节琦从其保管的钱中拿 10 万美元给他，毛节琦遂将 10 万美元现金带至李华办公室交给李华。李华将此款用于支付房款。

2010 年五六月的一天，毛节琦在李华的办公室告知李华，其代为保管的美元已经达到 150 万。有意思的是，当时毛节琦还向李华保证，这笔钱所在账户没有李华的名字，以暗示不会被抓到把柄。但李向东案发后，李华曾向他的妻子刘农美透露有这么一笔巨款在毛处。李华案发后，刘农美从毛节琦处获得证实，而毛也将 150 万美元移交至四川省监察厅。

除“代为保管美元”之外，毛也曾直接将钱送给李华的家人。李华之女李诚于 2004 年赴英国留学，2005 年和 2006 年，毛节琦两次在英国以学费和生活费的名义给李诚送钱，每次 2 万英镑。事后，毛节琦也将送钱给李诚之事告知李华。

2009 年八九月，毛节琦陪李华的妻子刘农美到英国参加女儿李诚的毕业典礼，刘农美自行缴纳了到英国的旅行费用等 6.9 万余元。从英国回到中国后，毛节琦在李华位于清华坊的住所外将 7 万元钱交给刘农美。

2009 年 9 月，毛节琦又送给李华一只价值 10 万元的“宝格丽”牌手表。

四川、重庆对于爱立信的地位都举足轻重。无论四川还是重庆，都是爱立信在中国的重要基地。2004 年 11 月，爱立信在成都成立了西部区总部。当时爱立信官方材料显示，爱立信在中国共设有四个区域组织：北方区、南方区、中区和新建的西部区。爱立信中国西部区覆盖四川、重庆、云南、贵州和西藏等省、直辖市、自治区的市场。

时任爱立信大中华区总裁马志鸿（Mats H.Olsson）对外表示，四川是中国通信方面最具活力的市场之一，随着中国政府对西部地区的发展力度进一步加大，包括四川省在内的中国西部地区目前面临着更广阔的发展机遇，对通信基础设施和平台建设的需求更是潜力巨大。四川人口众多，发展潜力巨大，成都人力资源丰富，他对中国西部区的未来充满信心。

重庆也是爱立信的一大基地。重庆爱立信科技有限公司成立于 1998 年，是爱立信在中国西部地区唯一的专业电信服务机构，主要负责向爱立信在中国西南地区的运营商客户提供电信专业服务与技术培训。2006 年 5 月 24 日，爱立信重庆供应、采购和电信服务中心正式成立，面向爱立信中国和全球产品提供配套、采购和集成服务。

爱立信高层多次在不同场合称，公司从来都不会容忍贿赂。2005 年，爱立信曾接受瑞典经济犯罪调查局调查，先后有 16 名爱立信员工被卷入其中，调查的范围包括偷税漏税、洗钱、伪造发票、行贿等多方面，被调查的员工包括当时的爱立信全球董事会主席和首席执行官，但在随后的调查中他们又均被解除怀疑。

当时，爱立信在瑞典媒体上将此解释为与瑞典税务部门之间关于如何执行税法的纠纷。在 2006 年的起诉审理中，相关被诉员工均被判无罪。

爱立信目前仍保持着其全球第一的市场地位，但是 2010 年以来业绩并不理想。爱立信 10 月 22 日公布的第三季度财报显示，实现净销售额 475 亿瑞典克朗，同比增长 2%，环比则下降 1%。当年前九个月，爱立信共实现净销售额 1406 亿瑞典克朗，同比下降 5%；实现运营收入 161 亿瑞典克朗，同比下降 6%。

随着中国设备商华为、中兴等的迅猛发展，作为早期即进入中国的国际电信巨头之一，爱立信如今在中国市场的地位也日渐衰微。2011 年第四期 TD 招标结果公布中，爱立信几乎在所有供应商中中标比例最低。

2010 年 12 月，爱立信中国公司就其员工涉案被查事件发出了一则声明，间接承认了涉及上述案件。该公司表示：“我们已经获悉一名爱立信员工近期正在接受有关部门询问，以协助对相关案件进行调查。我们将全力协助有关部门开展这一调查工作。鉴于调查还在进行中，我们不便在此进行评论。”

此外，2010 年发生的另一案件，虽然与窝案无关，却也是同样的力证。

2010 年 4 月 22 日，中国移动湖北公司原副总经理林东华严重违纪违法案在武汉市中院一审开庭。武汉当地的《长江日报》报道称，林东华涉嫌收受供货单位的巨额贿赂，这些供货单位即是移动通信设备制造企业。

该报还称，“这可能是近几年来，中国移动通信领域数额极大的一起涉腐案”。但林东华具体收受了多少贿赂不得而知，庭审过程不对外公开，理由同样是所谓的“涉及国家机密”。曾有四名市民持旁听证进入法庭，但均被“请”了出去。唯一可以解释的是这一“国家机密”与施万中案一样，贿方同样涉及的是国际电信运营商。

当时实际参与旁听审判的包括湖北省纪委、省检察院、湖北移动公司工作人员等 10 人，林东华的亲属也进入庭审现场。

林东华曾长期在湖北移动任职，管过公司多个核心部门。2009 年 7 月 21 日，湖北省纪委披露了林东华涉嫌严重违纪的消息。林东华被“双规”后，还牵扯出公司内部多名中层干部。

在湖北移动的历史上，林东华也是第二位因收受贿赂被查的副总经理。之前，2002 年，原湖北移动副总经理华仙军与妻子罗梅被捕，同样是收受移动通信设备制造企业的贿赂。安徽、四川、湖北都是人口大省，也是中国移动在用户“普及率”上重点发展的省份，权力颇大。

“老谢”们

在四川成都的电信供应商中，有一个比较活跃的群体，他们与李华、李向东等移动高管的关系都非常默契，其中就包括著名的“老谢”。

老谢全名谢燕群，是四川瑞登通讯有限责任公司法定代表人，他的老婆李红在当地圈中也小有名气。四川无线音乐基地的“影子公司”之一、成都娱音科技有限公司在短期内迅速股份制改造和冲击上市的过程中，李红便是其入股股东之一，当时每一个能火线入股的股东背景都不简单。

老谢堪称李华利益圈中与李华最熟的人之一，从 1999 年至 2010 年，11

年间，经李华签字批准，成都瑞登公司与四川移动签订了总额为 2.742 亿元左右的合同。成都瑞登公司也主要是从事四川移动的基站维护工作。

作为交换，从 2001 年至 2006 年期间，李华先后收受谢燕群夫妇总计 44.306 万元的财物贿赂。老谢案发后，李红将购房款 32.926 万元交至四川省人民检察院计划财务装备处，之后李红也取保回家。

2001 年，李华因患糖尿病在华西医院住院治疗，谢燕群夫妇为李华办理价值 1.38 万元的华西医院金卡一张；2002 年左右，谢燕群又送给李华一张价值 10 万元的青城山高尔夫球场会员卡。这都是投李华所好，投其所需。

李华经常去青城山打高尔夫球，这也是李华和他的圈中好友经常聚会的地方，李向东也常常参加。

2006 年初的一个周末，李华夫妇与谢燕群夫妇等人一起到青城山“碧水青城”看房后决定购买，谢燕群夫妇为李华垫付了房款 32.926 万元，刘农美与开发商成都潮蓉实业有限责任公司签订了购房合同，办理了购房手续，其后，李华未将房款归还。

2009 年底，张春江案发，随后张锐涉案，李华担心自己会受到牵连，为逃避组织调查，与谢燕群商量，谢建议将房子暂时过户，李华于是叫刘农美将房子过户到李红名下。2010 年 1 月 20 日，刘农美与李红签订合同，将该房产转让给李红并办理了房屋过户手续。

李华称，他多次对谢燕群说过等他把以前在青城山买的另一套房子卖了就把房款给他，但谢燕群说以后再说，其实谢燕群就是想把房子送给李华，但没有明说，而李华也一直没有支付房款给谢燕群。

老谢的存在并不孤立。从李华收受的礼品看，他爱摄影，也极为爱表，于是有人戏谑称，李华让他们学习了诸多罕有所见却非常名贵、动辄数万的莱卡相机，以及动辄上十万的名表，如“积家”、“芝柏”、“宝格丽”。

与老谢类似，朱俊伟的四川军通公司也是四川移动的通信线路、基站的代理维护商，他还在四川移动承接了光缆建设、村村通、通信管线建设等业务。2001 年至 2010 年，经李华签字，四川移动与成都军通公司签订的合同总金额近 4.3 亿元。作为交换，十年里，朱俊伟以帮助李华女儿完成学业等名义，共计送了李华含4根金条在内的价值164余万元的财物。

刘宁的四川长通通讯公司也是四川移动的四家代理维护商之一，每年在四川移动做很多业务，1999年至2010年，经李华签字，四川移动与四川长通公司签订了总额为5.44余亿元的合同。作为交换，2001年至2009年期间，李华收受刘宁共计价值45.524万元的财物。

2001年至2005年期间，每年中秋节和春节，刘宁均到李华办公室送给李华“仁和春天百货”和“美美力诚”的购物卡，每次价值1万元，合计9次即9万元。2006年、2007年、2009年春节及中秋节，2008年中秋节，刘宁到被告人李华办公室送给李华“仁和春天百货”和“美美力诚”购物卡，每次价值4万元，合计7次28万元。上述购物卡共计37万元。

2008年春节前后，刘宁又在李华办公室送给李华“尼康”相机一部及3个镜头和其他相应配件，共计价值8.524万元。

李华自已也承认，长通公司是四川移动的四家代理维护商之一，每年在四川移动做很多业务，他作为四川移动的董事长和总经理，刘宁的业务在各个方面都需要他关照，特别是合同的审批、授权和合同款的拨付上，都必须有他的签字才行。

从“老谢”们的故事不难看出，这些贿赂的财物集合了李华这十年利用权力，以各种名义从企业那里捞取的金钱交换，大到一套又一套豪华住宅，小到一张华西医院的贵宾卡、一根金条，远到筹款为女儿赴英留学，近到在景区打打高尔夫球，李华的生活之路丰富多彩而又铺满送上门的“黄金”，利益获得轻而易举。

由于李华在四川移动的强势地位，很多当地企业愿意投其所好。例如李华的一张价值高达10万元的青城山高尔夫俱乐部会员卡，就由四川瑞登通讯有限责任公司负责人谢燕群赠送，该公司负责四川移动的基站维护。他热爱摄影，就有多家企业争相赠送高档相机。据李华自已案发后的“交代”，他和哪个企业熟悉，四川移动上上下下就会很明白，就会给面子。

相关司法文书显示，李华在四川移动的影响至深至广，具体到业务的方方面面，从基站维护到设备代理和数据业务，甚至基础设施建设，几乎全由其说了算。而多位行贿人所从事的行业也几乎涵盖了四川移动的所有业务领域。

一个典型事例是购楼。2007 年左右，李华提出购买罗浮世家的一、二楼作为移动公司的手机卖场，当时四川移动分管市场的副总经理尹显智表示了反对。尹显智认为，隔壁就有一个很大的移动公司的营业厅，距离太近不合适。但李华认为，如果不买，此楼就会被电信或联通买去了，就会显得很尴尬。后来四川移动市场部对此还专门作了利弊分析，研究结果仍然为不该买。但李华仍力排众议，在一次办公会上通过了购买决议。这两层楼的购买价格是 1.2 亿元。

从事后的司法审判可见，该楼的开发商成都达义物业有限责任公司股东刘峙宏正是李华的行贿人之一。经司法认定的刘峙宏的行贿物主要是一只价值 9 万元的“积家”手表和一部价值 6 万元的莱卡 M9 相机。

采购黑幕

多年以来，设备采购是电信行业最易产生腐败的领域。中国通信业从 20 世纪 90 年代至今经历了大规模网络扩张，固定电话用户从 1000 万增长到 11 亿，移动电话用户从一片空白增至 8 亿。到 2011 年，仅中国移动的用户数就已突破 6 亿。

每年数千亿元的设备采购及 IT 采购，数十亿元的广告招标，以及同样数额惊人、包罗万象的电信增值服务和各类工程采购，使得中国的几大国有电信运营商犹如传说中的黄金国度。上至西门子、爱立信等跨国电信设备制造商，下至以承包建筑工程为生的包工头，都渴望迈进“帝国”的门槛，成为中国国有电信公司的设备或服务供应商。

中国运营商对电信设备和相关服务的采购数额巨大，也在很长时间里都是全球设备供应商最大的增长点。为获得这块大蛋糕，各国设备供应商无不各出奇招。

施万中案、湖北移动林东华案等，都像整个中国移动腐败窝案中的一个插曲，虽起因不同，却与李华案、张春江案同交集于采购黑幕这条腐败链条上，同时都集中暴露了中国移动长期在采购管理上存在的巨大漏洞。

这一漏洞虽然在 2004 年改为“集中采购”之后得到了很大的弥补，但是集中采购，集团、省级两级采购体制之下，各个环节仍存有各种有意或者无意的寻租失控。随着两个案子的浮出水面，卷入调查的人及相关案件的严重性都在升级。

虽然看完下篇后文的叙述，读者会明白，2011 年中国移动腐败窝案发展到后来已完全转向，这使得采购线上不断升级的黑幕仅仅成了一个插曲，但这段插曲仍勾勒了一段并不光明的电信发展史。

在 2004 年之前，中国移动采用的是各地区分散采购，大部分设备采购都是由各省公司独立完成，而且省级以下各地区、县级公司也都有相当大的独立采购权。因此，省级移动对当地设备使用拥有生杀权。

由此带来中国移动各地区采购同一产品的价格不统一，更重要的是造成了全网技术标准不统一，产品质量良莠不齐，导致整体集团的采购成本偏高。而实际上，很大一部分采购成本便来自各地区移动公司个人收受的中间费用，即回扣。

2004 年，中国移动决定开始集中采购，即集团、各省两级集中采购。从 2005 年起全国范围内全面取代了地区采购，目前已经有超过 95% 的电信设备通过两级集采完成。但省级公司仍有很大权力，尤其是人口大省和经济发达大省对数量和品牌选择的上报。其流程是：省级公司须上报需求量，两次申报，第一次报需求量，由中国移动根据各省上报的需求数量，进行集中采购招标评标；完成后，中国移动把中标厂家发给各省级移动公司，再由各省二级申报，主要报需求厂商，最后由中国移动集团根据需要分配各省市的采购量。

不过，即便是现有的两级集采的制度下，地方移动公司仍有很大的主动性和自主权，这主要体现在省级移动公司。很多供应商即便通过集团公司的集采，仍需要到每个省去打通各省级部门的关系。在确定集团集采的量之后，设备采购流向哪个省差别很大，经营大省是竞争更激烈的地方，因为使用频率越高，其售后需要继续维护、升级和更新的空间就越大。因此，供应商往往需要对各省级移动公司"逐一突破"以保持供应的稳定性。

据法院的判决，除了收受西门子的贿赂，施万中另外接受的民营公司老板李某的行贿共计人民币约200万元。而李某和施万中也是关系密切的朋友，其公司亦销售电信设备，与安徽移动公司有业务来往。该贿赂行为也发生在施万中在安徽任职期间。

而各大设备提供商、代理商和中间商，为满足运营商的"需要"，在庞大的电信市场分得一杯羹，这十余年也可谓花样迭出。每一个外资设备供应商都可能有顾问，各种顾问各显其能，使得这个领域在这十余年蹦出了不少名人和名企业，除了能力之外，拼的也都是各式各样的关系和背景，这也造就了犹如黑洞一般的寻租空间。

一个设备商市场经理讲述了一个他曾真实经历的故事。"有个运营商老总，我们混得很熟了，他什么都不收，也不给办事。后来有个陌生人找过来，给我们老总直接打电话，就说如果我们给5000万，他就给我们办好事。当时我们的答复是我们没法给，这事最后就没办成。但这个陌生人竟然能知道我们老总的电话，而且知道我们要托那个电信老总办的事，可见人家也是有备而来，并非瞎说。"

"这事曾经让我很震惊，原来这些老总也不是不收钱，反而是要收钱才办事，且是安全地收钱。"他因此也总结称，过去在国内，一流的供应商基本还是爱立信、诺基亚，西门子那是二流的，如果不送钱根本不可能进去。但西门子这几年业务也就基本上废了。

但在这些国际供应商中出了几个在电信圈特别有名的牛人。一个是诺基亚的沈国英，VP，其公开身份是诺基亚中国公司常务副董事长，在公司内外一直处于德高望重的地位，也有人称其为"范太太"。她在公司很牛，几乎人人都知道，她可以直接教训老外和客户。一个故事是，当时在公司里，有一个负责报价的老外，职位很重要，谁都不敢惹。但只有沈女士敢拿出一个信封就定应标价，老外说再商量商量，她仍可以不理。

但沈国英确实能干，也出身名门，美籍华人，国民党之后，也属国内统战对象，跟国务院某领导关系好，大家都买账。很多事，她也可以直接给吴基传打电话。

另一个牛人是张醒生，他被称为爱立信在中国第一大功臣，最高职位做到了爱立信中国公司执行副总裁。他非常懂得怎么满足客户需求，花钱都在点子上，作出了很牛的政府关系。业界流传了很多关于他的段子，比如和他一起去某省，他在路上一边走一边给省电信管理局领导打电话，到了就立马能见——中国电信行业在上层是垄断，基层割据，各省诸侯们从来都是电信运营商和SP们努力巴结和孝敬的对象。

张醒生1977年毕业于北京邮电大学，1999年12月获挪威管理学院信息通信管理硕士学位。1990年，张醒生加入爱立信公司北京代表处，历任市场代表、市场经理和业务开发及公共关系经理等职务。1995年，爱立信（中国）有限公司成立，张醒生被任命为公司业务开发总监；1996年，升任爱立信（中国）有限公司副总裁兼移动电话部总经理；1997年成为公司执行副总裁；2001年3月1日就任爱立信（中国）有限公司执行副总裁兼首席市场执行官。

据业内人士介绍，张醒生在公司期间可以说开创了一种“培训模式”，他在位期间，爱立信为中国电信系统培养了几百个MBA，送电信系统人员到国内国外去培训，他被称为此方式的始作俑者。由于跨国公司普遍有比较严格的纪律约束和财务约束，但读MBA的费用可以以“培训费”的形式方便、合法地入账。

即便因此而在爱立信扎根中国市场上立下功勋，但张醒生仍未当上中国公司总裁，2003年4月1日他离开爱立信后加入亚信科技（中国）有限公司，任该公司首席执行官兼总经理。但是苦于平台不够，亚信规模也不大，跟爱立信没法比，他又离开了亚信，完全转向了其他领域。

2005年离开亚信两个月后张醒生投身天使投资，先后投资了五家公司，并以董事长身份加盟盛禹铭集团。2008年10月世界上最大的环保组织大自然保护协会进驻中国，张醒生担任TNC（大自然保护协会）北亚区总干事长。

设备采购行业里，企业要发展，因为直接送钱都不好走账，逐渐都发展成了旅游、培训、吃饭等支出，这也是朗讯贿赂案在全球发酵与西门子全球贿案完全一致的逻辑。

朗讯旧案

2007年12月21日，美国证监会（SEC）在其官方网站上发布公告，宣布与原美国朗讯科技公司（该公司于2006年与法国阿尔卡特公司合并为阿尔卡特朗讯）就指控后者违反《反海外腐败法》（Foreign Corrupt Practices Act）的行为达成和解，这一指控的主要行为就与朗讯在中国的贿赂有关。

这一腐败案已历时三年，上述公告附有一份美国哥伦比亚特区联邦地区法庭关于此宗和解的法庭文件。自2004年春夏之交朗讯中国爆出贿赂丑闻，四名中国高管同时被解职以后，这份文件提供了关于此事件最完整的解释，也成为一个完整的样本。

我的同事赵剑飞曾对这份文件作了翻译与详细解读，根据他提供的资料可见，从2000年到2003年，朗讯邀请约1000名中国国有电信公司官员赴美国或其他地方旅行，为此花费超过1000万美元。

这些中国国企或者是朗讯试图获得合同的对象，或者是朗讯已有的客户。大多数此类旅行表面上是为了让中国公司官员参观朗讯的工厂，并培训他们使用朗讯设备，但事实上，许多旅行中，中国企业官员们在美国只花很少甚至不花时间去参观朗讯工厂。相反，他们在各个旅游景点如夏威夷、拉斯维加斯、大峡谷、尼亚加拉大瀑布、迪士尼世界、环球影城和纽约游玩。

从2000年到2003年，朗讯邀请约1000名中国政府官员赴美国旅行315次，并为此支付全部费用。这些旅行中，与商务内容相比，观光、娱乐和休闲内容异乎寻常地多。在一些旅行中，中国官员只花少到一两天时间用于商务活动，却花两个星期观光、娱乐和休闲。朗讯把这些旅行归类为“售前”或者“售后”项目，取决于朗讯是想从这些客户那里获得业务（“售前”），还是说已经有合同关系（“售后”）。在此期间，朗讯为55宗“售前”旅行花费超过100万美元，为约260宗“售后”旅行花费900万美元。

这种具体的“售前”和“售后”访问也很有讲究。

先说说售前。从2000年至2003年，朗讯为约330名中国官员的美国和其他地方访问提供了全额费用，以参观朗讯工厂，进行观光、娱乐和休闲活动。朗讯为至少55次这种称为“售前”的访问花费了超过100万美元。“售前”访问一般由朗讯中国的员工和管理层提出要求并批准，并且由朗讯的China Ops小组实施。

例如，2002年6月，朗讯为中国一家国有控股的电信公司（“1号客户”）的副总经理和技术部负责人访问美国支付了超过3.4万美元。该访问包括三天的商务活动，但观光、娱乐和休闲则超过五天，包括参观迪士尼乐园和夏威夷。在与此访问有关的几份内部文件上，朗讯将“1号客户”副总经理称为CDMA业务的“关键客户”和“决策者”。在描述这趟访问时，一封朗讯的内部电子邮件声称，这趟访问“对于我们非常重要”，因为它是“在CDMA二期工程前加强（朗讯与‘1号客户’副总经理）关系的机会”。2002年10月，朗讯从“1号客户”那里获得CDMA第二阶段项目合约的一部分，价值4.28亿美元。

另一个案例发生在2001年4月，朗讯一家既有客户（“2号客户”）的六名“官员”和工程师访美两周，也是朗讯支付全部费用。这家公司是一家中国国有控股电信公司的子公司。朗讯对此次旅行的期待之一是谈判双方之间的谅解备忘录。尽管中国“官员”们花五天时间参观了朗讯在伊利诺伊、新泽西和科罗拉多的工厂，但他们花了九天时间游玩，其中包括波士顿、拉斯维加斯、大峡谷和夏威夷。此举耗费超过7.3万美元，在其内部文件中，朗讯称此次旅行是向“2号客户”介绍其网络运营中心的一次“黄金机会”。

朗讯还称“2号客户”当时正在考虑在数家竞争者中挑选某项特定的电信产品。在审批此次旅行时，朗讯估计与“2号客户”的潜在业务可达5亿美元。在朗讯的内部记录中，这六名来自“2号客户”的访问者被标明为“决策者”或“影响决策者”。其中一名访客是“2号客户”的副总裁，直接向“一把手”汇报。

朗讯为“1号客户”所支付的开支被计入“其他服务”项下，为前述“2

号客户”所付开支被计入“国际运输”开支项下。这一费用账户在法律上是仅用于“在商品跨国家边境时的国际航运和运输”的成本。朗讯还不正当地将几笔类似的客户和潜在客户的售前访问记录为“国际运输”花费。

还有“3号客户”。大约在2001年6月，朗讯为一家中国国有投资公司（“3号客户”）6名员工组成的参观团，支付了到尼亚加拉瀑布、拉斯维加斯、大峡谷等地的观光费用，并称此为“参观工厂”。这些中国“官员”对观光地点提出了具体的要求，而朗讯则尽力满足。这些参观者在朗讯的内部文件中被描述为“决策者”或“能影响决策者”，其中包括“3号客户”两个部门的副主管。一封讨论该旅程的电子邮件写道：“请特殊关照（原文如此）这个来自‘3号客户’的请求……‘3号客户’已经在计划二期（西南区）的骨干网扩建，我们面临着来自两家电信公司竞争对手的竞争。”

另一封朗讯内部电邮写道：“安排‘3号客户’会见美国的运营商并不容易。但我们需要这么做……我们正与一家电信公司竞争对手争夺两千万的扩建工程。”此后，朗讯成功地获得了“3号客户”骨干光网络二期的合同，价值2300万美元。这些中国“官员”花两周时间内参观了纽约、华盛顿、尼亚加拉瀑布、拉斯维加斯和大峡谷，其中大约有一半的时间都用于休闲活动。

朗讯为“3号客户”花费了46 854美元，并不当地记录为“住宿”费用。依照朗讯的内部文件，这笔费用是被用于“朗讯公司员工或代表朗讯公司员工由于公司业务而产生的住宿费用”。在这个例子中，是朗讯的客户而非朗讯的员工，产生了观光、娱乐、休闲和商务旅行的费用，而朗讯不当记录的这笔费用大大超出了住宿的花销。

再说说“售后”访问。从2000年至2003年，在朗讯和其中国政府客户合同中，通常包括要求朗讯以“参观工厂”或者“培训”名义，为客户提供赴美国和其他国家访问的旅行费用的条款。因为朗讯是基于存在合同提供访问，这些访问被称作“售后”访问。以履行其合同责任的名义，朗讯为约260次赴美国和其他国家的“售后”访问支付了超过900万美元，这些访问通常包括极少乃至根本没有商务活动。朗讯的中国客户中超过850名个人参与了访问。通常，客户指定访问的内容和地点；朗讯员工负责陪伴，安排后勤，并且支付飞机票、酒店住宿、饮食、观光旅游等费用和每日津贴。朗讯中国雇员和管理层要求或者批准这些售后访问，而朗讯的 China Ops 小组负责实施。

朗讯也为其客户提供了售后的“培训”参观，设计该种参观的目的是进行与朗讯产品有关的培训，但经常也包括大量的观光、娱乐和休闲活动。一次典型的培训参观通常涉及中国政府所有或控股的公司的工程师或技术人员对美国的访问，并接受朗讯在其设施场所进行的培训。但事实上，相对于用于合法培训的时间和金钱，有更大部分被用于观光、娱乐和休闲活动，以及每日津贴。朗讯也为其客户支付从培训场所到其他非培训地点的交通、膳食和住宿费用。

至少有一次，朗讯接待了一家中国国有控股电信公司的子公司（被命名为“5 号客户”）的 6 名工程师组成的代表团，并为其支付 2002 年 5 月在美国为时 21 天的培训访问。该代表团完全由来自“5 号客户”的工程师组成，其中有一人负责“5 号客户”的计划发展部门。这些参观者在朗讯的客户访问申请表上被记录为“影响决策者”。朗讯在其内部文件中称，有一个从“5 号客户”那里获得价值 600 万美元的潜在商业机会。

“5 号客户”代表团的访问行程包括在奥兰多、佛罗里达五天的培训，在旧金山、洛杉矶、圣地亚哥、拉斯维加斯、大峡谷、纽约、华盛顿和夏威夷的观光、娱乐和消遣，共支出 4.682 808 万美元。朗讯将这笔开支计入了“其他服务”项。

相应的是，2001 年到 2003 年间，朗讯与其中国客户签署了数单每单价值数亿美元的合同。到 2003 年，朗讯在中国的销售额占到其总额的 11%。

2004 年朗讯一案曝光以后，全球哗然，这也倒逼着中国运营商在各种问题上不得不逐渐规范，采购的透明化程度也在加强，像爱立信等这样的国际供应商因不敢再轻易越雷池，其在中国电信版图上逐渐式微，取而代之的是中兴、华为这样的国有供应商的崛起。真正利益大的领域也逐渐变成了软件服务，工程采购，还有就是后面将着墨更多的 SP，但仍不乏各路完全依靠背景的“神仙”冒出，几乎每过几年就有“新秀”出现。这类公司通常没有自己的技术和原创产品，多做他人的贴牌或者代理，但无论其做得多差，在评标中排名多靠后，最后也总能通过一些来自“上面”的神秘电话，拿到一些招标的份额。所以，李华的落马在四川就流传着另一种说法，是因为对某“后起之秀”不买账而招来“杀身之祸”。

2011 年 9 月在北京举行的中国国际通信展与往年一样，从华为到中兴，从爱立信到西门子，各大厂商都积极参展推销自己，唯有前述传说导致李华落马的那家仍不见踪影。“他们哪需要参展推销，他们也没什么可展示的，他们只需要靠名字就可在市场中分一杯羹了。”参展的一群人互相嘀咕着，是戏谑也是无奈。

尴尬的华为

2011 年 10 月 10 日，中国移动重庆公司原董事长、总经理沈长富因涉嫌受贿在重庆受审，第二天，因为涉嫌共同行贿，沈长富的儿子沈俊成（又名沈力）也被送上了法庭。沈长富已是中国移动在 2011 年出庭受审的第五位中高层。此前，中国移动原党组书记、副总经理张春江，中国移动原党组成员、人力资源部总经理施万中，四川移动原董事长、总经理李华已相继被判死缓。

根据检方的指控，1990 年至 2010 年期间，沈长富先后利用担任重庆市电信局无线分局局长、重庆市电信局副局长、重庆移动总经理、重庆移动董事长等职务便利，在设备供应、股份转让、工程承揽等方面为他人牟取不当利益，收受财物折合人民币 3616 余万元。

除了上述提到的爱立信，沈长富的贿赂方最受关注的非华为莫属。对于华为的发家以及潜规则，业内早已众说纷纭，华为也已被爆出现在海外多个国家的贿赂案中，就在 2011 年 9 月，奥地利华为还因为被爆行贿而成为当地媒体焦点。但这是它第一次白纸黑字地出现在中国的贿赂案中，虽然金额不大，但业内几乎没有人相信，这就是其真实金额。事实上，如果不是沈力，即沈长富的儿子同时遭遇起诉，作为沈长富间接行贿人的华为恐仍不会被曝光。

这使得华为变得颇为尴尬，虽然大家对企业在中国行贿早已见怪不怪，尤其是华为所在的电信行业这一高度垄断的领域。作为一个自称毫无背景的公司，如要做到该公司领导人曾经信誓旦旦所说的“绝不行贿”，在中国生存几乎是不可能的。华为的行为大胆、方式谨慎在业内并不陌生。

华为与四川移动、重庆移动的关系之紧密，在业内几乎不是秘密。它还涉入了很多它不熟悉的电信领域，比如增值服务，这在上文“模式之争”中已有论述，后文“大变局”中还将进一步叙述。

在沈长富案中，华为涉嫌的行贿方式也最为隐蔽。自2003年末到2010年，华为以发放工资和福利待遇等方式，给早已不在华为上班的沈长富之子沈俊成发放131余万元所谓的工资、奖金和公司股票分红。

根据检方指控，沈长富间接收受来自华为的贿赂131余万元。其在2003年到2010年的公司决策层会议上，同意购买的华为公司产品和服务总金额则达到27.745亿元。

沈长富说，他对华为产品在重庆移动的增长起到了决定性作用。他给下属“打招呼”，他对以华为为供应方的采购方案一般都给予“绿灯”，还授权有关部门负责人跟华为签订合同。

也正是由于沈长富在任期间给华为的特别关照，最终使华为从当初只有一个产品在重庆移动销售，到现在2G产品在重庆移动市场份额排名第二，同时3G产品市场份额最大，占70%以上。

沈长富跟华为的联系以其儿子沈俊成为纽带。2003年，沈俊成从英国某大学毕业回国。此后不久，沈长富在跟华为重庆办事处代表谈生意时，提出将自己的儿子安排到华为上班，华为方面同意。出于避嫌考虑，华为将沈俊成放到成都而不是重庆入职。

据华为总部、重庆代表处、成都代表处等相关人员的证词，沈俊成当年12月至该公司深圳总部报到后，参加了几天培训就调入华为成都代表处，2004年1月即离开华为。此后，华为却将已事实离职的沈俊成的工作关系转到沈阳代表处，继续为其发放工资和奖金。而按照华为的内部管理规范，如果员工无故缺席3天即按自动离职处理。

华为多位管理层的证词都称，给不在职的沈俊成发放薪酬，根本原因是考虑到其父是重庆移动董事长，通过他可以得到设备采购方面的照顾。这点亦得到沈长富承认。

作为父亲，沈长富一直希望儿子能在华为发展，他还希望曾在英国留过学的儿子能到华为法国代表处上班。但执意要做生意的沈俊成，未能遂其心愿。

在 2004 年下半年某日，沈俊成对父亲说，自己出来做事了，已不可能回华为上班，但华为公司还在给他发放工资福利，他不想再在华为公司领取这些福利了，让沈长富给华为公司打招呼，将工作关系解除。沈长富说自己一时起了贪心便没有去解决此事。

沈俊成离开华为后，与成都东讯电子工程公司负责人刘卫创办四川冠达，同时获得 55% 份额的干股，价值 66 万元。在公司运行后，为避嫌，沈俊成姑父代持其股份。

刘卫口供称，2004 年成立四川冠达后，他即告诉沈长富，自己跟沈俊成组建了新公司，业务包括移动通信基站业务维护等。此时重庆移动正准备对万州片区基站维护进行招标，但要求投标公司有经验。刘卫为此找到沈长富，表示公司刚成立，还没有业绩，希望在招标方面给予关照。沈长富当时回答说："好！我知道了。"

在沈长富看来，中国移动自上而下都采取项目邀标制，而不是所谓的公开招标制，而这正是沈长富大权在握，各设备供应商必须竞相讨好他的基础。

邀请招标是相对于公开招标而言的特别招标形式。根据中国相关法律规定，有如下五种情况经批准可以进行邀请招标：项目技术复杂或有特殊要求，只有少数几家潜在投标人可供选择的；受自然地域环境限制的；涉及国家安全、国家机密或抢险救灾，适宜招标但不宜公开招标的；拟公开招标的费用与项目的价值相比不值得的；法律、法规规定不宜公开招标的。

2004 年，中国移动决定开始集中化采购，即集团、省两级集中采购，2005 年起全国推行，逐渐取代了过去的地区采购和邀标。据中国移动数据，截至 2010 年，已经有超过 95% 的电信设备通过两级集采完成，直接邀标的设备不超过10%。但公开招标设有“预审”程序，往往先被审掉一大批，最后可参与投标的仍是常见的十来家企业。

改革后的省级公司仍有很大权力，尤其是人口大省和经济发达大省。因为中国移动是根据省级公司申报的数量和厂商需求来分配各省市采购量的，很多供应商即便通过集团公司的集采，而仍须到各省去打通关系、逐一突破，以保持供应的稳定性，尤其是四川、重庆这样的需求大区。除设备集中采购之外，基站代维基本仍由省级移动自己邀标。一些交易所涉数额动辄数十亿元，省级移动公司“一把手”之权重可想而知。

综观整个案件，沈长富跟这些涉案公司的利益输送都围绕中国移动的邀标制度展开。自2005年以后，邀标已不为中国移动内部规定所允许，但除了设备采购之外的基站维护等业务，仍保持着省级公司做主的权力。沈长富称，至案发，他利用手中权力，将涉嫌行贿的公司纳入邀标范围，最终中标获利。

据沈长富辩解称，直至其下台，邀标制仍是中国移动“上上下下”在设备采购和工程项目招标上的主要做法。“因此，邀请谁参与、不邀请谁参与是我的权力。”在确定邀标范围后，职位如他者还可以建议中标，即通过主持决策层会议强制让行贿者中标。

沈长富曾向下属移动公司副总秦大斌特别提到，希望交由四川冠达试点重庆移动基站维护工作，最终该公司获得该片区1000多个基站的维护工作，获利超2000万元，利润率超过40%。到2007年，四川冠达在万州片区获得的基站维护数量已经达到2500多个，较2004年增长了1.5倍。在2008年和2009年，该公司再次以试点方式陆续接手了重庆市主城片区白市驿试点及长寿片区共360多个基站的代维工作。

检方指四川冠达借此赢利至少2360万元，而沈长富被指控受贿3000多万元，主动交贿却高达4000多万元。

第三章
隐形超人

在一个食人肉的国家里，一名旅游者偶然走进了一家餐厅。他看到厅里的广告牌上标着每一种菜肴的价格。牧师肉：3 美元 / 盘。猎人肉：4 美元 / 盘，老板肉：5 美元 / 盘。版主肉：15 美元 / 盘。政客肉：250 美元 / 盘。这位旅游者便忍不住问："为什么政客的肉比其他人的肉要贵这么多？""这种肉要弄干净多不容易！"餐厅老板回答说。

"电信垄断帝国"阴影之下，左右和操纵着大小交易的"隐形人"，张锐不是第一个，也不会是最后一个。因为一旦沾上政治，少有人能干净。

监狱里的来电

从张春江案到李向东案再到李华案，一个人名反复出现，一个在此之前在电信圈里根本毫无名气的人，却成为将整个案件串成窝案并且得以持续发酵的核心人物。类似爆发于 2006 年的上海社保案，案发之前谁也不会想到，神秘富豪张荣坤能成为搅动整个上海政坛，将数十名官员拉下马的串联之隐绳，诸多官员都被他吊在一根生死索上，而他之手早已如看不见的八面爪，遍布上海金融、国企等多个领域。这一次，这个隐形人，叫作张锐。

2010 年 7 月,《新世纪》周刊封面报道《电信隐形人》发表，张锐之真身以及与中国移动已案发高管张春江之间错综复杂的关系得以大白。在调查过程中，我们的感觉和读者看完我们报道之后的感觉类似，看清这一切才恍然大悟，原来张春江案真的并不孤立，一直神秘的背后利益链终于被掀开一角。

有网友即在我们的报道之后提出问题，谁是中国电信业发展二十年的最大赢家？谁贡献了中国电信行业的数额最多的灰色收入？黑幕被撕开，他还能置身事外，全身而退吗？电信业平平安安这么多年，终于迎来了一场风暴。

风暴确实来了，躁动不安的却是整个行业，包括他们曾经或者现在的朋友。而让我最意外的，却是一个陌生人的突然“来访”。

7 月中旬的一天，一个陌生人突然给我在新浪微博上发来私信，大意是如果媒体的揭黑报道与生命发生冲突，记者应该更为尊重生命，同时说了一些张春江和张锐的细节。我有些愕然。这何以与生命发生冲突？这人到底是谁？跟张锐、张春江有何关系？一头雾水的我留下了电话称详聊。

一天夜里 12 点左右，他突然问我是否有空，于是打来了电话。第一次通电话，我们都比较拘谨，他也试探性地问了问我个人的情况。第二次再通电话，又是某一天的半夜，长长的电话聊天中，我隐约明白，他与张锐、张春江早于 20 世纪 90 年代已熟识，他本人也是辽宁人，在辽宁做生意与张锐认识，后因为一些自身经营的问题出了事，也因此特别知道罪与非罪之间的距离，特别理解这些可能被判罪的人。

后来我们又陆续通过私信和总是半夜来的电话多次进行了交流，忘了是哪一次，我突然有点疑惑地问：“为何你总是半夜才能打电话？”他沉默了一下，很费力地加重语气说：“跟你说一件事，但是希望你能为我保密，也希望你不要在意我的身份，如果你很在意那我以后也会很识趣不会再打扰了。”我开玩笑回答：“我采访这么多年，上过山，下过乡，去过豪华五星级酒店，也到过一无所有的农家，什么样的人都见过，心脏也很强大了。”

他终于说：“其实我在监狱，是个囚犯，最近因为走了些关系在监狱的医疗所就医，白天管得很严，但我晚上可以自由一点，所以你会发现我的微博都是晚上发的，也都是来自手机，也只能半夜给你打电话。”“你相信吗？我公司还是有人在帮忙打理，还有三四年我就能出去了，我能够东山再起。”但对于他的真实生意他没有透露更多，只是每一次找我，都从来没有离开过张春江的话题，可能是想打听些进展，也不时为张春江辩解一下。

基本按照纯原话，截取了一段聊天记录如下，就用A来表示他吧：

A：我跟你说的话题是非法律、非道德、非物质……的问题。我想上天是有眼的，你是聪明人，你知道你所谓的基于事实的文章会对当事人的定罪量刑造成怎么样的影响。我与当事人非亲非故，我知道也深刻了解重庆是“黑打”，有人在为个人目的而沽名钓誉。媒体的渲染把多少人推向了断头台？你的文章同样有这样的作用。

我：重庆与这个完全不一样……“黑打”本身是逆法律而行……我想我们做此案的初衷和期待也是尊重法律……如果只是因为我的文章而影响定刑，那就不是张春江了……但是如果我的文章是揭露了现在监察机关尚不掌握的案情，从而影响到他的量刑，那未必不是一件对法律有益的事。

A：因为在张没有被判决之前，你文中还写有其他人，媒体的报道会影响上层人物的决策。因为，中国是权治而非法治社会。领导人的不满意、不高兴、不爽……可以要人命，你的文章被领导人看到了就可能影响领导人的情绪。在美国，你这么说这么写没关系，因为那里是依法办案的，而中国不是，法律是写给老百姓看的，也只适用于平民。

我：你说的是谁呢，还能让上层人物不满？

A：我无意说服你，我只是觉得，人应多积善行，积善成德，神明自得！当我们的行为能对他人造成巨大伤害时，我们该慎思慎行。张案的案发没有你想得那么简单，若依法办事，全国省市移动的高层“一把手”将无一漏网。他只是权力及利益斗争的牺牲品。

我：我也不想只写张，写张也是要写出整个行业的问题。你说得不简单，我倒是很想一听。

A：实际我就想说一句话：一个人可能是有十个理由被推向断头台，但是我想我们及我们的行为不该成为那十分之一，因为人类社会没有比生命更崇高的东西。更何况，局外人往往很难知道真正的个中原因。虽然我们还有职业精神，但是职业精神也该有底线。因为你的文字绝对对张案有推波助澜的作用，言语中若有得罪，见谅。

我：没关系，感谢你的探讨。我很遵守我的职业道德，对于张春江的事没有超越司法的层面，至少我们还有事没有报……为何一定说他会被送上断头台呢？

A：受贿千万必判死或死缓。

我：关于数字，这个不会是我定的，也不会因为我的报道而改变。

A：不说张案了。三十多年的路走过来，我想我们应常怀悲悯之心。今夜，很打扰，见谅！知你做文字很辛苦。

我：悲悯需要建立在尊重规则的基础之上，否则会给更多人带来灾难……我体会你的意思……也希望你对我的直言见谅，希望你好心情……

我虽然后来知道了他的身份，答应他会为其身份保守秘密，也通过一些渠道查到了其犯罪记录，但仍无法知道在监狱中的他为何会在就医之时避过监管给我专门打来电话据理力争。

2011 年 7 月，张春江案宣判，最后定罪是因受贿 746 万余元被判处死缓，受贿的资金用于身边两个最重要的女人，前妻姬蓉与现任妻子（时任女友）王晖的特定生活需要，资金主要来自与自己相熟二十余年的大学同窗宋世存与老友张锐。

如果拿张案和近年来的很多官员大案相比，张最终认定的受贿金额和情节都属轻量级，与此相比，最后的判决却显得很重。很多曾经与张春江熟识的人都发出了叹息，在他们看来，张的受贿行为并没有让国企遭受实际损失，也有人觉得在张春江的位置上，他已经非常廉洁和谨慎了。比如前文第一章详述的与姬蓉和王晖有关的几次受贿都是特定时期的特定需要，但并未给网通带来太大的损失。

当我看到同事王和岩辗转拿到的判决书时，让我最吃惊的是，张最终被法庭认定的罪行与我们一年多前的那篇报道《电信隐形人》竟如此相似，不多不少，恰恰就是我们当时报出来的那些线索。这是巧合还是背后另有原因？作为一名记者，寻找这个问题的答案已经超出我的能力范畴了。但这不禁令我想起了2010年7月中旬的那个监狱来电，他谈到我们的报道可能影响判决，他也谈到会影响人的生死……

张春江确有让人同情之处，无论为官为人均有让人称道之处。一个例子是他在网通任职之后，搞了一系列重组与内部改革，他在各种争议之中曾下发《致各省通信公司主要领导同志的一封信》和《致系统内部各位同志的一封信》，对一些声称是其朋友、同学、亲戚的人向企业推销产品时不要理睬，信中提到其弟弟和时任妻子姬蓉的哥哥。

然而，无论如何，2011年5月至7月，施万中、张春江陆续被判处死缓，这让很多人开始为尚未进入司法程序的其他涉案人员担心，因为他们的受贿额度和性质恐怕要严重得多。

顺藤摸瓜

让监狱里的故人心心相念的张锐，究竟是何许人也？与张春江案是何关系？又与四川移动窝案有何关系？

经过2010年初期的采访，我们只能摸索出张锐的一个大概轮廓：出生于北京，1962年生人，毕业于北京一所重点实验中学重点班，高考前半年放弃高考，选择流浪体验生活，后任育英学校团委书记，曾因参加野外生存训练出名，20世纪90年代初下海经商，结识时任大连电信管理局副局长的张春江。张锐的第一桶金，即从代理交换机而来。

而当时，一位接近中国移动高层的电信业人士也已透露，张锐案里还有一个关键人物，即张锐之妻——阳光加信广告有限公司总经理杨蕊宁。张锐夫妇俩因卷入张春江案，于2010年春节前后被相关机构带走配合调查。

阳光加信2004年因击败多家知名广告公司，成为网通集团全国总代理而在广告界声名鹊起，其时，担任网通集团总经理的正是张春江，该案具体可见后文。

而真正让我们看到张锐案的扩大化趋势，在于2010年6月25日，中国移动四川公司总经理李华被带走调查。多位消息人士指出，李华案发的两条线索除了李向东，即因张锐牵出——张锐曾出资帮助李华购买房产。但李华的经济问题仍主要在设备采购，李华落马后，四川移动曾分管采购的副总也被叫去问话。这一副总后来也被证实于同年9月被“双规”。

在此之前的3月，四川移动数据部总经理、中国移动无线音乐基地负责人李向东突然携款潜逃。其时，审计署正在对中国移动的SP（电信增值服务提供商）展开审计。我们在四川多方调查发现，张锐旗下公司不仅在四川移动承接了大量业务，其关系网还与四川无线音乐基地的主要SP——成都娱音科技有限公司有着复杂的交集。

一位电信业内资深人士称，张锐出事之后，多家跨国电信公司的中国区高管纷纷出国避风。随着张春江、李华和李向东的相继落马，中国移动在各地展开了一场人事大调整，江西移动负责人简勤接任李华已在内部公示，集团计划部总经理董昕出任河南移动“一把手”也已基本确定。除此之外，中国移动还启动了对内部管理和财务制度的重新梳理。7月初，中国移动、中国联通相继在内部展开反腐倡廉系列会议。

张锐与涉案三移动中高层分别如何发生交易？张锐之后还有多少人涉案？张锐的巨大能量从何而来？这些疑问伴随着张锐在中国移动及电信业引发的这场大震荡在加速扩散。当外界还不大关注张锐时，我们认为张锐可能是影响整个案件的核心人物，是否是由他一人牵出三案，又如何牵出？这些都是我们早期调查的核心，也正因为我们踩准了这个核心，而使得调查事半功倍，也起到了拔出萝卜带出泥的作用。

因为李华案可能与张锐为其购置的一套房产有关，我们再次于四川启动调查，我讨巧地选择了查询当地房地产部门的购房记录。虽然事后没有证明李华的房产在张锐名下，但这却打开了另外一扇窗户。

肖辰曾回忆，其实早在李华买房之时，也曾向他暗示过借钱需要，但是肖辰最终因为胆小而未接话。李华所居住的神仙坊的别墅原来也是当地网通一名员工所有，后来怎么转为李华所有不得而知。案发后，这名网通员工也曾接受过询问。

终于，在朋友的帮助下，我查到了最接近我们想找的张锐的购房记录，记录显示，张锐来自北京。购房记录还显示，这是成都市内一套商品房记录，从购房合同看当时价格还不贵，一共是 100 万元出头。我的直觉告诉我，这个张锐会跟我们要找的那个张锐有点关系。

根据这一购房地址，我查到了一家叫作四川合泽科技有限公司的企业，法人为石磊。这家公司此前我们从来没有听说过，也无任何迹象表明与张锐等此前已经涉案的人有任何关系。谨慎考虑，我仍去查了这家公司的工商资料。工商资料显示，四川合泽公司原名为四川优赛德科技有限公司，成立于 2004 年，注册资本 100 万元。初始投资人分别为李心泽 39 万元，谭春陵 36 万元，张锐 20 万元，余激扬 5 万元。法人代表为谭春陵。2009 年 8 月开始，谭春陵的个人股份转给谭嘉，三个月后谭嘉又将股份转让给一名叫石磊的人。

于是在烦琐的股权变更之中，一个熟悉的人名出现了，谭春陵，他不正是我早已在调查且注意的人物吗？在另外一家我们熟知的无线音乐基地影子公司成都娱音中，谭春陵是法人。这证明，这家四川合泽公司并不简单。

翻看着四川合泽的工商资料，我心里越想越觉得不对劲，还是决定前往这个很奇怪的地址去实地探访。到了这个地方，我却意外发现，这里挂牌的公司是一家北京公司，名字叫作北京威信泰克技术有限公司。正当我感到沮丧以为四川合泽已经更换地址的时候，我瞄了一眼公司前台旁边的墙上挂着的好几个奖牌，其中一个奖牌上写着余激扬。余激扬？不正是四川合泽公司的一个股东吗？

循着这一关联我想踏入公司一探究竟，进门看到该公司不大，大概 200

平方米，进门是一条长长的通道，通道往右手是普通员工工作区域，一个大厅，大概有 30 个工位；中间是几间会议室；最左边是几个老总的办公室；最靠里面的是余激扬的办公室。

余激扬对我的前来感到很惊讶，但同时也显示出了友好，他在试探着，直到最后仍强调跟张锐完全不熟，也与四川移动这些事没有任何关系。尽管后来我们查证的多个事实，都证明其在说谎，但是他也进一步证实了几个关键且互相关联的事实。

这家叫作北京威信泰克技术有限公司的前身叫作北京思瑞德公司，控制人叫作张锐，这个房子就是张锐自己买的，因为打算在四川长期发展，当时选在这里也是因为离余激扬家近。但名义上，余激扬是这家公司的技术总监。

这一注册登记的房产地址也是威信泰克公司、四川合泽公司本来共同办公的地址，但是四川合泽公司为何无法在此看到，余激扬解释已经搬到了另外一个地点。

几家关系紧密的公司互有分工，却把控了整个四川移动最挣钱和最重要的增值服务：成都娱音公司，即谭春陵的企业，主要控制了无线音乐基地的 CP 整合运营；威信泰克成都分公司负责四川移动的数据支撑平台，主要跟移动数据部打交道，而且要负责监控 SP 接入数据；四川合泽公司主要负责渠道，四川移动项目新品投放，比如什么可乐机、手机支付都是由合泽公司开始做的；埃哲森公司则主要负责咨询服务，做系统设计与服务，也是由他们控制。谭春陵等还有一家广告公司——长河广告公司，做四川移动的广告业务。

余激扬口中的此埃森哲非著名国际咨询公司埃森哲，而是当地成立的一家小民营企业，取名意在与国际著名咨询企业埃森哲同音罢了。但我们并未查到相关公司。其他的那些公司在下文中都将一一作出详解。

为什么会有如此多的公司围绕在四川移动周围，其实也源于四川移动自身的内部势力斗争。四川移动内部势力比较分散，有的事也要主管副总说了才算，即使是搞定了李华这一个人也没有用。广告就是因为谭春陵不能完全拿下移动的广告，而只能拿到部分，所以觉得赚钱不够，后来就没太重视了。

到这里，张锐的关系已经若隐若现，唯一需要再查证的是我在四川查到的这一系列关联公司中的张锐与此前我们在北京已经了解的张锐公司里的张锐是否为同一人。

事情很紧急，我在四川分身乏术，同事于宁即火速补位，迅速去北京工商局调出了张锐公开于世的北京瑞致咨询有限公司档案，档案里有张锐的身份证号和复印件，通过与我在四川所查公司档案中的张锐个人身份证信息进行了比对。

结果是，Bingo！于宁发来了张锐旗下公开公司的个人身份证信息：110108××××08×××，地址是华澳中心×号楼×楼，不出所料，我们从不同方向查到的个人信息完全吻合。

之前的疑点豁然开朗，北京的张锐和四川的张锐为同一人，这就不难明白，为何张春江案里的张锐会牵出李华和李向东了，他们之间其实是被张锐串起来了。但是，购房合同上的电话，已经打不通。此时，已有各种传言称张锐已出来了，我们觉得事情显然不那么简单。

当然，调查还得继续，虽然大的脉络清楚了，事实和细节却还有待进行更细致的调查。我在四川的回京计划也因此取消，一张更大的内幕交易网络在等着我们。

收藏家张皓铭

在进入那张大网的同时，我们没有忘记先搞清楚张锐这个人的真实背景，他何德何能，从地方到总部，又从总部到地方，从网通到中国移动，无所不能。何况这个人还曾经高调出现在著名的《杨澜访谈录》中，大谈的却是收藏。

他有很多名字，张锐、张睿、张皓、张皓铭，后两个都是他在艺术圈的名字，只有第一个是他在电信领域使用最频繁的名字，也是他的原名。最近几年，在艺术圈，他也开始以张锐示人。

如果不是因为中国移动集团党组书记、副总经理张春江落马，这位在中国移动内部从总部到地方游走自如并玩转各大电信国企的“电信达人”可能至今仍是电信圈里的“隐形人”——只有业内很高层的小圈子才知悉其名，公众更熟悉的或许是其“当代艺术品收藏家”的身份。

尽管不为电信、互联网圈里的人所熟知，但张锐这个名字近几年来在艺术收藏圈里却如雷贯耳。

接受过很多时尚类杂志的专访，他的豪宅也被以精美的照片形式刊登到了这些杂志上。一位时尚杂志的负责人曾极为震惊地对我说，张锐在艺术圈影响特别大，从2000年即开始搞收藏了。我还开玩笑地对他说，我俩的工作终于有交集了，因为我们毕业于同一学校，曾经在校报共事，毕业后又都从事了文字工作，却因为领域大相径庭从未有交集。

张锐最得意的地方有两个。一个是他装满收藏品的豪宅别墅，一个是他的一个闻名京城的餐厅。由于他对收藏艺术家这一身份格外高调，各大媒体上对他的“巨富”和“收藏家”身份都有不少报道，但是在此次事发之前，几乎无一会将他与一个八竿子打不着的电信行业联系在一起。

在北京工人体育场12号看台对面，有一座特殊的建筑，表面由巨大的现代钢结构组成，里面则是雕梁画栋的古徽式建筑——6米高的挑梁立于中庭，周围有四柱，柱上是用传统雕刻技法雕出的“雀立”，属镇宅之宝；厅堂正上方的天井称“四水归堂”，意为财源广进。钢结构内里的徽派建筑，据说是一座有着200年历史的老宅，是不远千里从江西婺源整运而来。创意者的大胆和奢华由此可见一斑。

这里是有璟阁，著名的徽派餐厅，曾入选北京都会十大顶级时尚餐厅，是京城高官、外国使节和各界名流流连之地。它的主人，就是近年来频频以“当代艺术品收藏家”身份高调出席各种活动的张锐。

有璟阁的经营主体为北京有璟阁餐饮管理有限公司，成立于2004年5月，原名有美堂，注册资本100万元，其中，张锐名下的瑞致通信公司投资60万元，张锐之妻杨旭霞投资40万元。目前该公司仍正常营业，法人代表为杨蕊宁（原名杨旭霞）。

张锐的人生颇富传奇，曾用过张睿、张皓铭等多个名字，从小便不愿受约束。他原本在北京一所重点实验中学的重点班就读，同学评价其相貌英俊，聪明、执拗、有个性。在离高考还差半年时，张锐放弃考试，选择去底层闯荡，体验生活，开始了其叛逆不羁的人生。

2003年“非典”期间，张锐和其中学校友黄燎原开始探讨合作画廊，收藏当代艺术品。他另取名张皓铭，并自称为“中国当代艺术品收藏第一人”，因此还接受过杨澜的访问。

比有璟阁的奢华更夸张的是他的别墅，他购买的艺术品大部分放在碧水庄园的别墅中，自称有近千件，去过的人称布置得有如古根海姆博物馆，面积达1700平方米，奢华霸气。曾刊登过其豪宅的内部照片的时尚类杂志不止一家。

张锐在收藏界的合作搭档也同样是该领域非常著名的商人，黄燎原。对于二人的最早交集，据媒体比较多的报道披露，从2003年“非典”期间，张锐就和黄燎原开始探讨合作画廊。他们是中学时的校友。1978年，他们相识于文学社团。当时在学校，黄燎原与张锐都属于另类。

《时代周报》报道，张锐曾说“黄燎原在艺术圈内是富裕户，常常买单请艺术家吃饭，由此也获得了这些艺术家的馈赠，据我所知就达600多幅”。但黄燎原在解释自己与张锐“还行”的关系时说，“现在画廊主要是自己在负责，张锐则负责在外面买东西。这样的合作形式，在业界并不鲜见”。

黄燎原也曾对我们说，他们合作的画廊，都是他控股，张锐仅是参股。

著名的艺术批评家朱其则称，艺术品价格在近几年的暴涨，大部分的原因是艺术炒作人或者炒作集团在幕后进行操作。

然而，在媒体塑造的公共形象中，他对收藏家身份显然更加引以为豪。张锐在电视节目中就曾透露，“中国当代收藏只有七八年历史，你就变成了一个家的时候，这是从未有过的。中国当代艺术家经过了30年，现在终于获得了商业上的成功。买了一幅画就变成了收藏家，这在我看来是不可能接受的”。

他入行被描述为：2002年，去法国生意伙伴的豪宅中参加宴会，主人说：“我的房子虽然值钱，但却不如你身后墙上挂的一幅画值钱。”这让张锐震惊不已，开始走上现代艺术品的收藏之路。也有媒体描述其手中至少有 800 件中国当代艺术品，予以估价的市值高达 4 亿元。

2007 年 9 月 9 日，张锐在自己北京的新家举办了藏品展示会，向世界各地的海外收藏家展示自己的收藏品，这一天，也被他称为“收藏家开放日”，这是自张锐 2002 年做收藏以来所有藏品的初次亮相。这一日，有参观者用“惊艳”来形容：在北京城有这样一个地方，内部结构与世界著名的古根海姆博物馆非常相似，但这却是一个舒适的家宅。这个宅子里放入了他的 700 余件收藏品。这一日，也有来参观的友人直言，这看上去不像标准美术馆，像酒店大堂。

公开资料显示，古根海姆博物馆是所罗门 · R. 古根海姆（Solomon R. Guggenheim）基金会旗下所有博物馆的总称，它是世界上最著名的私人现代艺术博物馆之一，也是全球性的一家以连锁方式经营的艺术场馆。

经过半个多世纪的发展，古根海姆已是世界首屈一指的跨国文化投资集团。其中，最著名的古根海姆博物馆为美国纽约古根海姆博物馆和西班牙毕尔巴鄂古根海姆博物馆。

“美术馆的建立者，所罗门 · R. 古根汉姆（Solomon R. Guggenheim），生于 19 世纪美国一个十分有影响力的、靠煤矿工业积累财富的瑞士血统家族。按照有教养人的习惯，在精英云集的环境下，古根汉姆和他的妻子，Irene Rothschild，在博爱和审美的传统中长大，成为热心的艺术赞助人，并积累起很多古代大师的作品。但在 1927 年，当古根汉姆第一次遇见年轻的德国贵族女子 Hilla Rebay von Ehrenwiesen，并听取其介绍的欧洲当代绘画中一种实验性的潮流，使他的收藏方向发生了戏剧性的转变。”这是百度百科上，对发起人最长的一段解释。

但是，确实从来没有听说有人把自己的家做成古根海姆博物馆。

在杨澜的电视采访中，张锐被形容为将艺术变为生活方式的人。他本人则将此行为形容为具有美术普及教育的作用。作为主人，他常常带着朋友回家参观。看到这些行为，却很难让人理解这是一个真正热爱收藏的艺术家的做派，实在非常罕见。

也正是这一收藏家身份，在后来肃清其在电信领域的各种内幕之后，会让人们将他在电信等领域的内幕交易、官商勾结与艺术品的“洗钱”联系起来，虽然没有明确其巨额藏品财产来源的细节，但是通过艺术品炒作行贿赂之实广泛存在于官场。国内就有著名的小说《青花瓷》反映这一现象。在多个落马贪官最后被定罪的“赃物”中，也常有字画等艺术品存在。

2010 年 7 月 19 日，艺术家席华曾发表一篇本不那么受关注的博客，写道“电聊过程中我询问了当代艺术收藏家张锐的事，顾振清告诉我他已出来了，现在很低调”。然而，之后我们公开的调查，以及继续演进的事实都说明，在众多与他关系紧密的国企高管落马之后，张锐实难独善其身。

张春江的影子

张锐的命运与电信、与张春江发生交集可以追溯到 20 世纪 90 年代初。从未上过大学的张锐，在当时席卷全国的下海经商潮中下了海，创办了自己的通信公司，主要推销小交换机，后来还在大连做起了服装生意。在大连，张锐遇见了他的“命中贵人”张春江。

张春江年长张锐 4 岁，1982 年毕业于北京邮电大学，年少得志，与张锐结交时已官至大连邮电管理局副局长，1993 年 8 月又升任辽宁省邮电局副局长、党组成员，时年不到 35 岁。后从邮电部移动通信局局长一路升迁，1999 年 12 月成为新成立的信息产业部里最年轻的一位副部长。这在前文中都有详细叙述。

在张春江的一路升迁中，张锐始终与他保持良好关系。而中国电信市场这十余年的迅速发展和膨胀，更为张锐创造了巨大的发展机遇。

1998 年，中国启动电信改革，中国唯一的电信运营商——中国电信被拆分，中国电信、中国联通、中国移动、中国网通等四大电信运营商陆续成立。其后，又经过两轮重组，分分合合，始成目前中国移动、中国联通、中国电信三足鼎立的局面。

从 1992 年至今，中国的固定电话用户从 1000 万增长到 11 亿，移动电话用户从一片空白增至8亿。为满足市场需要，中国的电信部门和后来的电信运营商大规模扩充网络，张开了对电信设备和相关服务的巨大胃口。

这个过程中，外国的电信设备厂商都看到了机会，纷纷来中国淘金。他们也很快意识到，“在中国做生意，关系非常重要”。从诺基亚、爱立信到西门子、北电……各大跨国公司各出奇招，有的找到国民党前将军之女出任中国区主管市场的副总裁；有的则招来深谙中国国情的销售奇才，其中最有名的当属爱立信中国区某前副总裁。直到现在，很多电信业人士提起此人仍大为叹服。如前文所述，爱立信为中国电信系统培养了800个MBA，此人即始作俑者。跨国公司普遍有比较严格的纪律约束和财务约束，但读MBA的费用可以以“培训费”的形式方便、合法地入账。

据业内人士介绍，前些年电信公司快速发展之时，每个省的设备采购量少则20亿元，多则近百亿元。中国移动每年的采购支出大约是其收入的四分之一，2009年对外投资超过1000亿元，招标金额也近千亿元。中国移动的多位落马管理层都与设备采购有关，如湖北移动2011年4月审判的原副总经理林东华就涉嫌收受供货单位巨额贿赂；在此之前的2002年，湖北移动原副总经理华仙军与妻子罗梅被捕，同样是收受移动通信设备制造企业的贿赂所致。

受制于海外监管约束和“做关系”的需要，很多跨国公司都同时选择了另一条路径，即找代理或聘请咨询或顾问来做“中间人”。张锐成立的诸多公司既有电信设备、软件的销售业务，同时也做咨询和顾问。名为咨询，其实就是做第三方代理和通过咨询费转移支付，这是通信行业里最通用的规则，尤其是在外企运作中。如西门子等都在直销之外通过“中间人”进行操作。当时活跃于市场的“中间人”，颇多为电信企业高管或者相关主管部门负责人扶持的“自己人”。张锐就担任过多家外国公司的“中间人”。张锐最早涉足电信行业时代理和销售的，正是当时所有移动通信设备中需求增长最快的交换机。张锐被抓后，很多跨国公司负责中国市场的人都躲到国外去暂避风头。

与张锐这种角色类似的，还有前文所说担任UT斯达康销售代理的宋世存，但他们都不只是“中间人”这么简单。如影随形，形容的正是张春江的每一步升迁几乎都伴随着张锐事业的新的扩张。

1995年1月，张春江离开大连，调任邮电部移动通信局局长、电信总局副局长、办公厅主任。也是在这一年的7月，张锐在北京成立了北京华脉电子技术有限责任公司（下称华脉电子），继续电信淘金之旅。张春江正是在背后支持他的关键人物。

张春江从地方升总部的同年，1995年7月，华脉电子成立，注册资本200万元，其中张锐之妻杨旭霞（后改名为杨蕊宁）出资80万元，张锐、姬蓉各60万元。这位姬蓉，即为张春江当时的妻子，后出国进修，2000年2月才将股权转让给两个自然人郝露华和柳少宁。

华脉电子在张锐早年生意中扮演重要角色，后来又入股了两家公司。1996年6月，张锐用华脉电子与香港金威消防保安系统有限公司合资成立了一家业务颇为独特的公司——北京华脉金威电子消防系统有限公司（下称华脉金威），提供极早期延误探测报警系统。

这家并不起眼的公司的主要客户包括中国电信、中国移动、中国联通等，业务遍及全国。“我们给大空间和机房做报警系统，以前给电信局也做过很多。”该公司的一位员工称。该公司在网站上介绍其工程业绩时，罗列了近百家地方电信局及电信公司、机房大楼的名单，从省电信公司到市区分局，乃至变电所都有所涉及，覆盖十几个省，其中以辽宁各地的业务最为醒目，此外还包括四川移动通信公司、广东省全球通移动大楼等。

不过，我们在该公司的办公所在地——北京数码大厦B座905——只看到几名员工。“以前我也想象不到，做电信公司机房的空调系统、报警系统就能挣这么多钱，但实际上电信公司固定资产投资很大，分得一小杯羹就很大了。”一位电信设备供应商称。

1997年，张锐旗下第一家电信公司——北京思瑞德计算机系统集成有限公司（下称思瑞德）成立，初始注册资本150万元，地点在北洼路4号华澳公寓。张锐任法人代表，股东有3个，华脉电子仍在其中，出资45万元，四川银海科技有限公司出资45万元，四川人李心泽作为自然人出资60万元。

思瑞德的主营业务是计算机通信网络技术及项目集成等，此后经营范围中还特意增加了“销售通信设备及本公司开发的产品”。

这是有据可查的张锐与四川发生关系的最早记录，李心泽也是后来张锐染指四川移动多项电信增值业务和数据业务，包括四川无线音乐基地增值业务的最核心成员。同时，张锐、李心泽在公司都是用知识产权增资，有评估报告，而前文中的技术总监余激扬也是公司的专家之一。关于四川业务的关系则在后文中进行详述。

就在思瑞德成立的第二年，1998 年，张春江升任信息产业部电信管理局局长，张锐旗下的另一家重要公司——北京瑞致通信技术咨询有限责任公司（下称瑞致通信）成立，成立之后经营范围扩大到通信产品及计算机软硬件销售。瑞致通信也是其名下的公开公司，张春江案的判决认定中，张锐的身份说明即瑞致通信总经理。

这家公司的投资人还是张锐和杨旭霞夫妇，分别占 51% 和 49% 的股份，注册资本 100 万元，后增至 400 万元，与华脉金威同址办公，但没有挂牌。

2001 年瑞致通信又投资成立了阳光加信科技公司（下称阳光加信科技），2007 年底以 720 万元的价格卖给了北纬通信（002148.SZ）。这一收购对张氏夫妇有着重要意义，意味着其此前的关系资源优势和寻租成本通过资本市场被“洗白”，且一次性套现。这种靠转卖套现的脱身方式在电信 SP 领域并不罕见，后文还可见多个例子。

附收购公告如下：

北纬通信（002148）收购公告

公告日期：2007-12-12

北京北纬通信科技股份有限公司

本公司及董事会全体成员保证公告内容真实、准确和完整，没有虚假记载、误导性陈述或重大遗漏。

一、交易概述

1. 2007 年 12 月 11 日，本公司全资子公司北京北纬点易信息技术有限公司

（受让方）与北京阳光加信科技有限公司（以下简称“阳光加信”）股东北京阳光加信投资有限公司和北京博广迅科技发展有限公司（转让方）签署《股权转让协议》，本公司通过北纬点易收购阳光加信100%的股权，收购价格为人民币720万元。

2. 本次收购经北京北纬通信科技股份有限公司于2007年12月11日召开第三届董事会第二次会议审议通过。

3. 本次收购不构成关联交易。

二、交易对方当事人情况介绍

1. 北京阳光加信投资有限公司

成立时间：2005年2月28日

注册资本：1000万元

法定代表人：杨蕊宁

公司类型：有限责任公司

注册地址：北京市海淀区中关村南大街2号北京科技会展中心写字楼910室

主营业务：致力于整合营销传播领域的专业投资公司，投资范围涉及广告、传媒、无线增值服务三大事业领域。

2. 北京博广迅科技发展有限公司

成立时间：2003年12月30日

注册资本：100万元

法定代表人：陈志新

公司类型：有限责任公司

注册地址：北京市海淀区中关村南大街2号北京科技会展中心写字楼911室

主营业务：北京博广迅科技发展有限公司是一家专业从事通信产品及无线通信系统开发、生产和销售的高新技术企业。

三、交易标的基本情况

交易标的：阳光加信100%的股权。

1. 成立日期：2001 年 6 月 6 日

2. 注册资本：人民币 1000 万元

3. 法定代表人：杨旭霞

4. 注册地址：北京市海淀区中关村南大街 2 号北京科技会展中心写字楼 908 室

5. 经营范围：第二类增值电信业务中的信息服务业务（不含固定网电话信息服务；互联网信息服务不包含新闻、出版、教育、医疗保健、药品和医疗器械等内容）；法律、行政法规、国务院决定禁止的，不得经营；法律、行政法规、国务院决定规定应经许可的，经审批机关批准并经工商行政管理机关登记注册后方可经营；法律、行政法规、国务院决定未规定许可的，自主选择经营项目开展经营活动。

阳光加信系依中华人民共和国法律，在北京市工商行政管理局海淀分局登记设立的有限责任公司。公司致力于为企业及个人用户提供丰富的无线娱乐内容及应用服务。2002 年 7 月获得《电信与信息服务业务经营许可证》，2005 年 3 月经中华人民共和国信息产业部核准，持有编号为 B2-20040104 的《中华人民共和国增值电信业务经营许可证》，业务范围覆盖全国。目前已发展成为中国四大通信运营商签约合作伙伴，并拥有中国移动的全网五大产品线。是一家经营资质和业务种类齐全、面向全国手机用户提供服务的全网移动增值服务提供商。

6. 股东构成：阳光加信转让前股东共两个，股东名称及持股比例如下：

股东名称 / 姓名	出资方式	出资数额	出资比例
北京阳光加信投资有限公司	货币投入	930 万元	93%
北京博广迅科技发展有限公司	货币投入	70 万元	7%
合计		1000 万元	100%

7. 财务指标：截至 2007 年 12 月 10 日，北京阳光加信科技有限公司资产总额 1212.12 万元，负债总额 439.40 万元，净资产 772.72 万元。截至 2007 年 12 月 10 日，全年实现主营业务收入 3300 万元，主营业务利润 1176.90 万元，

净利润 −623.98 万元。

四、交易合同的主要内容及定价情况

1. 交易合同的主要内容

北京阳光加信投资有限公司和北京博广迅科技发展有限公司（以下简称“转让方”）将其持有的阳光加信 100% 的股权转让给北纬点易，转让价格为人民币 720 万元。

股权转让完成后，北纬点易持有阳光加信 100% 的股权，为其唯一股东。

转让价格是在综合考虑阳光加信现有资质情况、业务发展前景及盈利能力的基础上，经双方协商确定。

2. 股权转让款的支付

自本协议生效之日起两个工作日内，北纬点易应向转让方支付转让总价款的 30%。

自本次转让的工商变更登记完成之日起两个工作日内，北纬点易应向转让方支付转让总价款的 60%。剩余 10% 款项在工商变更后的 90 天付清。

北纬点易每次向转让方支付的转让款，由转让方按各自对阳光加信的出资比例分配。向转让方中的任何一方支付了约定数额的转让款，即视为已经向双方支付了转让款。

五、涉及收购资产的其他安排本次收购不涉及人员安置、土地租赁等情况。本次股权受让的资金来源全部为公司自有资金，不使用本公司 IPO 的募集资金。

六、收购资产的目的和对公司的影响

阳光加信是一家经营资质和业务种类齐全、面向全国手机用户提供服务的全网移动增值服务提供商，部分业务线和所提供服务面向的客户群体、服务地区填补了北纬通信的空白。

由于移动增值服务的行业特性，移动增值服务提供商向用户提供移动增值服务时，其经营资质、提供服务的客户群体（不同运营商的手机用户）、服务的地区和业务产品，需要经过信息产业部、各地通信管理局和各级运营商的逐级审批，从申请到业务上线需要严格的审批手续。特别是在实行市场准入的情况下，目前申请新增受到严格控制，开展增值服务必须的资质和业务产品都成为稀缺资源。

北纬通信自2000年从事移动增值服务以来，积累了丰富的移动增值服务经验，对168信息点播业务的升级换代和流媒体业务平台的研发也取得了新的突破。针对即将到来的2008年奥运热潮，已经做好了核心产品的开发和储备工作。通过此次对阳光加信的收购，将打通长期以来的业务营销渠道瓶颈，使得北纬通信在长期的168信息点播服务中积累的技术、信息和运营方面的核心优势能够迅速复制和放大，使更多的手机用户享受到更丰富多彩的移动增值服务。

七、备查文件

1. 北京通信第三届董事会第二次会议决议；

2. 股权转让协议。

特此公告。

北京北纬通信科技股份有限公司董事会

二OO七年十二月十一日

由上述收购公告也可得知，阳光加信科技之所以被收购，在于其拥有的“牌照”很有“价值”。收购公告指出，阳光加信科技是一家经营资质和业务种类齐全，面向全国手机用户提供服务的全网移动增值服务提供商。通过此次对阳光加信的收购，公司将在更大的业务范围上依靠长期积累的技术、信息和运营方面的核心优势，使公司可以向更多的手机用户提供移动增值服务。

北京阳光加信科技公司官方资料显示其成立于2001年6月，“致力于为企业及个人移动用户提供种类丰富的无线内容及应用服务，是阳光加信（集团）投资有限公司的控股子公司。依托阳光加信（集团）投资有限公司在专业营销传播领域多年的成功经验和客户资源，阳光加信科技从成立后就获得了快速的发展，目前已经成为中国移动 m-office 五家核心合作伙伴之一，全国领先的 SP 商家之一”。

对此，北纬通信的收购公告也强调，由于移动增值服务的行业特性，移动增值服务提供商向用户提供移动增值服务时，其经营资质、提供服务的客户群体（不同运营商的手机用户）、服务的地区和业务产品，“需要经过信息产业部、各地通信管理局和各级运营商的逐级审批，从申请到业务上线需要严格的审批手续。特别是目前在实行市场准入的情况下，申请新增受到严格控制，开展增值服务必须的资质和业务产品都成为稀缺资源”。

显然，北纬通信看中的多半是阳光加信的核心 SP 资质，如中国移动 m-office 五家核心合作伙伴之一，而非实际业务能力。

从杨旭霞到杨蕊宁

张氏夫妇的阳光加信系公司旗下广告公司在业内声名鹊起，则始自 2004 年夺得中国网通的全国代理业务。2001 年，一个新的机遇即将来临。完成了第一步政企分离改革的电信系统，开始进一步深化改革，重点是突出企业主体地位和更加市场化。与此同时，为了进一步促进电信市场竞争（实际上也是为了解决正在债务深渊中挣扎的网通问题），第二次电信重组也在悄悄酝酿。

各大电信运营商由此加大了形象广告和各地推广活动的投入。一大批依附于各级电信公司的广告公司如雨后春笋般冒了出来，张锐夫妇看到了广告领域正在展开的机会，2001 年 5 月适时成立了一家广告公司——北京阳光加信广告有限公司（下称阳光加信广告）。

张锐的妻子杨旭霞从 1988 年就开始从事广告业务，先在北京工商广告公司任职，1992 年创办了北京华艺广告公司，客户之一即为中国电信，其他还包括中国邮政、摩托罗拉。“当时做中国电信的业务很多，网通还未涉及。”曾在华艺任职的一位内部人士称。

阳光加信广告的规模非华艺可比。公司注册资本 500 万元，杨旭霞占 66.5%，同年 7 月增至 1000 万元，9 月又增至 1500 万元。公司成立第一年，即有 1473 万元收入入账，据悉当时有中国移动、三洋手机等客户。2001 年底，数位在 4A 广告公司任职的专业人士加盟，公司业务发展很快，2002 年收入 5640 万元。

2002 年，阳光加信广告还在辽宁成立了分公司，当时分公司的两大主要客户是辽宁移动和辽宁网通，而辽宁电信、辽宁联通的业务也有所涉及。

然而，阳光加信广告在业内声名鹊起，始自 2004 年夺得中国网通的全国代理业务。其时，第二轮电信重组已经完成，中国电信北方十省与“小网通”（由田溯宁执掌的原中国网络通信有限公司）和吉通合并，成立了“大网通”——中国网络通信集团公司（下称中国网通）。2003 年 5 月，张春江调任网通总经理。

大型电信企业的广告通常由 4A 公司代理，对于公司资质、资金和技术实力都有严格要求。当时还有六家同行参与招标，“我们是通过三轮竞标，还上了总裁办公会才拿到网通项目”。一位阳光加信的高管对我们坚称公司是凭借实力夺标。就在招标前，阳光加信广告在 2003 年 6 月才完成了最后一次增资，注册资本增至 2000 万元。

2004 年，张春江任中国网通公司总经理期间，中国网通公司对公司形象创意及相关广告代理进行了招标，阳光加信参与了竞标，杨旭霞征求张春江的意见，张春江告诉她创意要突出“老”和“宽”。杨旭霞把这个意见告诉了阳光加信公司经理庄励。为确保中标，杨又跟张春江说了准备的几条广告语，张春江听后说“中国网——宽天下”这条广告语好。后来阳光加信竞标成功。

中国网通在招标前告知各家公司，采用哪家公司的创意广告，就用哪家公司做广告代理。其公司中标后的广告代理费总计约人民币 2 亿元。

时任中国网通业务协调部品牌处处长李仲侠、副处长陈华亮，时任中国网通业务协调部总经理夏柏涛都是中国网通成立的品牌宣传评标小组成员。这个小组向总裁办公室推荐了阳光加信公司、博通智雅广告有限公司。2004 年 3 月，张春江主持召开了总裁办公会，在会议上，夏柏涛汇报了品牌宣传广告招标过程，演示两家公司的创意广告后，张春江说，“中国网——宽天下”为主题语的广告创意不错，决定选用阳光加信公司来承担企业品牌宣传工作。当时参与评选的小组人员都说，由于张春江是网通的总经理，对选择哪个广告有决定权，他决定以后，就没有人再提出异议。

这次会议后，在阳光加信公司接到正式合同之前，张春江已经电话告知网通已决定采用阳光加信广告公司的“中国网——宽天下”广告语。

决定之后，阳光加信与网通签署了三年半的合约，代理时间为 2004 年 3 月 1 日至 2006 年 9 月 30 日。

2004 年网通推出了“中国网——宽天下”的系列广告，在业内也产生了很大影响。之后，网通大事不断，广告投放密度很大。2004 年 7 月，中国网通成为北京 2008 年奥运会固定通信服务合作伙伴；2004 年 11 月，网通在香港上市，其间阳光加信都是其主要的广告代理商。

在网通之前，阳光加信广告自称其有代表性的广告案例还包括中国移动全球漫游、中国移动信号全面覆盖、普天三洋 SCP-550 手机“妙趣眼”等。

其实广告投放中的猫腻非常普遍，此为广告业界所熟知，而且电信运营商一般都是广告商的大客户。一位省级移动广告商前主管人员就透露，集团和省公司的广告投放有区别，集团体量更大，在 2002 年左右，他所在的省级移动广告投放量就达到了 6000 多万元，之后每年上涨，现在已至少 2 亿元，“一家省级电信公司就可以养活一家大型广告公司，并且活得很好”。

据这位通信广告资深人士介绍，业内也不乏电信公司负责人入股广告公司、广告制作公司的情况。有些广告公司会另外成立制作公司，其中 50% 的股份赠送给电信公司的领导或家属。因为制作公司跟广告公司并没有股权关联，即使要查也很难查出移动公司高管的问题。“现在大家都避讳直接给红包，请领导去旅游、送 LV 皮包、送珠宝等都太不上档次了。”

这对张春江并非没有好处，他的受贿方式则显得并不高级。

2004 年 5 月—6 月期间，张春江跟张锐说姬蓉回国时没车用，其就以张春江司机王一兵的名义购买了一辆黑色丰田佳美轿车供姬蓉使用。2006 年底，张春江通过王一兵的账户给了张锐人民币 20 万元，车辆过户到了姬蓉名下。

2007年春节，张锐又把人民币20万元以抵押房租名义推给了张春江，但以后每年的房租还是照常支付给张春江，张春江也没再提过折抵房租的事。

张锐所支付的房租是他为公司工作人员租用的张春江位于知春里的一处房产。

2008年10月，与姬蓉离婚后准备买房，向宋世存借款250万元。张锐表示向宋世存借款不好，可由其解决，张春江表示同意。但这并不是真的借钱。后来张锐拿了人民币50万元放到了张春江车子的后备厢里，其与杨蕊宁（即杨旭霞）商议后，又从北京威信泰克技术有限公司支取了200万元分红款，装在一个黑色箱子里送给张春江。

2009年12月2日，宋世存的家被检察院搜查查封之后，张春江担心事情败露，也先后两次到了张锐家中，把装钱的那个黑色箱子退还。后来杨蕊宁将其中的160万元交给北京有璟阁餐饮管理公司会计。

与此同时，阳光加信也获得了丰厚的回报。

业内一般估算广告投放占电信公司年收入的1% ~ 2%。2003年、2004年间网通的营业额在600亿元左右，2005年和2006年则超过850亿元。以此推算，网通每年的广告投放应在数亿元乃至十数亿元。广告公司的收入则来自媒介代理费和创意费，投入少、产出高，阳光加信由此获得了不菲收入。“接了网通项目后，我们就几乎不做其他电信公司的广告了。”前述阳光加信高管称。

根据阳光加信公司的财务证明，从2004年至2006年，中国网通公司共支付阳光加信公司广告代理费等共计人民币2.5余亿元。

截至2007年，阳光加信广告已在上海、辽宁、长春成立了分公司。

阳光加信广告在本土广告公司中的业绩，使其赢得了与奥美合作的机会。2006年12月，有广告行业网站消息称，WPP集团正式通过旗下全资子公司奥美中国Ogilvy&Mather Worldwide，收购北京阳光加信广告49%的股份。相关收购消息中，阳光加信广告的情况被描述为当前在北京、沈阳和长春都设有分公司，共有雇员131名。阳光加信的年收入大概在3720万元人民币（未经审计），毛利润在7010万元人民币左右。主要客户包括China Netcom（中国网通），Liaoning Mobile（辽宁移动），Liaoning Netcom（辽宁网通），

Mengniu Dairy（蒙牛牛奶）和 Shanghai Xinjiegou（上海）。

但从阳光加信广告股东变更情况来看，当时并未发生实际并购行为。

直到 2007 年 9 月，阳光加信广告公司与奥美中国公司高调合资成立了加信奥美广告公司，各投 560 万元，各占 50% 股份，此时杨旭霞已经更名为杨蕊宁。而该公司目前的法人代表是当时谈成这项合作的奥美整合行销传播集团大中华区董事长宋轶铭。

2007 年，双方召开了声势浩大的发布会宣布合资，宋轶铭给这场合作作出的评价是："从中国本地成长起来的阳光加信对中国企业的特征和内部运作模式有着深刻的理解，同时他们对中国市场的把握也很精准，在电信业领域又有丰富的成功经验。加信奥美的成立，是基于阳光加信希望通过寻找战略伙伴进行业务上的拓展以及奥美中国需要注入更坚实的本土力量的需要。"

具讽刺意味的是，发布会结束时，加信奥美的员工放飞了数百只红色竹蜻蜓，象征加足马力翱翔云天，以示庆祝。然而，竹蜻蜓的飞翔永远只能是人工短暂的笨拙推进，不是其自身起飞的能力，永远不可能翱翔云天。

傍上李华

如前文所述，2009 年底张春江案发，张春江的老友张锐也由此涉案。20 世纪 90 年代初，张锐在当时席卷全国的经商潮中下海，创办了自己的通信公司，主要推销小交换机，后来还在大连做服装生意。在大连，张锐结交了在大连邮电局任职的张春江，此后其几乎与张春江的每一步升迁如影随形。

张锐与四川的交集也发端于张春江。1982 年 7 月，从北京邮电学院本科毕业的张春江分配至辽宁邮电系统，1995 年 1 月返京进入邮电工业部，1998 年后任信息产业部电信管理局局长，一年后以 41 岁的"黄金年龄"晋升为副部长，主司电信监管事务，成为信息产业部成立以来最年轻的副部长。2010 年 12 月底，张春江被"双规"。2011 年 7 月 23 日，张春江因受贿 746 万余元被判处死缓，其中来自张锐的贿款达 200 余万元，主要为房产和车款。

1998 年，刚刚升任信产部电信局局长的张春江，介绍张锐认识了四川电信主管“一把手”李华。李华在1999年的中国移动分家之中，成为四川移动第一任老大，直到其案发。张锐也因此成为四川移动最早期的供应商，并一路发家做大。

思瑞德计算机系统有限公司（思瑞德）和北京威信泰克技术有限公司（威信泰克），是张锐旗下主要从事数据支撑业务的两家公司，后成了四川移动数据部的主要合作伙伴。2001年—2009年，四川移动与北京思瑞德公司签订的合同总额为2314.6496万元；2003年—2009年，四川移动与北京威信泰克公司签订的合同总额为213745707元，共计2亿余元。数据业务利润空间比硬件设备毫不逊色，由此足可见，张锐从中获得的收益。

这也可以解释，为何在张春江落马、张锐涉案之后，看似跟张春江的履历毫无关联的四川移动被卷入，长期担任四川移动数据部总经理的李向东也会立马开始筹备出逃，他的出逃也加速了李华的落马。

十年来，李华也从张锐处获得了足够的回报。2000年—2009年期间，李华收受来自张锐的10万美元、2万欧元、价值94.376万元的住房一套及价值13万元的“芝柏”手表一只，总计205.6676万元。这还只是目前留存账上仍能计数统计的，不在账上的难以统计。

两人的交易最早可追溯到2000年1月左右，李华到北京开会，张锐以李华生日为名送给他一只价值上13万元的“芝柏”名表。

之后，张锐要求李华对其业务多多关照。李华点头默许，两人也开始了默契的长期交情，并建立了极为牢固的利益关系。之后几乎每年，张锐都会以祝贺生日等各种名目向李华直接送人民币和外币。

2000年9月16日，李华陪张锐到位于成都市武侯区的豪华小区中华园买了一套跃层住房，面积是184.57平方米，大概花了人民币95万元。2001年的一天，张锐将购房协议书、发票、产权证、土地使用证和两把钥匙一并交给李华，李华毫不推辞地收下。

2005年，李华将这套中华园的房子卖给了胡晓萍，胡晓萍是四川网通（现在的联通）的一名高管。2005年5月，张锐和胡晓萍办完转让手续后，胡晓萍说把房款给李华，李华当时觉得将卖房的钱存放在自己名下容易暴露，又叫胡晓萍与他的妻子刘农美和他的弟弟李晓联系，将房款转到李晓的账户。胡晓萍将共计 79 万元的房款转给了李晓。

总之，这套房款从未再经过张锐之手。“李华和胡女士都没有给过我这套房子的房款。”张锐说。

李华与胡晓萍的这项买卖其实是以“换房”为代价的，李华目前居住的清华坊的别墅此前正是胡晓萍的资产。两套房产的换房，由于李华买房交易在前，79 万元的差价，后李华还用所得差价款购买了位于丽江的一套住房。

2007 年，李华购买丽江的房子时，弟弟李晓把之前转到他账上的钱还给了李华。李华买丽江的房子花了 60 余万元，其余部分则存入了李华的工资卡。

2004 年，李华的女儿李诚赴英留学，当年下半年的一天，张锐在成都对李华说，他买一个北京的铺面送给李华，以用于李诚出国读书。

李华当场谢绝了，后来张锐又说那就用铺面的租金资助李诚学习吧。这一次李华没有拒绝，英国留学出了名地贵，何况李诚读的还是热门的城市规划专业。

此后，张锐就以资助李诚学习的名义陆续送给李华一些外币，以方便其在海外使用。

2004 年底的一天，张锐在成都中国酒城神神秘秘地递给了李华一个牛皮纸信封。张锐说：“这是北京的铺面收到的租金，用于资助李诚学习，2 万美元。”李华清点，果然是 2 万美元。

而这只是开始。张锐的妻子杨蕊宁清楚地记得，张锐在中关村科技大厦买的上述商铺，每年都能收到 10 多万元租金。

2005 年底的一天，张锐到成都拜访李华。有意思的是，向来是张锐登门拜访李华，或邀请李华娱乐的，这一次却是李华去了张锐所住的假日酒店，在张锐的房间里，张锐又递给李华 2 万美元。

2007 年九十月的一天，张锐享受了更高级别的待遇，李华亲自到成都机场接张锐，在车上张锐又送给李华 2 万美元。

2008 年 1 月 18 日，李华过生日，张锐在成都“天鹅湖”送给李华 2 万美元。

2009 年国庆节前，张锐在世纪城会展中心洲际酒店又送给李华 2 万欧元。

“大约2000年至今，公司主要围绕移动公司的业务开发软件，这几年，我在四川移动做了几亿元业务。”张锐坦白。

张锐从一开始就明确向李华提出要求，要他为公司在四川移动承揽业务打招呼，或者是出于张春江的情面，李华答应了。“我们一个小公司能够在四川移动做几个亿的业务，在国内市场是很罕见的。”张锐自己也承认。

直接送钱在21世纪的受贿中已不是很多见，这足见李华与张锐在当时关系之铁。张锐和李华都清楚地记得每一笔贿款的细节。

李华自己也承认，张锐主要是叫他为北京思瑞德公司和北京威信泰克公司在四川移动开展业务打招呼，得到关照和帮助。

“张锐给我送钱，主要是想和我保持良好的关系，希望得到我的关照和帮助，让他在四川移动的业务能继续顺利进行，也是对我表达一种感谢。”

“四川移动上上下下都知道我和张锐的关系很好，有了这层关系，我的下属肯定会在各个方面对他的生意进行关照和支持，张锐在四川移动的生意和我的影响力也是分不开的。”李华坦言。李华的这种影响力不仅存在于张锐，也存在于很多行贿人之中。

张锐、谭春陵与李心泽

除了设备采购的中间商、代理、咨询顾问等名目繁多的商机，以及赚得盆满钵满的广告投放，张锐之手还伸向了增值服务，而围绕四川移动增值业务展开的多个企业中，三个交叉出现的名字，张锐、谭春陵、李心泽，三人似结成了一个盘根错节的利益共同体。从音乐基地CP整合商，到四川移动数据分析和支撑业务、设备采购咨询、广告代理，一个类似寄生于四川移动体外的“大家族”形成。

张锐在电信领域的人脉并不局限于一个张春江。熟悉电信采购的人们知道，涉及这一领域的关卡很多，必须环环畅通。涉及到具体单子上，地方更有决定权。以中国移动的电信设备采购为例，最初主要由各省分公司决策，后为了统一网络设备和压低采购价格，开始对大的电信设备实行集团招标。但即使这样，集团也要根据各省报上来的技术方案来确定品牌和价格，而采购数量仍由地方来报，甚至价格也可因选择技术和服务的差异而出现很大浮动。

据一名电信业内资深人士介绍，电信业务各种灰色“交易”根据业务种类不同，操作方法有很大区别。比如，电信设备采购因合同金额巨大，加之海外监管严格，电信设备制造商通常都比较谨慎，一般都是集团对集团直销，但有时会通过聘请“顾问”或咨询公司来“做关系”及“走账”；IT 服务则多用代理模式，通过与国有电信运营商有特殊关系的代理商来抢单；最混乱的则是广告代理和增值服务领域，由电信公司领导的代理人或其亲友参股或直接控股相关公司的做法，主要就出现在这里。

四川移动提升为中国移动的全国无线音乐基地后，衍生出了大量围绕着无线音乐的增值业务提供商。这些增值服务商虽然数量庞大，但真正掌握核心业务的公司并不多。

电信业务中，最重要也是最容易产生灰色领域“交易”的，通常都包括数据支撑、设备采购代理、商务咨询、广告代理等，四川移动有全国的无线音乐基地，还包含了很多围绕音乐基地衍生的增值业务提供商。在四川，每一项业务几乎都有一个或少数几个公司来负责，而在这些公司中，交叉出现且频率极高的核心成员包括张锐、李心泽、谭春陵等，以三人为核心的小团队几乎涉及了四川最核心的所有增值服务和代理领域，这些公司大多也同时给其他电信公司服务。

前文已知，我们查到，张锐于 2005 年出资 100 万元左右在成都市区中心地带购买了一处写字楼商品房，建筑面积 211 平方米，目前该处正为一家叫作北京威信泰克技术有限公司成都分公司的企业使用，这家公司负责人为余激扬。

余激扬承认，此处房产正是由其公司购买的资产，他们计划在四川长期发展，北京威信泰克公司在全国都有业务，最核心的部分是四川的电信业务，四川移动是其最大的客户，同时四川电信也是其多年的客户。他同时也否认该公司与李华案有关，目前公司仍在正常运转。

经查，北京威信泰克公司于2003年7月成立。注册资本50万元，张锐、李心泽各25万元。2004年10月增资到500万元，两人非专利技术分别注资225万元，共450万元。2004年9月，北京市伯仲资产评估有限公司出具的评估报告显示，所谓技术投资的主体为非专利技术移动运营商数据业务分析系统，这套系统正是我在该公司前台墙上看到的证书。

从证书作用可以看出，该公司主要向四川移动数据业务部提供数据分析。上述非专利技术说明显示，“该系统由张锐、李心泽研制和开发，产权归二人所有，属于非专利技术。本系统是通过业务分析、客户行为分析系统已经得到的一些关键数据及其变化趋势，为企业描述客户的价值取向、消费心理以及企业的盈利增长的可能模式，以便企业决策定制更好的营销策略。”

有意思的是，张锐、李心泽为该公司的成立提供了一份可研究性的报告，报告假定第一年到第五年的销售收入分别为600万元、1200万元、2000万元、2600万元、3000万元，销售收入中的技术分成率为11%，贴现率按照7%计算，即测算出无形资产评估值为451.03万元。根据二人的财产分割协议，张锐226.03万元，李心泽225万元。这作为了二人的出资依据。

李心泽，四川人，但现在登记的地址已是北京，这说明他早已完全转战北京发展。我们在四川他所涉的所有公司转了一圈，均未发现他的身影。

北京思瑞德公司也曾在2009年1月从150万元增资至1000万元，李心泽550万元，张锐450万元；到2009年5月再增至3000万元，新增的2000万元为“知识产权”，张锐900万元，李心泽1100万元，变更后张锐1350万元，李心泽1650万元。

北京中金浩资产评估有限责任公司出具评估报告，思瑞德新增的知识产权为“电信运营商新业务运营能力综合评估系统技术”，评估为2000万元的依据是对该技术产品未来收益预测——2010年收入1700万元、净利735万元，2011年2210万元，2014年达到4860万元。

事实上，该项评估系统技术同时也出现在威信泰克中，即我此前看到的北京威信泰克公司成都分公司内挂有的一份计算机软件著作权登记证书，证书显示的系统全称为：移动通信运营商合作伙伴（SP）多维度评估系统软件。

余激扬透露，该公司与北京思瑞德公司其实是同一拨人马，使用相同的核心技术，在北京思瑞德公司基础之上成立北京威信泰克公司主要是更方便申请成立高新技术企业。这一系统的主要作用是面向四川移动，提供数据支撑业务。记者也在该家公司看到了诸多关于北京思瑞德公司的技术证书。

北京威信泰克成都分公司所在地址其实也同为另外一家公司登记所有。四川合泽科技有限公司，这家公司的经营范围最初是做通信设备信息咨询，2006 年增加了销售机电设备、通信设备等设备销售范围。但记者并未在该地址看到此公司办公。

谭春陵毕业于北京广播学院，原为四川电视台编导，后下海经商，与之相关的公司繁杂。早在 2002 年 12 月，北京阳光加信广告成立的第二年，也是张春江上任网通总经理前夕，谭春陵即在成都成立了成都山石广告有限公司，主要涉及制作、代理各种广告和企业策划等。注册资本 50 万元，谭春陵占 40 万元。2003 年，通过股权转让，山石公司更名为四川长河广告有限公司，公司股东为谭春陵和李心泽，分别占股 30 万元和 20 万元。

谭春陵的一个朋友称，该广告公司也是什么广告业务都接，不仅仅包括移动，也包括其他电信运营商，非电信企业有单子也接。但是由于四川移动内部势力比较分散，有的事即使是搞定了李华这一个人也没有用。因为谭春陵并不能完全拿下移动的广告，而只能拿到部分，所以觉得赚钱不够多，其个人后来并不是很看好这块。2007 年开始，谭春陵的重点又转向时代长河投资有限公司，开始做项目投资，给一些项目招标作担保服务和企业管理服务。

但这家时代长河投资公司非常诡异。该公司注册成立于 2007 年 12 月，注册资本 800 万元，但从 2009 年 2 月到 2009 年 10 月，短短 8 个月时间，该公司股权变更了 5 次，而且变更基本围绕相同的人转来转去，尤其是名为谭嘉的女士，股权在其手中转进转出达到 4 次，最后谭春陵的股份基本由谭嘉持有。

除此之外，上述人士还透露，他们还成立了一家叫埃哲森的公司，主要负责咨询服务；做系统设计与服务，也是由谭春陵控制，公司名取意于国际著名咨询企业埃森哲。但我在工商局并未查到相关企业资料。

如果说李心泽的重点相对在于移动数据部的数据支撑这块，那么谭春陵最为核心的阵地，还在于重点掌控了四川音乐基地的独家数字音乐支撑平台公司——成都娱音公司。

由此可见，以张锐、李心泽、谭春陵为核心的团队基本形成了四川通信行业的一个利益团体。娱音公司主要控制了无线音乐基地的 CP 整合运营；威信泰克成都分公司负责四川移动的数据支撑平台，主要跟移动数据部打交道，同时还可监控 SP 接入数据；四川合泽公司主要负责渠道，四川移动项目新品投放，比如可乐机、手机支付都是由合泽公司开发；埃哲森公司则主要负责咨询服务，做系统设计与服务；以长河广告公司为核心的广告公司则重点做移动广告业务。

下篇
大变局

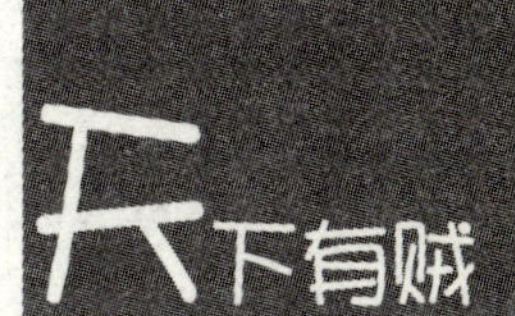

利比亚前总统卡扎菲有过两次婚姻，共生下8个子女，其中7个是儿子。其大儿子掌控电信业，二儿子被视为接班人，三儿子痴迷足球，四儿子担当国家安全顾问，六儿子掌控国家精锐部队。对很多国家的统治者而言，除了那些国家在地理上天然具备的能源资源优势外，电信业是最有利可图且必须牢牢安全掌控的垄断行业。在中国，全垄断又半开放的电信增值（SP）业务已成为权力与资本媾和的典型案例。

第四章
李跃当家

从分管采购的李跃与分管增值服务的鲁向东两个副总的职责互换，到李跃上台接任王建宙的总裁正职，局势表明对于中国移动腐败窝案的调查重点从黑幕重重的采购业务转向了新生的互联网增值数据业务，事实上，这也是李跃上台之后整顿的重中之重。很多人评价这是“孩子与脏水一起泼出去了”。

上位

2010年春节前后，也就是在张春江案发后不久，几乎不为外界注意，中国移动内部发生了一个非常重大的变化：中国移动两位核心高层的分管工作作了调整。这两人都一度盛传为王建宙的接班人人选，在政治上互为劲敌，这两人即两位副总裁——李跃和鲁向东。原主管计划、采购和战略部门的李跃，现分管法律事务部、市场经营部、数据部、卓望公司；原分管市场、数据部、法律事务等的鲁向东则改分管发展战略部、计划部、采购部等。两人的分管领域几乎是全盘进行了对调，他们曾经在各自的原有领域分管了多年，外人很难插手。

这两人分管的领域也分别指向了此前中国移动腐败案可能走向的两条巨额资金线：采购黑洞和混乱的数据业务，前者原为李跃主管，后者原为鲁向东主管。

这一调动刚发生便在内部引发了极大的震荡，两人的管理风格不同，分管领域不同，长期势力范围不同，这在政治第一的国企，让各自站队的老队友们情何以堪？后面发生的一系列事情越来越乱，乱到长时间不知如何收场的事件局面也充分说明了这一点。

最开始让合作商们感觉到不适的是中国移动关于手机支付发展方向的变化。就在中国银联宣布大规模进入新一代手机支付业务，二级市场“物联网”题材卷土重来之际，中国移动由于内部对于手机支付的发展方向发生分歧，在 2011 年 3 月以后逐渐在各省级移动公司叫停手机线下支付业务的推广，线上支付亦陷入了尴尬的观望状态。

2011 年 3 月，我特意在北京某移动营业厅要求更换兼容 RFID（射频识别）的新 SIM 卡，工作人员以此卡有种种不便为由，建议不要更换，但这已与一月前移动营业厅大力推广新 RFID-SIM 卡的景象有天壤之别。

后来我从多位中国移动内部人士处获悉，由于各自的成本、利弊不同，中国移动高层对手机支付重点发展线上支付还是线下支付持有不同意见。这一决策层的争议，直接导致各地分公司的手机支付业务失去明确的发展方向与目标。

目前日韩流行的移动支付趋势，是运用线下射频识别技术的线下“刷卡”支付；但中国业界对移动支付的理解却有两个方向，即类似于“支付宝”的线上远程支付和线下实体支付。线上支付基本无实体，线下支付实体则包括 POS 机和手机 SIM 卡。如果要发展手机“刷卡”业务，则必须对现有 POS 机进行改造或更换；而手机新的 RFID-SIM 卡则需要用户个人支付更换成本。

“以北京为例，能承载 RFID 业务的 POS 机成本在 2300 元左右，至少需要 2 万台；而更换 RFID-SIM 卡的单张成本在 105 元左右，100 万用户就需要新增上亿的换卡成本。”一位熟悉中国移动支付业务的人士透露。

原分管计划部门的李跃，对投入和采购等成本控制方面的数字以及投入产出效应比较敏感。他认为线下实体成本过高，而线上远程支付宝的成本则低得多，因而他并不看好用手机卡取代信用卡支付功能的市场，更主张发展网上远程支付的支付宝功能。

同时，来自移动内部的另一个担心是，如果发展新的RFID-SIM卡，也不能直接进行话费支付，而需要另存账户。“如果移动话费发展成为跨行业运用的货币形式，可能会像Q币一样被叫停。这也是政策瓶颈所在。”上述人士说。

由于这些内部争议，中国移动各省级公司纷纷暂停对手机支付业务的推广。谁也没想到，很快李跃与鲁向东便迎来了更大的变动。

2010年5月初，北京邮电大学教授王立新在其微博中爆料称，中国移动马上要实现一轮人事变动，立刻引发热议；5月13日，中国移动举行盛大的分营10周年晚宴，各省公司派代表出席。此时有各种消息人士开始对外透露，此次晚宴实质是为王建宙送别，各种传言蔓延。

2010年5月17日，2010年世界电信和信息社会日庆典上，王建宙被国际电联授予“世界电信和信息社会奖”，看起来毫无影响的王建宙又给传言抹上了一层神秘色彩。但不管传言怎样，接近退休年龄的王建宙显然已被放到了即将退幕之境，那么接替他的将是谁？原来的最大接班人人选张春江已经落马，剩下最有可能的两个：李跃和鲁向东。

李跃时年50岁，有长期电信行业经验，曾任天津市邮电管理局副局长、中国移动天津公司总经理；鲁向东1976年7月从事通信事业至今，曾任福建省移动通信局局长，邮电部移动通信局副局长。李跃的管理细致，鲁向东管理粗放，除了二人管理风格的截然不同，两人的履历几乎不相上下。

然而，这两个副总在年初已对长期主管的领域进行了互换，这意味着什么？濒临王建宙即将换选新任CEO人选时，中国移动很多人心里都开始有了微妙的变化，谁将成为更为强势的一方？谁将主导反腐领域的进一步深入？在那些人看来，也许谁能上位就意味着谁原来所分管的领域能够相对安全了。

该来的最终还是来了，2010年5月31日，中国移动宣布中国移动集团公司设立董事会，分设董事长和总经理。同日，中国移动宣布王建宙任中国移动集团公司董事长、党组书记，李跃任中国移动集团公司总经理。

中国移动集团公司也随即召开内部会议，宣布高层领导的分工调整。

根据中国移动最新确定的领导层分工，董事长王建宙和总裁李跃的分工明确。具体为：董事长、党组书记王建宙主持公司全面工作，总裁李跃主持公司生产经营管理工作，组织实施董事会决议，其他副总裁协助他分管。

中国移动领导层分工具体为：

董事长、党组书记王建宙主持公司全面工作；

总裁、党组成员李跃主持公司生产经营管理工作，组织实施董事会决议；

党组成员、副总裁鲁向东协助总裁分管发展战略部、计划部、采购部、国际信息港建设中心，并负责联系通信企业管理协会和GSMA国际组织；

党组成员、副总裁赵吉斌负责铁通公司工作，协助总裁分管法律事务部；

党组成员、副总裁、总会计师薛涛海协助总裁分管综合部、财务部、内审部；

党组成员、纪检组长、副总裁黄文林负责纪律检查工作，协助总裁分管人力资源部、监察室；

党组成员、副总裁张晓铁负责工会工作，协助总裁分管党群工作部、管理学院；

党组成员、副总裁李正茂协助总裁分管技术部、对外投资办公室、研究院、中国移动慈善基金会、卓望公司，并负责联系通信学会和NGMN、JIL国际组织；

党组成员、副总裁沙跃家协助总裁分管市场经营部、数据部、集团客户部（世博办公室），并负责联系凤凰卫视、浦发银行、联动优势公司和互联网协会；

党组成员、副总裁刘爱力协助总裁分管网络部、业务支撑系统部、管理信息系统部、信息安全管理部、实业管理部、中国移动（深圳）有限公司，并负责联系移动通信联合会、TMF国际组织；

党组成员、总裁助理李慧镝协助总裁开展有关TD-SCDMA发展的内外部协调工作，协助总裁分管终端部、设计院。

在上述领导班子成员中，党组成员、总裁助理李慧镝更是深藏不露，业内一直盛传他将升任副总，但迟迟未升，此事也变得很微妙。中国移动内部也常有人抱怨，老是被CCTV点名批评，中国移动高层不懂得做“高层关系”，现成的资源摆在这儿。但李慧镝过于年轻，经验不足也是事实。李跃任上，这一切会不会有变化，也在各人的猜测之中。

但李跃继续集权管理的整体思路，与过去鲁向东和王建宙时代截然相反，从一开始就已经注定。李跃曾在次公司内部交流中未点名地批评了部分管理者的“放纵式”管理方式，主张其精细式管理。而鲁向东正是这种“放纵式”管理方式的倡导者。李跃在内部会议说：“再说说个别领导的问题。我们现在宏观的多，微观的少；理论的多，务实的少；口号多，实践少。很希望大家多看看第一线具体的流程是什么，多看看第一线的具体问题是什么。尤其要抓制度建设。”

他认为，重视制度建设要比重视干几件具体事情重要。“我们的很多重大风险报告中，出现的问题触目惊心，这些面临重大风险的环节也是我们制度缺失的环节，流程管控缺失的环节。因此，各个部门要下定决心把制度抓好。”

接近中国移动的人士透露，在李跃和鲁向东年初职能交换后，两人各自负责的两条线上的人都极不习惯。

李跃的这种更加集中化管理的思路并非刚刚形成，过去多年李跃发表在各大学术研究类刊物上的论文，“集中化”都是出现频率极高的词，比如《集中化：高效运营之利器》、《坚持集中化网络建设提供高质量客户服务》、《推进网络管理集中化有效提高网络质量》、《推进网络管理集中化有效提高网络质量》、《电信微利时代催生集中管理》等，李跃更有一本专著《集中管理：电信企业管理创新之路》，在业内颇有影响。

重新定义合作伙伴

李跃思路对中国移动的事实性改变才刚刚开始。所谓新官上任三把火，李跃的上任初现威力还不是新RFID-SIM卡换卡的戛然而止，而是其力排众议，对围绕中国移动10年形成的生态系统彻底调整的决心。这一招，莫过于整个行业的地震，与如火如荼的反腐风暴一起，内外夹攻，整个系统及行业格局大调整已在所难免。

自2010年5月升任中国移动集团总经理后，李跃对中国移动广告和数据业务的调整思路逐渐清晰。

他的思路可以形容为：一方面，核心外延业务收归集团，对外合作模式由“分成”变为“固定承包”付费，颠覆电信增值行业运行多年的行业规则；另一方面，将在设备采购管理上的“集中采购”思路，扩展运用到了广告和终端定制上，上收权限，一大批中间商失宠。

作为上任不过半年的央企“一把手”，李跃如此激进的改革选择并不常见，不仅令内部为之震撼，亦延伸至以中国移动为核心的整个电信增值服务产业链，而这块曾经属于其过去“劲敌”鲁向东的长达10年的主管领域，利益关系可谓根深蒂固。

新政引发巨大争议也在其预料之内。激烈反对者怒斥其因噎废食，把企业内控问题归罪于市场，是一种由市场经济向计划经济的倒退，不仅可能毁掉多年市场力量形成的电信增值行业，更可能让中国移动这一国有垄断巨头更加垄断，将原来仅做“通道”的主业之手伸到通信、通话主业之外。

支持者则称这是壮士断腕之举，唯有这样才能彻底切断中国移动内部多年根深蒂固的利益链条，将原有的内控失控基因连根拔掉，彻底清除众多依附于中国移动的“关系户”、“寄生虫”。

不过，行业规则和格局重定，各方博弈难免，最终落点并不可预知。可以肯定的是，李跃新政仍有试错空间。

如果说中国移动的基地模式已经是中国移动从20世纪初放权到收权的一种集权转变，那么李跃所奉行的“集中化”管理思路，更将这种集权发挥到了极致。

在李跃新思路的商业模式调整中，广告首当其冲。

广告是中国移动被查出腐败的重灾区，三大腐败领域之一，张春江及李华案发后，其关键“中间人”张锐也浮出水面，张锐之妻正是通过广告代理曾经获得张春江所在中国网通的广告代理及策划等的合作伙伴。其中利润最为高昂的费用即来自广告投放代理费。业内一般估算广告投放占电信公司年收入的1%～2%，这也意味着每年的广告投放额过10亿元。而广告公司也发明了种种利益输送的渠道，通过高额的代理费来获取利益。

2010年11月，实力传媒再次中标中国移动非互联网业务合作伙伴。不过，虽然其中标业务金额仍达1亿美元，但业务仅限于广告策划业务，而不再包括过去利润更丰的媒介代理这块。

实力传媒以往几乎垄断了中国移动的所有广告业务，包括广告投放代理，以及策划、媒体评估等。而中国移动每年巨额的广告采购中间代理费，则成为实力传媒主要利润来源。

李跃当政之后，中国移动广告采购业务逐步全部收归集团采购部负责，停止通过代理进行广告业务投放。

一位接近中国移动市场部的人士透露，过去市场部负责广告业务对接的人员也都被调离原岗位。

此外，手机终端的定制采购也全部收回集团采购部，采购部正筹划以一家控股子公司来承担采购代理。

对设备商而言，终端定制利润极低，完全靠规模获利，中间代理商则更是如此。

“连1～2个点的中间商费用都要省，足见李跃对成本控制多严，而且不务正业。”一家中国移动合作伙伴的负责人如此抱怨中国移动新的政策。

控制成本并非唯一目的。

2010年下半年，李跃赴瑞典考察LTE发展状况，走访了当地五六个营业厅，这些营业厅和超市一样，挂满了琳琅满目的产品。

“他们的客户通过网络银行在网上缴费，所有业务，包括缴费，全是网络化，客户到营业厅来主要是买手机，顺便定制一些客户端软件。”在2010年11月底一次内部讲话中，李跃透露说，这对其触动很大，并提出中国移动在东部沿海大城市有条件的营业厅尝试向“超市”发展。

“如果这种体系建立起来，我们5.7万个营业厅就将变成巨大的财富，再加上 120 万个代办点，如果销售末端产品的话，我们将开辟一片新天地。”李跃说。

在李跃看来，传统运营商必须吸取苹果等 IT 公司迅速崛起的发展经验，看到终端市场这块更广阔的空间。这也为他以集中化增强渠道控制力的思路提供了现实支持。

这一思路，与过去主管广告及终端定制的中国移动副总裁鲁向东以及中国移动董事长王建宙的思维恰恰相左，后者更倾向向下放权，对外授权。接近中国移动的人士透露，2010 年春节前，李跃和鲁向东两位副总裁主管部门对调后，原来业务线条上的人员都极不习惯，受到更大冲击的，则是过去 10 年围绕数据增值业务形成的生态圈。

在李跃主导下，目前中国移动正在深入研究如何调整过去以分成为核心的互联网合作方式。

中国移动旗下增值业务的典型“卓望模式”正被推倒重来。

卓望控股在境内有 3 家公司，分别为卓望信息技术（北京）有限公司暨梦网运营支撑中心（下称卓望信息）、卓望数码技术（深圳）有限公司（下称卓望数码）、卓望信息网络（深圳）有限公司暨 139 社区（下称 139 社区）。

一位卓望控股前管理层透露，成立卓望之初，中国移动领导人就已认识清楚，这些业务不是中国移动有能力做好的，要向社会招募人才，故而有了 2008 年 11 月成立的 139 移动互联网信息服务（北京）有限公司。这家公司注册资金 1000 万元，6 名出资人中，中国移动集团客户服务部部长叶兵为中国移动代表，其余均为个人股东，为卓望控股相关高管。但实际上这些个人股东多为“代持”，方便牌照获取的需要，实际股东还是中国移动和背后外资，个人激励最多 10%。

这本身即是中国移动对原有 SP（服务提供商）集中管理的一次重大调整，试图由此实现一些核心 SP 业务个人激励，因此备受争议。李跃主政后对卓望控股进行了调整。

卓望控股内部人士透露，目前 139 社区的运营已移交广东移动互联网基地管理，这导致 139 社区在北京部分员工离职。原高调聘入 139 社区的知名互联网人罗川也准备退股退出，成为整合后的新卓望一个事业部负责人。

卓望信息也开始与中国移动飞信系统集成公司神州泰岳制定新的结算政策，虽然当时尚未有具体结果，但大势所趋已不可避免。

卓望控股也正进行改组，所有员工原有合同均被解除，等待签署新合同。卓望数码和139社区被注销，保留卓望信息，或成立新的卓望信息，取代此前的卓望控股。

这只是卓望变化的开始，在2011年之后的根基之变还将在下一部分的书中有更为详细的叙述和内幕讲解。

当时，多位熟悉中国移动的行业人士已经意识到，动卓望控股就是动了“合作伙伴”模式的根了，这是对过去多年鲁向东的SP管理思路的全盘否定。

李跃力主“移动MM”平台，这个平台类似于苹果iTunes，将很可能取代“移动梦网”。

但也有SP的人认为，李跃应该不会采用“一刀切”方式对待所有增值业务，而会在收入相对固化的增值业务和增值前景较强的增值业务间作区分。此外，服务和产品本身的差异性，以及各省移动公司的反应速度和能力差别巨大，同一业务在各省推广或者实施的时间差可以超过两年，彻底改变并非易事。

一些企业在新权力格局下的“扯架”中，业务已经受到了严重影响。业内抱怨声起，一些过去的合作伙伴抱怨，有的技术公司，前期投入巨大，根本不盈利，过去合作规则的改变，意味着未来很可能连前期的投资都收不回来；有些合作要有个一两年的过程，每个阶段都要新签合同，那么就有企业会因为无下一阶段的签字而搁浅，因为可能连最后签字的领导都没有了。

以下即我独家获得的一封信，是某合作公司主管在公司前期投入的合作陷入僵局后给中国移动高层所写，因尊重企业隐私的考虑，隐去了核心项目和公司名称以及个人名字，但仍能清楚地看出中国移动多个权力部门之间的“打架”：

尊敬的李总、沙总（作者注：分别指李跃和分管副总沙跃家）：

你们好！

我司与中国移动“关于……移动业务”的合作项目说明如下：

我司自2009年通过招标与中国移动开展此项目，按照移动139公司、市场部、数据部及研究院的规范要求，经过180多名员工夜以继日的研发、测试，最终通过了移动研究院的技术验收，数据部和市场部也均认为技术指标符合上线的商用要求。因此项目从2010年7月开始进行项目签报准备工作，在此过程中终端部作为会签部门，在功能需求上提出了相关意见，我司均给予解决，项目最终达到各部门（市场部、数据部、终端部、139公司、南方基地）一致认可。

2010年8月项目正式进入签报流程，市场部、数据部均同意通过，在进行至终端部时，×××部长给出的意见是：此项目可不经过终端部直接上报，但作为会签部门不在签报上批复，因此签报过程终止。市场部、139公司、我司均与×××部长沟通未果，以致项目延误至今，给我司在经济上以及员工士气上均造成严重打击。

目前公司面临的情况：

公司自2009年9月开始与139移动公司关于……定制终端……自有业务以来，到2010年4月项目研发基本满足需求，此项目已经投入资金和设备达人民币3000多万元（因非定制终端手机平台较多，我司全面覆盖，进行了全版本的开发和测试工作），因此事没有最终结果，至此公司只能保留各个研发平台部门编制（但均已缩减到最低成本），以便在项目批复后能正常地服务于此项目，但每月仍需要200万元的基本投入！

项目一旦正常开展，我司有信心在移动市场部、数据部及南方基地的领导下作好支撑工作，以便更好地服务于非定制终端用户！

综上恳请李总、沙总对此项目知悉并予以关注！

致

礼！

××××××公司董事长

彻底砍断 KPI

李跃履新 CEO 后除了对合作伙伴生态环境的改变，相应地，其针对数据业务的内部变革也次第展开。

中国移动（0941.HK）2010 年上半年年报（李跃上台前的最后一期）中，移动增值业务占营收比重达 29.5%，而在全球经营数据业务最成功的日本运营商 NTT–DOCOMO 的增值业务收入也不过 30%，看上去，中国移动似乎已经取得了成功。

但在数据业务增长的巨大压力之下，李跃没有加大以数据业务作为核心指标考核各省级移动公司的比重，反而取消了数据增值业务的 KPI 考核指标，回归了传统主营业务的考核模式。但这么做的最直接结果，就是让过去可轻易依靠数据增值业务造假的 KPI 数值成为历史，也将使一大批靠此生存的 SP 倒闭，这一方面或许是其斩断权力寻租空间的考虑，另一方面也确实再次关上了市场开放的大门。

"当省级公司完不成指标，或者想冲高指标的时候，靠 SP 来自消费是一种非常典型的作假方式。"中国移动一位合作伙伴说。在 KPI 的考核压力下，各省级分公司以免费赠送的名义强行捆绑用户开通某项业务，或送等额话费，或送"手机报"等各种促销手段。中国移动数据部部长高念书在 2010 年年中报后透露，中国移动近 70% 的用户使用了捆绑数据以及信息业务的套餐，连最成熟的无线音乐业务，其收入的 53% 都是来自套餐捆绑。

也正因为此，李跃在内部抱怨"数据业务和用户在不断增长，但是没有相应幅度的收入增加"。

KPI 的考核始于王晓初，现任中国电信总经理，他在任中国移动总经理时，让中国移动成为第一个推行 KPI 考核的国有大型企业。这在当时一直都是"大锅饭"式的老体制下，对公司业绩的提升和人员激励都有着重要的作用，也带来了中国移动成立之后进入的高速发展时期。自此，中国移动每项业务都有 KPI 指标，各省 KPI 考核也会与各省员工薪酬挂钩。

李跃认为，KPI 其实是中国移动的一个巨大优势，也是经营预算管理的巨大优势。但在这个过程中出现了一些偏差，偏差就在于忽略了自身能力的建设，片面追求一些业务指标，造成了一些关联企业的不规范行为，给 KPI 考核体系带来了很多影响。因此，2011 年的 KPI 开始就基本上分为三部分：第一部分是网络质量类；第二部分是客户服务类；第三部分是经济指标。

中国移动的内部资料显示，中国移动 KPI，本质是对各省级运营商的考核，全称是"中国移动各省（区、市）公司经营业绩考核办法"，在这其中，包括 11 项，一共 100 分。省级完成情况，和年度奖金等直接挂钩，所以各个省都非常重视。其中具体指标是：利润 22 分、营运收入 16 分、资本开支占收入比重 8 分、客户满意度 10 分、网络运行质量 8 分、数据增值业务 8 分、集团客户业务 8 分、中高端客户数 8 分、TD 客户数 6 分、扣减分事项 -15 分、总资产报酬率（3 年共 24 分）。

过去省级公司为了拿到全额奖金，是根据各项指标一一对应地去完成。对于类似于卓望、SP 们来说，最重要的是数据增值业务的 8 分。

根据现有的新的标准，网络质量类指标，包括了网络运行质量；客户服务类指标，包括了客户满意度、集团客户业务、中高端客户数、TD 客户数等；经济指标类则包括了利润、营运收入、资本开支占收入比重、总资产报酬率等，扣减分事项一直存在，这也意味着唯一取消的即数据增值业务指标，而这恰恰是对 SP 影响最大的。

数据增值业务的 8 分，又包括了两个方面：数据增值业务收入占 5 分。这方面的规定是，"当数据增值业务收入实际完成值不低于目标值时，得 5 分；当实际完成值不高于目标值的 80% 时，得 0 分；当实际完成值处于目标值的 80% ~ 100% 时，线性得分。"

在正常情况下，用户单独定制的收入，不会达到 80%，省公司要完成这一项，就加上赠送，例如赠送每个月 3 元的手机报、每个月 5 元的手机邮箱等，但在省公司做报表时，是将这项收入单独计算。那么省公司在做报表时，计算就是 42 元话费，加 8 元钱的数据增值业务收入，如此，省公司就很容易在报表上完成任务了，但实际的情况是，它发展的数据增值业务用户，绝大多数都是沉默用户，这对于中国移动来说，在财务上没问题，在实际的市场竞争力上却无丝毫好处。12580 的手机报即是这样进入 KPI 并分得利益的。

另外3分是集团每年设定几项所谓的“战略型数据业务”，也就是所谓的当年主推业务，例如2010年，就是“全曲下载、手机游戏（自有）、手机视频/CMMB手机电视、手机阅读、手机支付/手机钱包”等5项，省公司在其中选择3个，每个有要求，根据省用户总量，要发展多少用户（比例计算），每个完成算1分。

但是大量用户是包月用户赠送的，SP、CP，这方面是和移动分成的，即如果SP公司，因为和某地方移动关系铁，就能够将其业务排进前10名推荐，甚至直接作为主选业务，推送给包月用户。如果这个公司的包月用户为1000万，每个都订阅（其实是赠送）了2元钱包月的阅读，那么就意味着每个月2000万元的费用SP+CP分85%的话，即使提供给用户阅读的内容是垃圾，一个月也能给SP+CP 1700万元，同时，省公司也通过这种沉默用户的方式完成了任务。

业内人士分析，这对省公司而言是完成任务，但对SP来说是不顾一切地进入到推荐中，这就出现了权力寻租的空间，也是出现四川移动无线音乐基地负责人携款潜逃的背景。

因为，向大量包月手机用户赠送的服务中，收入由SP、CP（内容提供商）与中国移动分成，于是SP和CP纷纷努力与地方移动搞好关系，希望能获得地方移动推荐，作为主选业务直接推送给包月用户。

但对移动集团而言，收入并不可靠，只是在包月收入中以新的财务计算方式算出来的增值业务收入，不代表实际增值业务能力的提升；用户感知很差，很多都是沉默用户；腐败空间增加，SP也为了寻求收入，大量违规推荐，造成了移动被曝光的诸多违规行为；在基地建设中，内容没有足够充分的竞争，无质量可言，一旦放到开放的市场中竞争，更无竞争力可言。

但多位互联网资深业内人士也认为，取消分成和激励模式，彻底取消增值业务考核指标则又有点过犹不及，这也给移动集团数据业务带来了很大的冲击，如果地方公司失去了考核的动力，也就意味着增值业务指标可能难以完成，中国移动作为上市公司明年的业务报表也可能难看。

但李跃坚持称：“没有了KPI，就要求我们塑造两个能力：第一个能力是业务创新能力。业务创新能力就是要使你的产品让人家一看就懂，人见人爱。Google、腾讯 QQ、苹果，基本上是一看就懂，人见人爱。如果我们做不到这样的业务宁可别推，因为推也推不出去，推也没有反应，也没有效果。第二个能力是业务销售能力，所以没有 KPI 也要作好企业的增值业务发展。”

去王建宙化

2010 年 5 月底，据香港联合交易所公告，王建宙不再兼任首席执行官职务，继续担任公司执行董事兼董事长。公司执行董事兼副总经理李跃的职务调整为公司执行董事兼首席执行官。另外，公告显示，李跃将收取月薪 10 万港元及由董事会按其工作表现而厘定的酌情花红、酌情认股权及由董事会建议并由本公司股东批准之董事袍金每年 18 万港元。李跃将持有涉及 93.4 万股公司认股权。

在当日进行的上半年年报香港发布会上，王建宙说：“对未来我们充满信心。”而首次以首席执行官身份出席记者会的李跃则坦言，新岗位“压力很大”。

2011 年 7 月，中国移动宣布，工信部副部长奚国华接任中国移动党组书记，王建宙仅保留于 2010 年 5 月新设的董事长一职。无论从权力的交替还是从中国移动内部战略和对外策略的逐步调整，在王建宙近年不断的“退休”传闻中，中国移动的“去王建宙化”从李跃上台之后就日趋明显。

其实，在很多中国移动现任员工心目中，王建宙于 2004 年出任中国移动董事长兼总经理之后，王建宙就一直“不那么懂政治”，而且是一个少有的有着极强国际意识、勤奋的国企实干“CEO”，也给中国移动在包括三大运营商在内的央企树立了一个“最忙最累”的企业形象。中国移动的办公楼下晚上 10 点钟永远有出租车在等待，因为知道还有员工没有下班。这也形成了中国移动相对高效的一种气质。

“出事，还是因为中国移动太挣钱了，肯定会有灰色空间。如果说不出事，客观地讲，王建宙留给中国移动的底子还是不错的。但是一个国企老板做到这样，企业最挣钱、腐败最严重、老总最高调兼而有之，还真是比较少见的。”——这是王建宙的一个合作伙伴给他的评价。

公开资料显示，现年62岁的王建宙自1978年起就进入邮电系统工作，在加入中国移动之前，曾在原邮电部和原信产部担任过司长职务；1999年至2003年期间任职当时的中国联通公司，位至董事长兼总裁；2004年10月起任中国移动总裁，之后6年，中国移动确实经历了最高速发展的6年，用户规模超过6亿，收入规模超过5000亿级。

在一些熟悉王建宙的人看来，王建宙对中国移动有功，以王的性格，他多次传言要退又迟迟不肯退，肯定也是与其要让自己在中国移动完美谢幕有关。就在退休之前，王建宙将其每年参加国际盛会达沃斯论坛的思考整理成书出版。他一直在苦心经营着自己的国际化思路，虽然这一思路在唯一的巴基斯坦国际尝试中并不是非常成功。

相比起来，刚刚50岁出头的李跃实在是很年轻。自2000年加入中国移动以后，就一直担任分管计划和网络建设的副总经理，整整10年。李跃2003年进入上市公司董事会，2010年5月底，51岁的李跃正式升任总经理，同年8月兼任上市公司CEO。

“在接班之后我们再也听不到他爽朗的笑声了。”这是李跃身边的同事最大的感慨。过去可能隔了一个楼层都能听到李跃的大笑，现在的他除了谨慎就是那越来越多的白发了，上有前人的监督，下有新政推行考验，他甚至不敢再接受媒体的专访。

在2010年12月13日于北京举办的“2010移动互联网国际研讨会”上，中国移动董事长王建宙提出“开放和合作是中国移动过去的成功经验”，并表示今后将会坚持和加强各种形式的开放和合作，呼唤从终端、操作系统到内容应用在内的各种合作伙伴和中国移动展开合作，加入到移动主导的开放产业链中。王建宙这一提法的时机颇为微妙，明显与李跃新政确定的方向不同。

李跃曾对内部解释其对管理模式进行调整的原因，难窥全部，或窥一二。他更多感到的是移动互联网时代，以苹果和Google为代表的IT和互联网企业对各大运营商所形成的巨大压力。“如果没有政府保护，中国移动早被互联网企业取代了。”李跃如此直言。

压力首先来自于增长瓶颈，传统主营语音业务增长受限，新的互联网增值业务虽然流量和用户增长明显，却并未带来相当增幅的收入增长。在客户普及率达到 60% 以上之后，中国移动的话务增长量已经明显放缓。中国移动内部数据显示，2010 年以来，前 10 个月始终保持 20% 的增长，而 10 月增长急剧下降。

“这说明我们的增长确实面临着顶部的压力，接近顶部。另外，我们的数据业务增长量不同步，数据单价较低，造成虽然数据业务量大幅度增长，但相应的收入增长却不多。”在李跃看来，这意味着用户虽占用了中国移动的通道资源，收入的更大部分却并未被移动获得。固守传统语音主业，中国移动将最终丧失市场竞争能力。

这也是李跃日前低调造访腾讯，与腾讯谈判改变双方收入模式的动因。腾讯内部人士称，李跃提出的要求很强硬，腾讯必须为手机 QQ 额外支付费用，否则就不再允许 QQ 走 WAP 通道。据称，这个“额外费用”或将以“信令费”的名义收取。

中国移动与腾讯在移动增值业务上的合作由来已久。腾讯自 2000 年开通移动 QQ 业务，每月通过短信通道向用户收取 5 元资费，与运营商采用 2 : 8 分成。腾讯公司上市之初，大部分收入来自无线业务。而一度，腾讯无线业务收入中的 45% 都来自于移动梦网渠道。此后腾讯一直谋求无线业务的模式转型，但目前来自中国移动渠道的无线增值收入仍大约占比 15%。

而据腾讯 2010 年第三季度财报显示，期内公司移动及电信增值服务收入为人民币 6.951 亿元，比上一季度增长 3.1%，比 2010 年同期增长 55.8%。

然而，在李跃看来，类似巨大的流量虽带来了数据业务量的大幅增长，但同时也带来了通道扩容压力，却没有带来相应的收入增长。2011 年 8 月，王建宙在内部讲话中也表示，“广东有 40% 的 G 网流量来自 QQ 一家，5 块钱 20M 的包月，就将我们的网络流量给吃掉了。”“我们对数据的流量是又爱又恨，必须找到一个解决的方案。”

其次是竞争对手压力。早期中国移动对新的携号转网政策不够重视，政策实施后的客户流出效应却十分明显。李跃透露，流出率远远大于流入率。

在双向互通的改变量里，2/3 是流出，仅 1/3 是流入。用户黏性正受到考验。“现在还有大量的人在抱怨网络拥塞要求扩容等，如果在全国范围内推动号码可携带，每天有 2/3 的客户在流出，时间不长我们的网络就空闲了，我不是危言耸听，到时候也没必要扩容了。”

同时，来自互联网的竞争更为激烈，无论是互联网对传统移动语音业务，还是互联网对铁通固定电话业务和宽带业务的冲击。

“互联网商业模式对我们的竞争 10 年来从来没有间断过，始终给公司巨大的压力。只不过我们现在的运营商商业模式是得到了政府保护，如果没有政府保护，电信运营商没有各种进入门槛，我们的话音业务就有可能被其他互联网公司替代。如果接入网放开，像国外那样，我们电信公司做固定电话服务业务、基本宽带业务，你们的能力能否经得起互联网的冲击？我每想一次就感到压力巨大，甚至有的时候坐立不安。”李跃的担心溢于言表，“如果我们的规模优势丧失了，那么我们良好的网络规模将成为巨大的负担。”

对此，李跃明确表示希望学习苹果和 Google 的终端，以及以终端为核心的自有增值业务核心竞争力。

在他看来，做 IT 和互联网产品的公司，例如苹果和 Google 手机平台，都越来越像运营商，运营商逐渐从过去的上游公司变成这些公司的下游公司，根本上在于这些公司用户体验更好，更了解客户的需求。“我们有几亿客户，曾以为自己最理解客户，最了解客户，但是实际上我们不如苹果了解客户，不如乔布斯了解客户，甚至对中国的客户也是如此”。

此外，还有管理效能的压力。李跃坦言：“可能我原来是管计划的，常年对如何更好资源配置效益最大化的想法很牢固。因此，我们需要树立寻求资源配置效益最大化的理念。”但事实上，中国移动在很多管理资源效益问题上却严重跟不上。

“面对互联网时代，我们准备好了吗？我觉得我们没准备好，体现在互联网资源配置上。我们在移动互联网上配了多少力量？哪些业务是我们自己给客户提供的？互联网的支撑业务有多少是自己做的？我们的业务提供、客户服务、产品有多少是在互联网上销售的？我们的服务有多少是在互联网上提供的？”李跃言辞强硬。

李跃透露，目前中国移动的电子销售渠道在自有渠道中的占比为76%，但放到全部渠道上可能就不到50%了，跟国际一流企业相差甚远。

但李跃主导的这种压力下的转型是进步还是倒退，新政成败最终仍要靠市场决定，而不是资源的垄断。

对李跃新政的争议还在继续，李跃却已在低调地推进自己的移动互联网新战略。以“统一门户、统一入口”的原则，将之前分散在各大入口平台的应用统一到10086，原有入口取消。现在打开10086的页面，移动的核心增值业务都已经完全在框架上实现统一接入，包括飞信、无线音乐、139邮箱、139说客、移动MM、手机支付、手机游戏等。而过去，一直以打造中国移动综合社区平台的139说客作用也被下移，仅成为10086综合业务的一项单项功能。

据本刊记者了解，整合刚刚开始，目前仅是在入口形式上低调统一，中国移动计划从2011年上半年大规模推广。目前中国移动已聘请IBM为其做接入平台整合计划，预计耗资6000万元。

这也部分解释了何以李跃能在内外认同并不一致的情况下，强力推进变革。

并非巧合的是，2010年12月24日，中国移动的主要竞争对手中国联通集团公司也宣布，正式启动行业应用合作伙伴招募计划。中国移动与中国联通的新方向孰优孰劣，最终市场将会决定。

附：独家呈现一份李跃的内部讲话原文，这是他第一次对内全面阐述新政，我重点截取了其中关于未来挑战和如何应对、调整的部分。（以下为李跃内部讲话）

2011年王总在总经理务虚会上说，忘掉成绩、留住责任。重点研究的是我们当前的挑战。讲成绩讲责任怎么都讲不过我们在全球的排名。对当前面临的挑战也是令人担忧的。

……

二、未来10年面临的严竣挑战

首先，是在增长层面受到的挑战。由于普及率不断提高，达到了60%以上，不仅客户增长放缓，话务量增长也放缓。2010年以来，前10个月始终保持20%的增长，而10月份增长急剧下降，这说明我们的增长确实面临着顶部的压力，接近顶部。另外，我们的数据业务增长量收不同步，数据单价较低，造成虽然数据业务量大幅度增长，但相应的收入增长却不多，这是第一个层面的挑战。

第二个挑战，是竞争更加激烈。最近天津和海南推出的携号转网，舆论方面高度关注，很多媒体都在大量报道携号转网问题，确实造成了我们客户的流失，流出率远远大于流入率。我写的不到1万，是客气，实际不到1/4；海南比较特殊，仅天津双向号码可携带，流入1/3，2/3流出。

还有就是来自互联网的竞争，互联网商业模式对我们的竞争10年来从来没有间断过，始终给公司巨大的压力。只不过我们现在的运营商商业模式是得到了政府保护，如果没有政府保护，电信运营商没有各种进入门槛，我们的话音业务就有可能被其他互联网公司替代。如果接入网放开，像国外那样，我们电信公司做固定电话服务业务、基本宽带业务，你们的能力能否经得起互联网的冲击？我每想一次就感到压力巨大，甚至有的时候坐立不安。

铁通提供的固定电话业务、基本宽带业务是否经得起互联网公司的冲击，很是让人担忧。如果有一天放开这种竞争，我们将面临巨大的效益流失和巨大的客户流失。如果中国移动这样的企业出现巨大的客户流失，整个竞争形势就会发生巨大变化。

现在各省公司都大量反映网络拥塞、质量下滑、客户满意度下降，大家都在抱怨选基站有困难，网络扩容跟不上。我认为更大的挑战在于，如果在全国范围内推动号码可携带，每天有2/3的客户在流出，时间不长我们的网络就空闲了，我不是危言耸听，到时候也没必要扩容了，希望大家能够理解这种挑战是巨大的。

如果我们的规模优势丧失了，那么我们良好的网络规模将成为巨大的负担，因此，我们绝不能够丧失自己的优势。我们现在看到一批互联网企业的市值远远高于做硬件、做软件、做产品的公司。从微软，到苹果、Google，互联网市值远高。大家都看到了现在很知名的一家公司的发展历程，苹果，其第一部手机问世时，没有中文，短信不能转发，更别谈彩信了，但是该公司今天的手机，iphone4，不懂电脑的人都喜欢它。为什么呢？因为今天只要我想干的事情，一触摸它的屏幕就可以自动提示各种操作该怎么做。它的手机终端做到了客户想干什么事，一按屏幕就能实现。他们iPhone做到了，客户想做什么事，触摸一下屏幕就可以做到。

这个公司能够从起步时很差，到第四代，逐渐做到那么强，是值得我们深思的。

我们是电信运营商，是设备、网络、业务和客户之间的桥梁和纽带，我们有几亿客户，曾以为自己最理解客户，最了解客户，但是实际上我们不如苹果了解客户，不如乔布斯了解客户，甚至对中国的客户也是如此。我们提供的服务中国客户不懂；乔布斯的服务，中国客户喜欢得不得了。

这说明互联网企业有很多独特的地方值得我们学习，当然同时也给我们带来了巨大挑战。在日本这个外来终端比重很低的国家，在其一家运营商的智能手机推广中，该公司的手机占了一半，把几十年为电信行业努力工作的工程技术人员们打得没有还手之力。最近有一家可以跟苹果竞争了。但是，在美国，另一家互联网公司的智能手机平台市场占有率接近50%，与这家公司形成了强烈竞争，但很遗憾，是Google做的，而这个智能手机平台还是属于互联网公司，所有这些迫使我们不得不冷静反思，我们未来的竞争确实出现了巨大的挑战。

第三个挑战，来自管理层面。中国移动是一个非常现代化的公司，早在1997年就上市了，是具有多年上市经验的公司。但是不得不说我们在管理上很多方面还在沿用传统企业的管理模式，还在按照政府行政划分的模式进行，网络建设、支撑系统建设、业务管理、业务发展、客户服务等方面的工作都按地区来进行。

我很早就给大家推荐过《世界是平的》这本书，我们知道美国人把呼叫中心全都放到印度，某知名国际快餐企业有全国统一的送餐号码，呼叫中心位于上海，那么我们的呼叫中心为什么不能够离开本地？最近我一直在倡导，在低成本的地方建设大规模的呼叫中心，而且我们高成本地区的呼叫中心不许外包，要外包都转到低成本地区自己的呼叫中心上去。

运营商有天生的优势，一个是IDC，一个是呼叫中心，这是天生的优势，谁也比不了。始终让客户到我们的营业厅办理业务的思想是非常固执和落后的，不仅投资巨大、系统复杂、实现困难、管理复杂等，而且更为关键的是还造成客户抱怨消费不透明、套餐陷阱等，以至于2011年工信部的服务口号中，把明白（明码）消费作为应对套餐的一个措施，就是因为现在套餐过于分散。

其次，效率不高、能力不强。这两年来，媒体连续曝光了我们很多事情，实际上，有些事情我们是可以制止的，有些事情我们是可以做得更好的，但是由于我们存在效率不高、能力不强的问题，没有能够及时处理。可能我原来是管计划的，常年对如何更好配置资源效益最大化的想法很牢固。因此，我们需要树立寻求资源配置效益最大化的理念。

再次，我们有很多的电子化系统不能很好地发挥作用。比如我们为了应对手机色情网站，建设了一个可以自动识别、人工审定、自动封堵的一套系统，但是直到前一段时间，李长春同志到云南视察，我们这套系统也没有真正科学地运行。我们还在用人工审核、部门把关、每日两次的封堵方式。没有道理。你只要对一个人认定了，先封了他，再去追责任是完全支持的。后来各部门在一块儿商量，上周已经实现了，自动跟踪，人工及时跟踪，人工审查，发现黄色网站，自动封堵。

再比如对垃圾短信的封堵，2007年党的十七大以前我们就建了一套系统，这套系统可以实现按照各种各样的模型识别垃圾短信，识别出来以后，把它送到座席、人工台，人工判定是垃圾短信就可以马上实现封堵，为此还在江苏开了全国应用推广会议。

结果到2011年春节有些省还在用设置短信发送数量门限的老办法来封堵垃圾短信，却不使用这套系统。因此说，各个电子化系统的效率还不高，有了新系统还不会把它用好。再说我们的经营分析系统，能力非常强，可以把客户离网的倾向表达出来，甚至可以把客户离网的程度都描绘得很清晰。

但是一线的员工，有多少人在用这个系统呢？所以我建议统计这个系统的利用率。投了很多钱建设的系统没用上，说明是管理的问题。如果用好这些手段和系统，我们就是一个能力很强的巨人；用不上，你的巨大规模就是没用的，是很危险的。

再者，我们存在监督不严、执行不力的问题。我们的监督工作很多时候发现问题不及时，客户投诉了才知道，问题产生了才警醒。而且即使是发现了问题，也是大事化小、小事化了，督察不力，处理问题缺乏力度。最近的铁塔倒塌，我看到好几起，有两三起是完全一样的事故，十几个螺丝只有一个，令人触目惊心，可是有谁对这些事情负责？所以我要求，此类问题不能仅追究一线施工人员的责任，各级领导都要对事故负责负责。凡是造成巨大影响、重大损失的，都要追究责任，我们要有一套体系，把监控和执行力真正提升起来。

我们的合作伙伴也跟微软和Google合作，他们跟中国移动态度是有差异的，赚取利益是天性，他们是充满尊重的态度和角度跟我们合作呢，还是对我们的很多问题根本不够尊重呢？我自己感觉，我们受重视有，获尊重缺。

最后一个管理上的问题，就是我们的最佳实践得不到有力推广。我们各省公司、各地市公司，包括总部各部门，都有很多创新，我们的员工有巨大的创造力，大家有很多创新成果，但是创新成果得不到肯定，创新实践得不到推广和保护。

国外很多公司，很多研究所都很重视创新。最典型的是贝尔实验室，进去以后最大的感受是贝尔实验室墙上贴的不是领导人来访的照片，而是哪一年谁获得了诺贝尔奖，获得了什么专利，墙上记录的都是那些为企业作出贡献的员工。因此，我们的研究部门应该创造尊敬人才的环境，我们的生产第一线应该创造尊重人才的环境，我们要千方百计把最佳实践，把优秀的成果作为总结推广的基础，只有这样中国移动才能快速形成自身的竞争力。

最近我去瑞典考察LTE发展状况，顺便走访了五六个营业厅，这些营业厅和超市一样，琳琅满目的产品挂满了营业厅，不光是卖手机、卖业务。他们的客户通过网络银行在网上缴费，所有的业务，包括办理业务、缴费，全是网络化，几乎没有营业厅的事，客户到营业厅来主要是买手机，顺便定制一些客户端软件。

他们集中采购的手机，一半在网上卖，网上卖手机是送货上门；另一半在物理渠道，其中一半是在自己的营业厅卖，一半是代办点卖。我们东部沿海大城市的营业厅应该向人家学习，有条件做得好一点的大城市，电子渠道比例应该高一点，营业厅应该更能够成为超市。如果这种以销售为中心的体系建立起来，我们5.7万个营业厅就将变成巨大的财富，再加上120万个代办点，如果我们销售末端产品的话，我们将开辟一片新天地。

国外运营商做得好的也是最佳实践，我们讲最佳实践的推广应该包括学习和追赶同行业的先进典型以及全球的先进典型，始终应该把学习和追赶放在第一位，在学习追赶以后，再去创新和赶超。

第四个挑战，是员工队伍的挑战。首先，我们的员工压力很大，工作强度大，工作压力大，考核压力大，员工的抱怨也很多。有的员工反映个别领导作风粗暴，有些领导不了解情况，甚至有的领导以权谋私，员工的这些压力和抱怨，确实需要引起注意。我们这几年连续被称为最佳雇主，什么是最佳雇主？我理解的最佳雇主是大学生最想进入的企业。

我希望我们是最佳雇主，更是员工信赖的企业，我希望进到中国移动的员工能够不后悔，这才是我们要做的事情。现在我们的员工压力大、抱怨大、人数多、效率低，干部队伍急需提高和整顿，一线员工和干部的素质急需提高，广大一线员工的晋升又缺乏正常的晋升途径。

还有，不应该要求所有普通员工都要具备专家素质，甚至要具备连专家都不能具备的素质，因为客户提的问题不可能都知道。这些都说明我们的制度设计有问题，说明我们的工作流程有问题。为此，我分析了香港和国外电信运营商的做法，发现香港的营业厅很简单，有投诉就记下来，然后在24小时以内一定给你答复。

营业前台对客户受理相当于病人看病的挂号，投诉记录下来送到后台，后台专家分析、研究、解决问题，甚至请示要不要退费等。我觉得这个办法挺好，既减轻了一线员工的压力，又创造了运营商的高质量服务。因此，运营商也要学习富士康，学习生产制造业，要把自己打造成流水线，进行专业化分工，让我们的各个员工在流水线上都能发挥作用，而不是让他们当万能的专家。

再比如说KPI的问题，其实这是我们公司一个巨大的优势，是我们的经营预算管理的巨大优势。中国移动这些年的成功，除去刚才讲的网络规模、网络质量、市场能力、市场创新以外，还有一个很大的创新就是全面预算管理。我们的全面预算管理创造了以价值为导向的整体的文化体系，这是很多国企，甚至很多私企都没做到的事。虽然在做这个的过程中出现过一些偏差，偏差在于我们忽略了自身能力的建设，片面追求一些业务指标，造成了一些关联企业的不规范行为，给KPI考核体系带来了很多影响。因此，明年的KPI基本上就分为三部分：第一部分是网络质量类；第二部分是客户服务类，这两类指标外就是经济指标，其他的业务指标没有了。

没有了KPI，就要求我们塑造两个能力：第一个能力是业务创新能力。业务创新能力就是要使你的产品让人家一看就懂，人见人爱。Google也好，QQ也好，苹果也好，基本上是一看就懂，人见人爱。如果我们做不到这样的业务宁可别推，因为推也推不出去，推也没有反应，也没有效果。iPhone4那么受欢迎，就因为苹果有一帮人围绕这个项目不断去研究问题、解决问题、提高质量、改善服务。因此，我们以后要有一帮人去研究问题、解决问题，推的业务要对客户有利，只要对客户有利的业务，人家就会使用。第二个能力是业务销售能力，要想把业务销售出去，就得会销，能销，有体系销。我们的业务做出来，要做好，还要销售得好，所以没有KPI也要做好企业的增值业务发展，这就是对我们的挑战。我们要应对这个挑战，我们还要做得更好，所以这就是文化层面的问题。

再说说个别领导的问题。我们现在宏观的多，微观的少；理论的多，务实的少；口号多，实践少。很希望大家多看看第一线具体的流程是什么，多看看第一线的具体问题是什么。我2011年提出来几个目标：一要完善一本中国移动

2010年版的管理制度汇编，后面附带着每个制度的相关流程；二要出版2010年版的各部门职责汇编；以后每年出一套。管理办法是可以调整的，职责分工也是可以变化的，只有不断地调整和变化才能使我们的工作越来越好。重视制度建设要比重视干几件具体事情重要，领导应该管理“例外”，要把制度办好，流程建好，要管理那些额外的事情，例外的问题。我们的很多重大风险报告中，出现的问题触目惊心，这些面临重大风险的环节也是我们制度缺失的环节、流程管控缺失的环节。因此，各个部门要下定决心把制度抓好。

我最近在思考两个问题：第一个问题是面对互联网时代，我们准备好了吗？我觉得我们没准备好。为什么这么说？看看我们的力量配置，我们在移动互联网上配了多少力量；看看我们的业务提供，哪些业务是我们自己给客户提供的；再看看我们互联网的支撑有多少是自己做的。这是第一个层面，是我们给客户提供互联网业务的层面。第二个层面，看看我们的业务提供、客户服务，产品有多少是在互联网上销售的？我们的服务有多少是在互联网上提供的？我们的电子渠道占比76%，那是电子渠道在自有渠道的业务占比，如果放到全部渠道上可能就不到50%了，跟国际一流企业相差甚远。我提出，一是所有业务100%搬上电子渠道，二是所有业务量的70%上电子渠道，现在还没做到这一点。就是70%做到了，也还是有很大差距，也不是世界一流，所以我要问我们的业务在互联网时代准备好了吗？再说我们的管理，我没事就上微博、博客、互联网的论坛，甚至上贴吧看看有多少客户在给互联网提建议，我看有一个客户提了很好的建议，两年没人理，有的客户在互联网上给我们投诉，也是很长时间没人管，有的客户在互联网上骂我们，更是没人管。我们关注互联网，关注客户体验，但是互联网这个空间我们利用好了吗？没有。我们没有准备好，在互联网方面，我们缺乏队伍，缺乏人员，没有作好准备。

我想问的第二个问题是做世界一流通信企业我们准备好了吗？我们具备不具备做世界一流通信企业的能力？这些能力能不能输出到其他电信公司？我们跟其他电信企业比，有多少差距？跟其他行业比，有多少差距？社会各界对我们的认可程度是不是把我们看成世界一流企业？

第五章
墙里墙外

不记得在哪里看过这样一句话："酒有什么好喝的？酒的好喝就在于它的难喝。"这句话看似有哲理，却总让我想到一个词，叫饮鸩止渴，说的就是SP畸形的生长过程。曾有多少互联网人，人人羡慕SP的一夜暴富，后又有多少SP跟随者迷失了出墙之路。转型，转型，是围绕在他们心头长达数年之梦魇与魔幻城堡。

震动互联网

李向东出逃后，时任国资委主任的李荣融曾经给所有对外机构发函希望帮他们了解情况。由于李向东出逃发于审计署审计调查期间，对于审计署的打草惊蛇，他们还不得不写了份报告递交给国务院，国务院相关领导也批示要求对审计署审计期间涉及到的一些主管领导出境进行控制。所以之后中国移动有一些数据业务方面的负责人在出境时受阻，被控制的时间一般情况下是6个月。虽然，这并不一定说明有问题，是调查需要，配合审计，审计署要求公安部门边防部门协助。

但在这期间，中国移动批准了一些人出访，被拦回来了，其中被拦下的一人就是马力。马力是中国移动数据部副总经理。此时，马力已自感不妙，从2011年春节开始，数据部将遭“清理”的传言即开始流传。显然，事情并未停止。

2011年5月中旬的一天，卓望控股CEO叶兵离开北京，飞赴四川成都。这次，他不再是以领导的身份检查工作，而是因卷入中国移动无线音乐基地总经理李向东一案，被成都纪检部门办案人员带走调查。目击者称，叶兵当时被固定在轮椅上。

截至此时，自时任四川无线音乐基地总经理李向东和四川移动总经理李华案发，中国移动的治腐行动已持续一年多，仍然没有停止的迹象，而这次反腐动力来自外部，而不是内部。黑名单上的人还在增加，而且，漩涡的中心正从成都转向北京，直指中国移动无线增值服务的神经中枢中国移动数据部，以及各主要SP（Service Provider，无线增值服务商）。

接近纪检部门人士透露，中国移动数据部案由中纪委一室督办，四川省纪委直接负责。之所以称之为中国移动数据部案，一是既可以与工信部电信管理局局长苏金生案等其他同时期案发的电信腐败案相区别；另一方面更重要的是，在四川移动无线音乐基地原总经理李向东携款出逃后，纪检部门通过一名与李向东关系密切的下属所交代的问题，顺藤摸瓜，使得中国移动在电信增值业务链条上的腐败问题持续发酵。这是一条长线，更是牵着多条大鱼。

而李跃的上台也已注定，不是采购链，而是数据业务链成为这一轮整顿的重点。

除叶兵外，中国移动数据部副总经理马力也被带走调查，其涉案金额据业内疯传有数以亿计。马力被查后，更写下长达4万字的交代材料，里面涉及多个至今仍活跃在互联网和SP领域的公司。叶兵即在马力之后直接被四川省纪委带走调查。此外，包括空中网CEO王雷雷、12580前董事长田涛、12580执行副总裁王诚在内的多名中国移动SP负责人，均被要求协助调查。

6月底，淘米网创始人、原腾讯五大创始人之一的曾李青亦被要求协助调查，消息人士称仍系马力案牵出，与当年在广东的一笔款项有关。

2011 年 5 月，王雷雷涉案被我们曝光之后，各种业内关于王雷雷“已被放出”的消息反扑而来，空中网给我们的官方声明也都称其工作正常，但王雷雷本人从此均未再露面。2011 年 8 月，王雷雷母亲的一位多年好友向我们透露，刚见到王雷雷的母亲，因为王雷雷直到当时仍处于羁押状态，母子难相见，让老人整日以泪洗面。我又想起了李华母亲日夜思儿的心情，代价，也许就是这样。

上述诸人，均是中国移动 SP 领域的标志性人物，这让全行业震动。至此，2011 年，注定成为互联网及增值服务极其不平常的一年，从一个个行业风云人物的个人“生死”，到企业商业模式可能发生的变化，都命运莫测。

卓望是中国移动为管理 SP 业务而专门成立的公司，亦是中国移动试水互联网的试验田。2011 年 44 岁的叶兵曾任中国移动数据部部长、集团客户部部长。移动梦网的兴起与发展、卓望的设立与调整，叶兵都是直接参与者。2008 年，叶兵取代中国移动当时分管数据业务的副总裁鲁向东，出任卓望控股 CEO 及卓望下属公司董事长，再次执掌 SP 的生杀大权。

据我们了解，这并非叶兵第一次被查。叶兵 28 岁当上湖南电信数据局局长，后因卷入湖南一起电信腐败案被押数月。随着中国移动的分拆与独立，叶兵被调往中国移动数据部出任部长。2008 年，叶兵被调往卓望担任卓望系公司 CEO 之前，也曾接受过调查，均不了了之。

叶兵是湖南人，作风泼辣，21 世纪初即任中国移动数据部部长，移动梦网模式即在他任内建立。在多位熟悉叶兵的人眼里，叶兵是何等精明与聪明！2006 年，叶兵出任中国移动集团客户部（下称集客部）部长，上任后，也许是为了寻求“保护伞”，他很会走高层路线。这是中国官场基层出身无背景的干部要想出人头地必须要依靠大树的普遍做法。在叶兵的帮助下，分别成立了两家负责金融行业集客业务的公司——无线天利和联动优势，为了协调业务关系，两家公司也主要被分在“证券”和“银行”两大领域。这在后文中，还将分别对两家公司作更为详细的论述。

马力则曾任广东移动数据业务要职，从移动梦网到 139 业务，再到“红段子工程”都发源自广东移动。2004年，马力调任中国移动数据部，亦是关键人物。最关键的还有，马力本人跟李向东也极为类似，早已成为“裸官”，老婆孩子已移民海外，自己也隐秘持有绿卡。

王雷雷涉案协查，则更令业界人人自危。王是SP领域风云一时的人物，从TOM网到后来的空中网，及大大小小数十家不为外界所知的影子公司，王雷雷在SP领域涉猎之广，人脉之丰富，根基之深，无人能敌。

2011年下半年，围绕中国移动无线增值业务的调查还在继续，整个数据部的工作几陷瘫痪，没人敢拍板，地方分管数据业务的人员更是风声鹤唳。相关SP公司2011年的业绩不容乐观，最重要的是中国移动自身的很多SP合作与管理政策仍在探讨中。

无线增值服务，是除手机基础通话外的其他应用。中国移动在2000年4月成立之初即推出短信服务。当时一角钱一条（0.1元/条）的短信业务看来毫不起眼，服务繁琐，因此运营商放开交给SP经营，与SP按15:85分成。这激发了一批包括新浪、搜狐在内的创业公司的激情，无线增值业务从最初的短信，到彩信、彩铃、WAP上网、手机游戏、手机阅读，再随着技术的发展进步，衍生出飞信、手机报、手机邮箱、视频会议、条码凭证等多种服务。这些应用服务，初期价值有限，2000年时一年收入不过1000万元左右，到现在已占中国移动总收入近1/3，达1514.35亿元。

与反腐相伴随的，是中国移动对SP业务大举展开以收权为核心的调整与整顿。这10年间，中国移动的增值服务收入节节攀升，但麻烦不断，如黄色内容泛滥、盗号、乱收费等。为了清理市场，也为了从增值服务的增长中获得更大的商业利益，中国移动数次改变对SP的管理模式和分成政策，整顿和肃清SP。

从移动梦网到卓望，再到新任总经理的李跃新政，总趋势是从开放走向集权。几乎每次整顿，都在减少SP的数量，也抑制了SP领域的市场竞争。在这种整顿中，SP的生存发展从最初的开放竞争日益走向通过关系寻租，谋求细分垄断地位，相关利益人和公司在地下结成一张密不可分的蛛网，牵一发而动全身。而腐败犹如附骨之疽，禁之不绝，斩断一条利益链很快就有新的利益链取而代之。新一轮反腐风暴力度前所未有，但这能连根拔除 SP 11 年织就的蛛网吗？

一个人与一个时代

提起 SP，几乎每个资深从业者都会提到王雷雷。

从 2000 年一直活到现在且做大的 SP，除了新浪、搜狐、腾讯等门户网站，均背景不凡。王雷雷是第一批 SP 里的佼佼者，他将在国内毫无根基的 TOM 网一度推上了第四门户的交椅，至今仍是活跃在这一领域里的重量级人物。

2000 年 8 月，中国移动推出短信业务，当年底，即推出移动梦网创业计划，征集电信增值业务合作伙伴，收入与 SP 按 15∶85 分成。在诸多业内人士看来，即便今天，这种开放在寡头垄断的电信领域都如石破天惊。“这相当于中国移动建高速公路，SP 做自由接入，你拿 15% 的增长，我拿 85% 的收益。很具激励性。”一位老 SP 人回忆。

1996 年，王雷雷从清华大学电子工程系毕业后，一度在上海炒期货。1998 年 3 月，王雷雷与孙静晔创办北京寅诚志科技有限公司（下称寅诚志）。这家注册资本 100 万元的公司，第二年就被刚刚在香港上市的 TOM 集团曲线收购，王雷雷也成为 TOM 中国区运营总经理，翌年升任 TOM 集团副首席运营官兼在线业务总经理。当时，王雷雷年仅 27 岁。

这一过程，后来被王雷雷简述为“周小姐邀我加盟”。周小姐即周凯旋，是 TOM 集团第二大股东，也是幕后实际控制人。

外界当时对这桩收购和王雷雷都颇有疑问，但王雷雷很快展现出才干。通信世家出身的他，从短信业务开放中嗅到商机。他说，TOM 做网站已经落后，希望通过短信业务赶上。

要做短信，首先要加入移动梦网。最初的 SP 审批流程不复杂。企业只要提供电信增值服务许可证、银行开户许可证等资料，即可提交业务合作申请和商业计划书，由相关省移动公司对商业计划评估后在省内开展业务。如果要在全国开展业务，则须中国移动总部批准。不过，资格审批有先有后，领跑者有一定先发优势。

而最早的移动梦网计划发源于广东，广东在业内被冠以“SP 革命摇篮”的称号。2000 年 11 月，移动梦网还只有 10 余家 SP 加盟。

马力 2002 年当上了新成立的广东移动数据业务中心副总经理，负责增值业务的对外合作与开发。至马力调至总部的 2004 年，广东全省的数据业务收入占整体收入的 9% 以上，全省“移动梦网”用户达 800 多万。王雷雷与马力的相识即在此时。TOM 的多媒体短信业务正是从广东移动起步。多媒体短信业务早期信息发布、对外推广当时都由广东移动承担。据 TOM 公开披露的统计，与 TOM 当时业务往来最多的省公司也是广东移动。

在业界看来，王的家世为他在电信行业积攒了人脉，这对 TOM 初期的短信业务发展颇有助力。王的祖父王诤，是中华人民共和国第一任中央军委电信总局局长，也是第一任邮电部党组书记，以及通信部部长兼国家电信工业局局长。“当时互联网企业都小得可怜，CEO 想和地方电信的老总见一面都难，但王雷雷来了，电信局的人都会买账。”一位互联网业内资深人士回忆说。

短信掀起了 SP 业务的第一个高潮，也拯救了当时面临生存危机的互联网企业。互联网企业纷纷开通短信、彩信等的定制和推送平台。新浪、搜狐、网易和 TOM 几家门户网站成为中国移动最大的 SP。2002 年除夕，6 小时内仅北京地区手机短信就达到 1200 万条。这些短信内容雷同，大多为网站定制。

王雷雷兑现诺言，凭借短信将 TOM 拉上一线。TOM.com 在 2001 年年初便推出短信服务，领先了搜狐半年。2002 年中国移动推出彩信业务时，TOM 在 2002 年 10 月率先成为中国移动第一个多媒体短信内容提供商，比新浪和搜狐早了至少 3 个月。仅两个月就有 20 万用户登记。

2002 年下半年，TOM 每个月的短信收入已经高达 1500 万元，远高于第二名搜狐的 900 万元。2003 年 3 月，TOM.com 短信业务整体收入达到了 3000 万元，超过预期的 2000 万元，TOM.com 也因此与当时的搜狐等三大门户网站并列一线互联网企业。同一时期，三大门户扭亏为盈，中国互联网企业进入上市高潮。

2004 年，TOM 集团将 TOM 在线分拆，在香港上市，在招股说明书里，电信增值服务被放在重要位置。王雷雷成为 SP“明星”，但同时，TOM 的短信业务也因黄色短信泛滥而毁誉参半。

当时的一名同行谈起王雷雷，还有点咬牙切齿，“差点与他打架”。而在当时，TOM 带来的凶猛黄色消费甚至比它本身的业绩更让人不解。“TOM 最出名的就是在北京京郊租了一栋房子，通过 1259× 的电话号码进行陪聊，所以找了上百个女人来陪聊，而且都是黄色的内容。”一位行业经历者曾如此描述那段不堪的历史。

然而，就在 TOM 分拆上市的这一年，马力因业绩出众调任中国移动总部，在数据部分管包括无线音乐基地在内的多项业务。

王雷雷加入 TOM 之后，由于 TOM 集团是外资公司，在国内无法申请电信增值服务许可证，因此当时以 TOM 集团 CEO 王兟和王雷雷等的名义成立内资公司经营电信增值服务，然后通过协议控制将相关收入转入 TOM 上市公司。据 TOM 集团披露，深圳新飞网及雷霆系列公司均为协议控制。

深圳新飞网成立于 1999 年 11 月，创立时注册资本仅 50 万元，共 3 名自然人股东，王雷雷控股 90%，王英持股 9%，王朋持股 1%。

以雷霆命名的公司，则有北京雷霆无极网络科技有限公司（下称雷霆无极）和北京雷霆万钧网络科技有限责任公司（下称雷霆万钧）。其中雷霆无极成立于 2002 年，注册资本仅 100 万元，王雷雷持股 80%，仇岩持股 20%。

TOM 当时取得的收益大多来源于雷霆系列公司。

但在推动 TOM 短信业务的同时，王雷雷也在发展自己的势力。特别是 2004 年 TOM 在线成立之后，王雷雷持股并不多，他将重心逐渐转向自己的业务。

2004 年 4 月，注册资本为 200 万元的北京迅捷英翔网络科技有限公司（下称迅捷英翔）成立，并很快成为中国移动无线音乐基地的核心 SP，它负责将内容供应商的内容制作成振铃或彩铃上传。发起股东包括华如秀、盛勇、戴坚、王霆霆等。其中盛勇当时是王雷雷的助理，而王霆霆则是王雷雷的堂弟。

后文还将进一步详述。

我们对已掌握的数十家公司，进行反复繁杂的梳理和调查也发现，类似的公司非常多，包括迅捷英翔、北京讯能网络有限公司等在内，很多公司都与 TOM 有合作关系，管理层之间有关联关系等。

这些公司哪些是王雷雷或其他管理层个人持有，哪些是替 TOM 代持，收益有多少归入 TOM 名下，不仅外界无从得知，TOM 内部亦是一团乱麻。这也被业内普遍猜测是导致王雷雷最终离开的原因之一，因为如果只是为了绕开国内监管政策，无须成立那么多 SP 来做增值业务，TOM 在线也从未公告有相关投资作出。

多位业内资深人士称，最多时王雷雷实际控制或参股 90 多家公司，堪称 SP 第一人。与他有关的 SP 业务五花八门，从总部到地方都有。很多想做无线增值业务的公司都拉王雷雷入股合作，王雷雷现在主政的空中网在当时也不例外。

转折

然而，好景不长，2004 年，SP 业务如火如荼之际，整改开始了。在中国移动开放政策和技术进步的推动下，国内 SP 数量激增，到 2004 年，与国内各大运营商签约的 SP 数量已突破 9000 家。然而，让中国移动和其他电信运营商苦恼的是，短信诈骗、乱扣费、黄色信息泛滥等问题也接踵而来，不仅使企业形象受损，亦因“制造不稳定因素”而受到来自监管高层的政治压力。其时，增值业务虽已增至 316 亿元（2004 年），但占比不过 6%，在中国移动眼里是“收不到多少钱的麻烦货”。

有知情人士介绍说，从 2002 年到 2005 年初，中国移动客服部门 70%的精力都在应付用户投诉。为了赚钱，很多 SP 不择手段，到处找中国移动技术上的漏洞违规操作，“太狠了！有用户刚买卡开户，就被扣费数百元”。

当时中国移动开会，有的省级移动公司总经理直接站起来痛骂中国移动数据部负责人，问“为何出问题了要我们解决，而结算和经营权却在总部”。

之后一段时间，中国移动一度下放审批权，由各省结算，各设网关。SP要做全国业务，必须一个个省去谈，这加大了SP经营全网业务的难度，但反而巩固了王雷雷这样具备背景资源、能游刃于多个省级移动之间的人物的地位。

2004年6月开始，中国移动又连续颁布了禁止短信代收费，统一MISC平台，清理短信沉默用户等一系列政策，打击面几乎涵盖所有SP。同年，信产部出台文件，要求SP必须获得信产部颁发的跨省经营牌照，才能在全国开展业务；申请跨省业务的SP注册资本不得少于1000万元，申请省网的SP注册资本不得少于100万元。到2006年，中国移动出台“二次确认”政策。各省移动亦根据总部要求制定对SP的各种考核处罚方法。

上述政策带来了SP领域的一次大规模洗牌，几乎所有SP都受到冲击，小公司出局，大公司亦被频频点名要求整改，其中包括TOM.com。2006年，雷霆无极因违规操作引发客户投诉，被广东移动通报整改。2007年信产部曝光13家违规SP，其中包括北京雷霆万钧和深圳腾讯，违规行为涉及业务名称与内容不符、虚假宣传等类似“代收费”事项。

所谓代收费，就是很多不合法服务，比如黄色信息拿不到接入号，却通过合法服务的接入号将收入转接过去，这体现出来就是服务申请名不符实。

但真正有背景的公司都有“办法”挺过整改。以雷霆万钧为例，2007年被曝光的同时还被广东省移动在考核中评为优秀。腾讯亦不受影响，至今类似代收费业务仍是其电信增值收入的大头。

整改还为中国移动相关管理人员开辟了新的寻租空间。一家SP公司中专门对接运营商的人员称，他在处理一个可能要因违规扣分的问题时，曾被中国移动数据部人士私下告诫：“此事可算违规，也可以不算，就看我们怎么看。”这实际上在暗示其送礼，但由于工作人员并无表示，该问题后被判违规。

2005年，中国移动又将过去“15∶85”的分成政策调整为“3∶7”，唯有TOM、空中网、新浪、搜狐、网易等保持原分成不变。不过，大互联网企业普遍感到增值服务比过去难做，加之网络游戏和互联网广告收入增势喜人，重心便逐渐转移，电信增值服务收入比重逐年下降。从2006年开始TOM一半是由于整改，一半是由于王雷雷的重心转移，高度依赖电信增值服务收入的TOM在线，无线业务收入持续下滑，当年15264万美元，较上年下跌3.3%，次年中报收入仅为5.65亿港币，同比下降27.8%，2007年9月退市。

此后，每年中国移动都要对一批SP企业进行清查和惩处。这在一定程度上确实规范了SP的运作，抬高了SP的违规成本，SP公司数量大减，但资源迅速向一些有背景的大公司集结，甚至因小公司的退出以及与相关利益人捆绑得更紧密而在细分领域形成垄断。SP领域逐渐变成张锐、谭春陵等关系人的吸金场，拼得更多的是关系、背景，而非实力（详见后文）。成都娱音和迅捷英翔即为典型，在李向东的支持下，这两家公司成为了音乐基地的核心技术服务商。

无线天利和联动优势是另外两家以背景取胜的移动合作伙伴，业界也盛传这两家公司与王雷雷和叶兵关系密切，后文也将继续有更详细的论述。

在SP领域，因关系而兴因关系而衰的例子每年都在上演。2008年9月，王雷雷离开TOM前往空中网，TOM的短信收入就一落千丈。2010年3月，雷霆万钧被中国移动通报列入黑名单，包括TOM音乐、社会新闻等15项具体业务被清退。而空中网第四季度就从上一季的亏损2157万美元变成盈利252万美元。2010年7月，中国移动又公开北京雷霆万钧和联动优势的“自消费”作弊行为。而李向东出事之后，成都娱音负责的业务已于2011年4月被一家名为中国海峡环球的公司所取代。

迅捷英翔与创艺和弦

如上篇中的前文所述，四川无线音乐基地有两个很重要的支撑SP，一个叫迅捷英翔，一个叫创艺和弦，这两家公司也代表了王雷雷直接涉入移动增值服务的一种方式。自马力被查之后，因有说法称与王雷雷的这两家公司有关，于是这两家公司的诡异交易也成为我们的关注重点。

马力为人低调，在业内颇有人缘，以讲义气著称。据业内人士介绍，他原是广东移动数据业务中心副总经理，后因广东整顿SP市场得力被提拔到总部。

2002 年 1 月，中国移动数据业务运营中心在北京成立，并很快对 SP 的信道费进行了调整。当时，马力曾在接受媒体采访时表示："对于中国移动来说，现在该是规范 SP 市场的时候了。" 2004 年 10 月，移动梦网中心和互联网中心被撤销后，马力被调任中国移动数据部，任营销处处长，是 2006 年升任数据部的几位副总之一。

就在 2006 年，马力升任数据部副总之时，也是四川无线音乐基地挂牌投入运营之初。

中国移动以四川移动为运营单位成立音乐运营基地，具体运营工作由四川移动采取第三方合作方式，其中，内容上，由四大唱片 + 滚石移动采取直接合作，其他 CP 委托创艺和弦和迅捷英翔公司集成内容，他们与成都娱音公司几乎齐名。

迅捷英翔与创艺和弦看似没有关系，但据我们了解，两家公司背后实际控制人为王雷雷夫妻。

迅捷英翔成立于 2004 年 4 月，注册资本 200 万元，公司业务几乎全部来源于由李向东掌控的移动无线音乐基地。

从四川移动内部流程来看，迅捷英翔涉及中国移动无线音乐基地运营的多个环节。

中国移动除与四大唱片公司直接合作外，其他内容供应商都要委托创意和弦和迅捷英翔两家公司集成内容。如成都娱音引入内容后，就由迅捷英翔负责把产品（包括振铃、彩铃）制作完成；如果成都娱音已经制作好产品，则迅捷英翔负责后台技术支撑以及分发。

迅捷英翔与 TOM 在线有着千丝万缕的联系。TOM 在线是负责版权代理的 CP 集合商，业务包括无线音乐内容版权审核、产品设计和营销、运营支撑、无线音乐品牌建设、市场和用户分析。TOM 在线与李向东关系紧密，这在四川移动内部为人熟知。

2004 年 4 月发起成立时，迅捷英翔的法定代表人是洪亮，投资人包括洪亮、盛男、仇卫民、严珊、戴坚、陈政、杨琨、刘明海。但当年 8 月，投资人变更为华如秀、盛勇、戴坚、王霆霆。其中，王霆霆为王雷雷堂弟，王氏兄弟的爷爷王诤早年曾任总参通信部部长兼国家邮电部党委书记、副部长。在变更后的投资者当中，华如秀是成都音信互动信息技术有限公司（四川移动 SP 之一）的股东成都创思特科技发展有限公司的法人代表，而盛勇和王霆霆两人此时均在 TOM 在线任职，盛勇为 TOM 在线总裁助理。

2004 年迅捷英翔还亏损 9 万多元，2006 年音乐基地正常运营之后，该公司业绩猛增，当年收入 2124 万元，税后利润 889 万元；2007 年收入 5287 万元，2009 年则收入近 1.3 亿元。

王雷雷现年 37 岁，他在 1999 年加盟 TOM，后成为 TOM 在线 CEO。在 TOM 退市后，2008 年 10 月他以大股东身份接管空中网，任董事会主席兼 CEO。就在王雷雷离开 TOM 的同时，华如秀、盛勇和王霆霆也急流勇退，将迅捷英翔的股权悉数转让，最后由 TOM 在线原副总裁蒲东皖控制了 97.5% 的迅捷英翔股权。

王雷雷在互联网界曾是风云一时的人物，当年后起的 TOM 之所以能凭借短信收入挤入中国门户网站前四，王雷雷功不可没。一位业内资深人士说，地方电信的领导还是买王雷雷的面子，别的互联网公司老总想约见中国移动或中国电信的省公司负责人很难，王雷雷想见就能见。而在空中网，除网络游戏外，SP 业务也是主要收入来源。

据媒体报道，王雷雷最后一次公开露面是在 3 月 24 日，当时王雷雷以越野装束亮相，维持其一贯的军人式硬汉形象。尽管空中网董秘在接受我们电话问询时否认王雷雷本人被查，多位接近中国移动的消息人士均证实 4 月底王雷雷涉案协助调查。

北京创艺和弦的现任法人张明瑾，同样出自 TOM，是王雷雷手下，曾任 TOM 在线无线事业部副总经理。

创艺和弦成立于 2002 年 5 月，原名北京爱讯技轩数码科技有限公司，最初成立时有 4 个自然人股东，分别为傅强、王禹、谈星东、宋元。各出资 12.5 万元。

2002 年 9 月，变更为 5 个自然人分别出资 10 万元——郝娟娟、盛兆煦、周然、张娜、乔瑜岩；2003 年 3 月又变更为朱广力 40 万元，肖惠芬 10 万元。

2003 年 7 月，该公司更名为北京创艺和弦科贸有限公司，增资到 100 万元。其中朱广力持 80 万元股份，肖惠芬 12.5 万元，王立华 7.5 万元。次年又增到 1000 万元，北京东鼎时代广告有限公司出资 900 万元，东鼎的法人代表为李晓东，注资 50 万元。

2005 年 2 月，股东再次发生变更，其中陈丽贞持 700 万元股份，杨敏 200 万元，马金红 50 万元。2005 年 6 月元，再次变更，陈丽贞 583.2 万元，杨敏 166.7 万元，行力 166.7 万元，马金红 41.7 万元，张巍 41.7 万元。

2006 年 8 月，又变更，陈丽贞 572.68 万元，杨敏 156.18 万元，行力 156.18 万元，马金红和张巍分别 31.18 万元，林栋梁 52.6 万元。

直到 2007 年 8 月，北京闪联创艺数码科技有限公司 490 万，杨敏 490 万，涂涤非 20 万。同时法人代表变更为张明瑾（1976 年），张明瑾同时也是北京闪联创艺数码科技有限公司的法人代表。

王雷雷四处部署自己的公司和交易，成为他日益淡出 TOM 的标志，其套现计划也在紧锣密鼓地进行。

交错复杂的非典型套现

我们在调查中还发现了一份担保函，通过这份担保函得知了迅捷英翔的实际控制人也被做了复杂的海外股权结构。迅捷英翔目前因为为一家技术咨询公司——北京亮点时间科技有限公司（英文名为 Sharp Point，下称亮点时间）作支付服务费的担保，其股权全部质押给了亮点时间；迅捷英翔公司投资的一家全资子公司北京瑞信在线系统技术有限公司股权也以同样的方式全部质押给了亮点时间，但亮点时间的法人代表与北京迅捷英翔的法人代表都为同一人——蒲东皖。

亮点时间成立于 2006 年 6 月，注册资本 50 万美元。原执行董事为何志成，后来为蒲东皖。亮点时间的股东为亮点集团（SHARP POINT GROUP LIMITED），为一家注册在避税天堂——英属维尔京群岛的外资公司，成立于

2005 年 8 月 23 日。亮点集团法人代表也为蒲东皖。显然，迅捷英翔股权变更的频繁操作最终指向，仍是为了掩藏注册海外的亮点集团背后股东。

几乎与此同时出现的还有另外一家 Sharp 系公司，Sharp Edge 与 Sharp point 名称极为相似。对此，有业内人士戏称，王雷雷、王霆霆两兄弟给公司取名都很有 Twins 的感觉，雷霆万钧、雷霆无极，Sharp point、Sharp Edge。

与此同时，我们注意到另外一则消息。2006 年北京时间 1 月 27 日 17 点，空中网（Nasdaq: KONG）发布公告宣布，已经同北京无线增值服务提供商 Sharp Edge 签署最终协议，将收购后者全部股份。

根据双方达成的协议，空中网将于未来 15 个工作日内向 Sharp Edge 支付 700 万美元现金，预计整个交易将于 2011 年 2 月底完成。除此之外，空中网还将于未来 15 个月内向 Sharp Edge 支付最高金额可达 2800 万美元的收益外购（earn-out）款项，具体金额取决于 Sharp Edge 未来的业绩。

当时的新闻稿介绍，Sharp Edge 是一家 2G 无线增值服务提供商，主要依托短信、交互语音应答和彩铃技术平台，为中国电信、中国网通和中国联通的客户提供服务。Sharp Edge 公司 2005 年净利润约为 195 万美元（未经审计），其营收有 51% 来自于中国电信客户，26% 来自于中国网通客户，14% 来自于中国联通客户，其余 9% 来自于中国移动客户。

时任空中网董事长兼 CEO 的周云帆当时阐述收购理由是："收购 Sharp Edge 是我们多种经营发展战略的重要组成部分。Sharp Edge 同中国电信、中国网通以及中国联通保持着密切的合作关系，并且拥有大量的创新娱乐和媒体内容。Sharp Edge 将同我们现有的业务形成互补，进一步巩固我们在中国无线增值服务市场的领先地位，同时为即将到来的 3G 服务打下坚实的基础。Sharp Edge 公司的高级管理层已经同意加入空中网，他们将成为空中网管理团队的有益补充。"

空中网的收购价格最高可达 3500 万美元，这一价格主要基于 Sharp Edge 在 2005 年 10 月 1 日到 2006 年 9 月 30 日之间净利润的 5 倍。在先期支付 700 万美元现金之后，未来 15 个月内空中网将再支付合计最高金额可达 2800 万美元的两笔款项，具体金额取决于 Sharp Edge 的业绩。后期款项将有 70% 以现金的形式支付，另外30%空中网有权选择以现金或是空中网股票的形式支付。Sharp Edge公司的注册地点是英属维尔京群岛，并拥有一家在中国注册的子公司。除此之外，Sharp Edge还拥有一家中国注册运营实体的全部经济利益（注释：以上消息来自 http://tech.sina.com.cn/i/2006-01-27/1740831189.shtml）

这则消息里所提到的Sharp Edge所关联的注册于中国的实体公司从未披露，但应该就是北京新锐互联科技有限公司，或者该公司相关的关联公司。这家公司的负责人一直为孙静晔，现任法人代表为王贵君。孙静晔即1996年王雷雷从清华大学毕业后创办的第一家公司——北京寅诚志科技有限公司的合伙人。

1998年3月，北京寅诚志成立，注册资本100万元，其中王雷雷出资70万元，孙静晔出资30万元。后来，1999年5月孙静晔将股权转让给TOM集团的仇岩，公司注销。这次转让过程其实也是被刚刚在香港上市的TOM集团曲线收购的过程，王雷雷也由此成为TOM中国区运营总经理，翌年升任TOM集团副首席运营官兼在线业务总经理。当时，王雷雷年仅27岁。

因此，空中网收购Sharp Edge的这笔交易事后也受到深知内情的一些业内人士质疑，一是王雷雷曾多次宣称自己是空中网早期投资人，而孙静晔正是王雷雷的同学；二来，在这次收购完成后，王雷雷逐步进入，而周云帆则开始逐渐淡出公众视线转而从政。

质疑者认为这是他们合伙利用上市公司来欺骗投资者，甚至怀疑叶兵、马力等相关人都被隐藏在复杂的海外股权机构之中。但避税天堂所进行的海外股权结构没有权力机关的介入，很难查证。

从周云帆简历看，2008年12月，周云帆正式从政出任中关村管理委员会副主任，而几乎在同时段，2008年9月，王雷雷离开TOM前往空中网。

周云帆毕业于清华大学电子工程系，获得学士学位。此后，前往美国斯坦福大学留学深造，获得电机工程系硕士学位。1999年，周云帆与杨宁及陈一舟成功地创立了中国大型的互联网门户网站——ChinaRen.com。2002年创立了空中网，任董事长兼首席执行官，带领空中网于2004年7月9日在美国纳斯达克挂牌上市。2008年12月任北京市中关村管理委员会副主任。2011

年 2 月 15 日，北京市昌平区第三届人民代表大会常务委员会第三十六次会议决定：任命周云帆为北京市昌平区人民政府副区长。

熟悉王雷雷和蒲东皖的一个互联网公司董事长对他们有一个评价，王和蒲都是工作狂，但是他们对 SP 模式太痴迷，对自己太自信。反而是空中网创始人之一周云帆年纪最小，颇知进退，比师兄王雷雷牛 N 个量级。他们这个行业，不时就有人会因为 SP 涉黄，被关进去。TOM 在黄色问题上业内闻名的那些年，王雷雷躲过了，却最终没有躲过这一劫。

很多人都疑惑，王雷雷个人套利究竟是怎样的过程，这样的收购方式无疑是最好的方式。另外还有几项非典型收购。

2011 年 2 月 11 日，澳大利亚最大的电信运营商，澳洲电信（Telstra）宣布，成为两家中国领先的移动内容服务商的大股东。通过收购两家手机内容与在线音乐服务提供商 67% 的股份，扩展了 Telstra 的在华业务。本次收购进一步助推 Telstra 实现其截至 2013 年在华业务实现高利润率，强化现金流的计划。

收购的两家公司分别是闪联互动（China M）和 Sharp Point，收购信息的官方介绍称，闪联互动是中国的手机内容服务主要供应商，每天服务用户达 35 万人。而 Sharp Point 为中国移动提供移动音乐平台技术。收购总额达 3.02 亿澳元（约合 1.9 亿美元、13.5 亿元人民币），将在 3 年内支付完毕。

至于澳电为何要进行收购，澳洲电信首席运营官楚曦佑（Sol Trujillo）当时发表声明称，公司的目标是在 2013 年前，让其在中国的业务为澳洲电信创造 10 亿澳元的收益。“中国现在已经有 2.9 亿以上的在线用户，而大多数的数据预测显示在未来 5 年，这个数字还会有大幅增长。这是一个巨大的市场。”楚曦佑表示，“正如我们 2010 年 8 月所说的，我们期待澳洲电信的中国在线内容业务在 5 年内产生 10 亿澳元的收入，给我们带来高额回报。今天的收购将令这一愿望取得重大进展。”（注释：参见 http://tech.163.com/09/0211/11/51SBOEQV000915BE.html）

细心者可以注意到，收购闪联互动（China M）和 Sharp Point（亮点时间），实际上收购的是王雷雷实际控制的上述两家 SP 企业：创艺和弦和迅捷英翔。

如前文所述，迅捷英翔的股权已经全部质押给了亮点时间；迅捷英翔公司投资的一家全资子公司北京瑞信在线系统技术有限公司股权也以同样的方式全部质押给了亮点时间。

而2007年8月，北京闪联创艺数码科技有限公司成为创艺和弦的大股东，创艺和弦与闪联创艺的法人代表均为王雷雷的手下亲信张明瑾。我们经过进一步调查得知，北京闪联创艺数码科技有限责任公司成立于2007年4月，正是由北京闪联互动出资1000万元全资成立。

收购的时间点也很值得琢磨，正处于2008年末王雷雷转身正式进入空中网，周云帆则正式抽身从政之后，这项涉资共计10余亿元人民币的巨额收购也使得他成功套现，套现的还有那些复杂的海外股份结构设计中的隐形人。

这一收购从两家企业后来的账面收入来看，是打了水漂了，当时的一系列操盘人不知今日作何感想。

为何最终由澳洲电信来买单，这家正常运营的国际运营商在中国的代理和操盘手作何考虑不得而知。但值得注意的是，国内另一家在业内闻名有高干背景的SP——百分联通，也是以高价被澳洲电信超过1亿美元入资而使得百分联通幕后创始人套现退出。（注释：参见http://it.sohu.com/20100510/n272011240.shtml）

联动优势的优势

就在SP格局逐渐演变的同时，另一支力量也在崛起，这就是随着技术发展，SP领域早已拓宽了原有的短信、彩信等简单的初级增值服务，更大地拓展到了代扣费、电子商务、移动支付等与商务和金融相关的领域，而已获得增值服务第一棒的互联网企业反而逐渐后撤，转向互联网核心业务，短信等增值服务在他们的收入结构中所占比例逐渐越来越低。类似TOM这样的公司业绩也逐年下滑，迅速站稳脚跟的是很多不那么“高调”有名，但其实很牛的公司，比如联动优势。

联动优势也是王雷雷旗下有参与运作的公司之一，但该公司更多因为新天域和温云松的实际参与而在增值服务领域呼风唤雨。

严格意义来说，联动优势不是完全的SP公司，它与无线天利一样，有很大一部分是做集客（集团客户）业务。无线天利的故事还将在下文中更详细地论述。但这里不得不再次提到叶兵。

2006年，叶兵执掌集团客户部之后设定了一个策略，规定大企业的短信接入都不能和移动直接签，必须通过SI（集成商）。举例说，招商银行要想发短信提醒通知银行卡用户消费，过去是和移动直接签，叶兵之后就必须通过联动优势，每条5分，联动优势大概分30%。为了讨好上层，叶兵还划分了势力范围，联动优势对接银行大客户，无线天利则对接券商。这样这两家每年都能结算上亿元。

联动优势科技有限公司成立于2003年8月，注册资本2000万元，初始3个股东：北京博升优势科技发展有限公司（下称博升）760万元，占38%；中国移动、银联商务有限公司（下称银联商务）各620万元，占31%。初始法人是李凌，来自银联商务，成立时董事会成员包括温云松、李凌、万建华、鲁向东、陈坚、张斌（总经理）。

2004年6月，北京博升的3%股份转让给瑞丰信托投资有限责任公司，博升变为35%。后瑞丰信托更名为国民信托。2007年2月增资到8000万元，新增的6000万元全部来自博升，博升控股83.75%，中国移动和银联商务分别为7.75%，国民信托是0.75%。

根据投资协议，虽然博升控股83.75%，但其约定的股东权利比例为58%，中国移动和银联是各20%，国民信托是2%。后国民信托退出，又转回博升，博升占84.5%的股权，享受的股东权利比例是60%。

2008年4月，公司法人代表由李凌变为鲁向东。董事会成员包括鲁向东、高念书、张斌、李凌、于剑鸣、温云松，万建华（银联）变为赵志强，杨国雄更换为谢岷。总经理仍是张斌。其中于剑鸣为新天域管理公司执行合伙人。

2008年8月19日第四届第三次董事会决定，鲁向东不再担任董事长，接替者为总经理张斌。2009年1月，北京联动优势更名为联动优势科技有限公司。

2010年5月，在李跃与鲁向东职能对换后，李跃也取代鲁向东成为公司董事。李跃升任总裁后，又换由分管副总裁沙家跃出任联动优势董事。

2009 年 10 月联动优势的注册资本增资到 1 亿元，股东将 2008 年末未分配利润中的 2000 万元转增注册资本 2000 万元，其中博升 1200 万元，中国移动和银联各 400 万元，最终博升 79.6%，中国移动和银联各 10.2%。

王雷雷的参与主要间接体现在与大股东北京博升优势科技发展有限公司（下称博升）的关系上。博升成立更早，2000 年成立，初始注册资本 1000 万元，其中郑建源出资 500 万元，张斌出资 150 万元，合升实业发展有限公司 350 万元。2001 年 7 月，郑建源将 500 万元转让给朱建华，张斌将 150 万元转让给陈恒美。2002 年 10 月朱建华又将 500 万元转让给张斌，张斌出任董事长。

多位知情人士透露，张斌为中国原电子信息产业部副部长曲维芝家人，但他也不过是这家公司被推向前台的人物。蹊跷的是，2004 年 1 月，张斌将 100 万转让给曲乃杰。曲乃杰，男，50 岁，辽宁省大连市人，大连海昌集团董事长，但大连海昌集团的所有业务都与电信行业无关。

而提到郑建源，不得不提到，他曾经在平安被披露的那一段同样与温云松有难以分割的历史。2004 年，国内媒体就曾曝光，曾任香港宝华投资事长的郑建源，平安保险上市之后的隐形富豪其实仍不过是个傀儡。该报道称：

“郑氏本无名，却因身为平安保险的间接股东而登上了富豪榜。在《新财富》杂志‘2003 内地富豪排行榜’中，郑建源因为控制着源信行投资有限公司和宝华集团（这两家公司分列平安保险第五和第七大股东），郑的身价被估为 33 亿元人民币，排在第三位。

“如今，平安保险上市当让郑建源身价倍增。上市后，源信行和宝华集团控制平安保险的 7.13 亿股，约占总股本的 11%。如果这两家公司还是为郑建源所控制的话，那么按照每股 10.33 港元的发行价计算，郑建源的财富仅因平安保险就应达 73.6 亿港币。

“然而，本报记者调查发现，郑建源只不过是一个‘傀儡’，徒有富豪之名，并无富豪之实。幕后操纵者另有其人。”

在上述报道之末，记者还特意强调“根据来自多方渠道的消息，对最终掌控者的描述是：30 来岁，常住北京，在美国留学归来后在北京创立了一家公司，一直从事 IT 方面的工作，曾经帮助平安保险以及一些全国性的商业银行、证券公司从事 IT 项目的建设与咨询”（注释：上述报道来自 2004 年 6 月 30 日《21 世纪经济报道》:《平安保险间接大股东“傀儡富豪”郑建源调查》)。

据此各项特征和业内消息，当时就有港台等境外媒体大胆猜测并报道，幕后实际控制人直指温云松，虽然遭到来自平安保险内部的否认。

博升的董事长张斌同样为温云松之好友。2005 年 10 月，在郑建源退出之后，博升新的股东结构变为张斌投资 5200 万元，盛勇投资 4800 万元。其中盛勇为王雷雷旗下包括新飞网股东，也是 TOM 总裁助理。

2009 年 10 月，股东结构再次发生了变化，其中张斌 2900 万元，李涛 2900 万元，冯珏、李育红、王秀英各 1400 万元。后三人均是王雷雷旗下雷霆系等公司的股东。

熟悉联动优势的人士透露，该公司已做得很大，主要做话费账单，手机支付、增值业务部分一度主要是开支付通道。

中国移动有 3 种支付方式——手机钱包（这是与银行合作的），手机支付（手机话费中扣除，小额支付），NFC 手机做成 POS 机——这个现在还没有，在手机上安装一个芯片，相当于刷卡。

上述人士称，在各省都向 SP 开放时，支付和扣费显得并没有那么重。2006 年中国移动陆续出台了各类规范政策，2007 年开始空间不断被收窄的 SP 就都希望找他们合作，这也主要得益于其政治背景。互联网的虚拟游戏、社区也都找他们，因为支付宝都是不能在手机上付的，而有些人的手机话费则可以用工资报销，80 后、90 后的人中愿意主动手机支付的比较多，还有些对话费不敏感，给你捆绑进去也不知道，还有一类是报销手机话费并用手机支付小额的服务。

一位曾与联动优势合作过的 SP 回忆称，那时就是必须得找他们才能解决扣费的问题。

根据股东协议，联动优势、中国移动、中银联的分成模式为 6∶2∶2，联动优势占据大头。

联动优势的年度财务报告显示，虽已成立几年，但联动优势直到2007年才开始实现盈利，且之后每年的收入都能维持到3亿元以上，净利润数千万元。2009年，董事会审议通过的年度经营工作计划和目标，设定的收入为8.94亿元，净利润目标为9000万元，但最终的营业额达到了近9.32亿元，净利则达到1.44亿余元。

联动优势跟王雷雷主政时期的TOM也是战略性合作伙伴。卓望内刊中即记载，张斌说，“TOM是中国移动最大的SP公司之一，有很多的增值业务，提供业务的接入和服务。互联网方面的一些业务，包括互联网信息服务不是完全免费的，很多需要付费使用，这块工作我们在做”。

第六章
那些惊恐的牛逼寄生虫

当代著名学者王亚南先生曾说，一部二十四史，实为一部贪污史。一言以蔽。但其实中国历史上的腐败都惊人地相似，政治地位或权力与经济利益的互换共存。治腐难奏效之路也惊人地相似。电信改革虽在21世纪初中国加入WTO后有放开之势，但在有限放开的增值服务领域，城头变幻大王旗的故事仍继续着它的历史逻辑，换言之，即中国之市场经济制度建立不完整，以政权换金钱游戏的时代正在变化与升级。

抢钱

"作为一个曾经的SP从业者，一个从2002年就开始接触SP行业的从业者，感觉其实SP行业的现象就是一个社会的缩影而已，对普通百姓来说具有一定高科技概念，因手机这一与百姓生活息息相关的载体以及手机费这一金融载体而导演的一出戏而已，其参演者包括了ZF（政府）实权人物、国企实权人物、背景实力人物以及相关蝇营狗苟的人物，面向手无寸铁、只有一个'半砖手机'的老百姓发起的强取豪夺之戏，其间也不乏派生出许多新从业者：比如投诉专业户、专业公司……本来是一个新生儿，在变态的规则之下，许多人发现可以从这个新生儿身上赚到钱，进而抢到钱，最后演变为不择手段、没有廉耻地以利益共同体为掩护的群体犯罪。生活中从房地产到食品，哪里不是在上演这样的戏！”

这是一个网友在我们报道下留下的评论，现状分毫无差。利用垄断和权力寻租等各种方式来抢钱，巩固中国日趋固化的阶层利益和团体利益，这在所谓有中国特色的市场化，因政治体制改革停滞而痼疾难返的市场改革中无处不在上演。

与积极抢投铁路垄断产业链上的“新兴公司”类似，资金亦疯狂涌入国有垄断的电信行业，投向那些向市场放开的电信增值服务领域。成都娱音之“死”可能很快就会让人忘却，一夜致富的神话仍在激励后人前仆后继。成功上市者前有神州泰岳（300002.SZ）、联信永益（002373.SZ）等，后有5月5日登陆纳斯达克的北京网秦天下科技有限公司（下称网秦）。

不过，成都娱音还是给投资者敲响了警钟。类似这类寄生于垄断行业的服务公司，往往技术门槛与政策门槛均不高，最重要的是关系，即依附于垄断行业获得订单的能力及其可持续性。但这种关系生存模式十分脆弱，垄断企业的政策变化、领导人变更、腐败案发等，都可能成为压倒企业的“最后一根稻草”。

2010年，中国移动原副总经理张春江、四川移动无线音乐基地负责人李向东、四川移动原总经理李华等一系列腐败窝案爆发，相关利益链条上的公司或个人亦渐次浮出水面。之后，中国移动大面积轮调省级公司领导人，李跃接任中国移动总经理一职。

2011年，一场席卷全国互联网业的移动数据业务腐败窝案的风暴继续袭来，这在后文中将重点全面论述。

李跃上位后表现强势，提出了全新的采购和增值业务发展思路，改变与相关服务公司的合作方式，重组中国移动增值业务的“大管家”卓望。业内普遍认为，这一系列举措是中国移动内外部利益的大调整，将带来新一轮的电信增值和服务领域大洗牌，危及一大批中国移动的“关系户”与“寄生虫”，衍生增值服务商首当其冲。

那些过度依附于中国移动、业务单一的关系公司，无论是拟上市，还是在上市进程中，甚或已上市，都面临一场生存挑战。

这些公司深受资本市场追捧，近几年来在“国进民退”大背景下更为显著，最重要的原因，莫过于对其背后垄断性背景的追逐。这类关系型公司，常常独家垄断某一渠道或资源，有稳定的现金流和巨大的成长空间，对投资者极具吸引力。有的投资人本身就有特殊资源或背景，与公司合力进一步推高竞争门槛，如无外力突然袭击，破坏其独有关系，这些公司将继续其吸金之路，从成都娱音、神州泰岳，到网秦，莫不如此。

中国移动反腐案的进一步深入，也注定让更多公司被卷入漩涡。

无线天利上市路断

上文可知，除了自己实际控制的公司，王雷雷也参与了业内诸多颇具影响力的公司，这些公司影响力的最主要来源都在于其背靠的资源和背景。这与很多中国移动主管的支持分不开。于是对很多高干子弟和颇具背景的关系人来说，各显其能地分蛋糕在电信领域显得极为普遍。

可与联动优势相提并论的，当属无线天利。可惜，王雷雷并未像联动优势那样，如愿进入。如前文所言，在叶兵的安排下，联动优势与无线天利分别对应了银行和证券大客户，在金融领域玩得游刃有余。

北京无线天利移动信息技术股份有限公司是一家在北京注册成立的科技企业，注册资本 6000 万元。公司联合业内优秀合作伙伴，致力于以手机作为服务和互动载体，为行业集团客户提供移动信息化应用服务，是移动通信运营商的业务集成商。

多位熟悉王雷雷的人士称，王雷雷与叶兵结交甚早。叶兵早在 20 世纪初就已是中国移动集团数据部部长，移动梦网模式（即 SP 模式）正是在他任职数据部部长期间建立，王雷雷在 TOM 的一系列运作都与其有关。2006 年，叶兵出任中国移动集团客户部（下称集客部）部长，同年，无线天利成立，其正是从事中国移动集团客户业务的。

无线天利可集客服务获得 10% 以上的分成。“集客部都是大客户，每笔单子收入都可观，能从中获得 10% 以上的提成，已是很大一笔收入。”熟悉叶兵的人士称。

多位与无线天利有业务往来的人士透露，当时在市场上，无线天利很牛，并非完全因为王雷雷，还因为该公司的背景，王雷雷曾经一直想参与，但最终未能成行。

无线天利成立于2006年，初始注册资本为1000万元，2011年2月完成股改时增资到5400万元，先期股东主要是钱永耀。

据了解，时态无线天利也正准备上市，2011年2月28日完成股份改制，变更为北京无线天利移动信息技术股份有限公司，增资到5400万元，其中钱永耀控股占59.39%；钱永美占16.485%，邝青276.75万元，孙巍270万元，江阴鑫源公司则持股14%，该公司法人代表为钱永美。公司官方网站信息透露，无线天利目前的注册资本已增资到6000万元。

有业内人士如此形容与无线天利谈合作的感觉："他们太傲了。"无线天利在金融圈都颇有影响。2007年，圈内闻名的中国移动财信通俱乐部成立，发起人即包括无线天利。另外几家发起人为中国移动和中建投、银河证券、中信证券、申银万国、光大证券、国泰君安等八家国有大型券商。

据无线天利的年审财务报告，该公司一直盈利，且利润率颇高。成立后第二年，2007年年检即显示收入2396万元，净利363万元；2008年年收入6487万元，净利1104万元；2009年年检收入9230万元，净利2649万元。从财务上看，原定2011年就要冲击上市的目标并不难实现。

但随着中国移动窝案的发酵，多位高管的案发，上市之路何去何从已难定论，唯一可以肯定的是2011年冲击IPO泡汤了。

在SP领域，因关系而兴、因关系而衰的例子每年都在上演。2008年9月，王雷雷离开TOM前往空中网，TOM的短信收入就一落千丈。2010年3月，雷霆万钧被中国移动通报列入黑名单，包括TOM音乐、社会新闻等15项具体业务被清退。而空中网第四季就从上一季的亏损2157万美元变成盈利252万美元。2010年7月，中国移动又公开北京雷霆万钧和联动优势的"自消费"作弊行为。而李向东出事之后，成都娱音负责的业务已于2011年4月被一家名为中国海峡环球的公司所取代。

大股东钱永耀出生于1965年，毕业于美国伊州理工学院斯图加特商学院金融市场与交易专业，曾在上海联和投资有限公司担任过业务部总经理。后又担任上海联和投资有限公司总经理助理、计划战略部经理。

上海联和投资有限公司是上海国资旗下著名的投资科技类电信类企业的投资平台。

有消息称，钱永耀已经办了移民，公司运营规模并不算很大，原来还有计划外来收购，当初叶兵把这项业务给无线天利，也主要是看华家的面子，想搞好高层关系有所依靠，个人并没有从中获得太大利益，因此也已经不是调查焦点了。

附：无线天利业务示意图（来源：公司官网）

手机证券短彩信资讯

手机证券业务是中国移动自有业务，由中国移动统一规划、统一运营、统一结算的一类产品，作为手机证券业务体系的子产品，手机证券短信彩信业务以短信、彩信形式为用户提供全方位的证券财经资讯服务，包括手机证券短信版、手机证券彩信版、手机证券高端版三款产品。

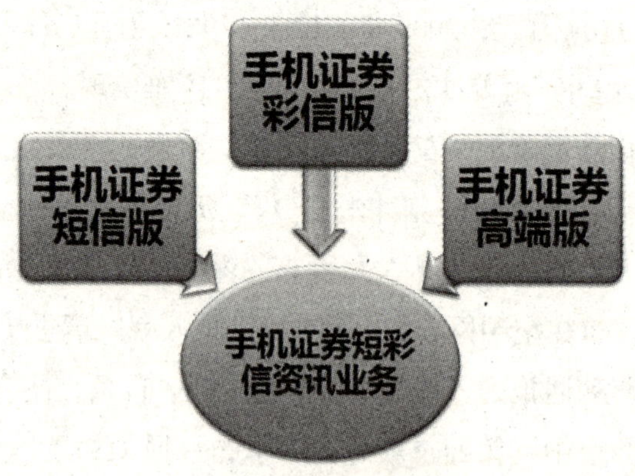

短信版

短信财经资讯5选1（风向标、基金资讯、港股资讯、新股信息、实盘播报）自主定制服务、个股到价提示、自选股量价及公告、到价、收盘提示等服务。

彩信版

彩信财经资讯提供4选2自主定制服务（彩信早报、彩信晚报、名家论市、机构看盘）。

高端版

短信财经资讯提供9选3（Level2资金流向分析、行业动态、大盘分析、活跃个股点评、主力动向、热点追踪、市场策略、海外股市、外盘精选）自主定制服务、个股到价提示、自选股异动提示及深度分析服务。

MAS支撑平台

移动代理服务器（Mobile Agent Sever）简称MAS，是指为满足信息化程度高的集团客户通过移动终端实现移动办公、生产控制、营销服务等信息化需求，在集团客户Intranet内部署的、与集团客户内ERP、CRM、OA等系统进行应用耦合的网关。

MAS系统包括MAS终端、MAS服务器和MAS管理平台。中国移动通过在集团客户内部部署移动代理服务器，为集团客户提供基于移动终端（包括短信、彩信、GPRS 、WAP、手机客户端等）的信息化应用服务。通过移动代理服务器能将不同的行业用户应用和业务延伸到移动终端。

利信通平台

“利信通”移动信息综合服务平台是无线天利公司针对行业客户移动信息化过程中遇到的问题，通过提炼其个性化需求，而提出的一整套移动信息化服务解决方案。

平台具备完善的功能，包括：支持长短信、发送优先级、WAP Push、多级别黑名单过滤、敏感词过滤、自动签名、自动重发过滤以及通道监视等功能，实现了全运营商（移动、联通、电信）通道的统一整合、短/彩信合一、透明实时接口协议等，机构在使用或对平台二次开发时不必区分不同运营商通道、不必区分短彩通道，极大地降低了平台的使用复杂性和难度，大大提高了平台的易用性和实用性，方便机构开发新业务以及业务升级，也为机构整合新的移动新信息技术提供了坚实的框架基础。

平台采用了异步通信机制、并行处理机制、多级缓存以及高性能队列等多项技术，使得平台具有系统占用资源少、处理能力强等特点：短信可达500条/秒，彩信100条/秒或1000号码/秒；保证了信息的时效性，提升了行业机构的服务质量以及核心竞争力。

财信通统付业务

财信通统付业务是为中小企业提供一站式、租赁式的移动信息产品及解决方案服务，解决中小企业单独建设服务平台及开发产品的成本及效率问题，实现中小企业以低成本、高效率向其客户提供专业化的移动信息产品服务。

例如某公司因业务原因，需要为其客户提供证券、基金以及金融理财等方面的行情、研报、政策等方面的信息服务，但其自身不仅缺乏移动应用系统开发能力，也缺乏内容组织、编辑能力，单独开发或购买成本过高，且需要长期维护。财信通统付业务模式可以很好解决该类企业的困扰。

《掌握财富》手机报

《掌握财富》手机报是一款以中小个人投资和理财用户为服务对象，以为客户的投资理财提供决策参考为目标，以综合财经资讯和理财信息为内容主体的手机报产品，主要包括“今日要闻”、“海外财经”、“公司速递”、“理财宝典”、“百客汇”等栏目。产品从贴近民生的财经角度，从证券理财服务的角度，挖掘并满足客户的潜在投资需求，精选对客户自身投资决策产生重要影响的新闻、研究、分析等，提供及时、全面的财经信息服务。

神州泰岳奇迹难再

跟这一轮洗牌中诸多受到牵连，或难以再上市或直接“灭亡”的“寄生虫”相比，神州泰岳无疑是一个幸运者。2009 年，创业板开闸，一批中小企业上市后股价暴涨。这些企业大多规模不大，来头不小，其中最著名的就当属中国移动飞信业务支撑平台神州泰岳。已经上市的神州泰岳看似躲过了生死劫，但因为过分依赖中国移动飞信支撑业务而带来的风险仍未可控。

曾被称为“创业板第一高价股”的神州泰岳，在中国移动庞大的用户基础上，享有中国第三大即时通信工具飞信，其上市唯一的概念，即中国移动飞信业务独家运营维护商。据神州泰岳 2010 年年报显示，飞信业务收入达 4.9 亿元，毛利率达到 74.13%。上市前最近一个年度，即 2008 年的收入占神州泰岳全部收入的 53.5%，净利润占 75.5%。2011 年上半年，神州泰岳营收 5.35 亿元，其中飞信 2.93 亿元，仍高于 50%，且同比增长 22.36%。

神州泰岳的上市，又是一个资本与权力的结合，纵观其业务链，在中国移动原总经理张春江案发前，已然上市的神州泰岳，本可算是一个典型且完整的 PE 掘金垄断行业案例。但上市是否是永久的保护伞？已上市两年，PE、投资人和企业能否一劳永逸？答案是否定的。

这并非神州泰岳第一次冲击上市，就在其在创业板成功上市的前一年，2008 年它刚刚冲击中小板被否定，而 2009 年创业板的开闸仿佛为其量身定制。

2009 年 9 月 24 日，作为创业板首批上市公司，也最受市场关注的神州泰岳在北京举行第二次公开发行网上路演，董事长王宁回应前次冲击中小板未果时称，神州泰岳在上次发审会对审核所关心的问题理解不充分，回答陈述不够清楚，信息披露不够完整，导致委员有不同意见。但公司本身不存在持续盈利能力及规范运作等方面的问题。

上市过程中，最引人注目的还有一个机构——中信。神州泰岳在挂牌 5 个月前，引入中信证券旗下直投公司金石投资和汇金立方资本管理有限公司，两家机构分别入股 2.2152% 和 2.8481%，价格仅相当于 5 个月后神州泰岳发行价 58 元的 20% 左右，挂牌 4 个月又暴涨 500%。

这令承销商中信证券备受争议，因其代表了创业板一个畸形的运作模式——券商承销造势，旗下PE在上市前火线入股。成都娱音如法炮制，也是由中信证券作保荐，金石在成都娱音股改后的第二轮融资中入股。2009年12月，成都娱音开始股份制改造，同时聘请了券商、会计师事务所和律师事务所全面启动上市辅导，目标是于2010年在国内创业板上市，但很快被反腐风暴袭击，没能走到底。关于成都娱音具体详情还将在下一章中具体阐述。

神州泰岳由全资子公司新媒传信承接中国移动飞信业务的开发维护和运营支撑的整体外包服务，卓望信息在神州泰岳上市时是中国移动飞信业务的运营主体，上市前中国移动飞信业务运营主体是北京移动。

就在上市前，中国移动还将原本一年一签的飞信独家运营支撑服务协议改为三年一签，这无疑增加了神州泰岳在上市中的吸引力。不过，互联网即时通信市场是一个相对充分竞争的市场，只要中国移动愿意，可以随时替换神州泰岳。但神州泰岳主要营收和利润都来自中国移动的飞信业务，对中国移动高度依赖，是典型的业务单一型寄生公司。

随着2011年11月飞信业务合同到期，飞信业务将何去何从，使神州泰岳的未来发展存在很大的不确定性。市场在各种传闻之下负面消息不断，2011年一季度神州泰岳股价已下跌近两成。

2011年，中国移动又调整统一了与外包服务商的协议年限，所有新签协议将很可能采用一年一签的模式。原来的合同由神州泰岳旗下全资子公司新媒传信与中国移动控股的卓望信息公司签署。但2010年年底以来中国移动开始重组卓望系公司，一改过去的“分成模式”为固定劳务费模式（如下文），成立飞信事业部，让飞信业务也将收归中国移动数据部统管，虽然仍可能会有部分运营权放给新媒传信，但整体业务模式将发生改变。

结果很快显现，2011年7月，由于中国移动腐败冲击下的调整，飞信业务被正式划拨到了广东移动管辖的南方互联网基地运营。之后是漫长的移交工作。在神州泰岳的上半年财报中，关于未来飞信业务的表述也出现了明显变化，“如果中国移动飞信业务经营状况不佳或者中国移动在未来的合作过程中提出解除或不再与公司续签新的合作合同，或在合作过程中降低与公司的合同结算价格，都将对公司盈利能力产生较大不利影响。”

神州泰岳公司战略投资与证券管理事业部总经理张黔山也对外表示，从2011年7月1日到10月31日，是飞信业务由卓望向广东移动互联网基地迁移的过渡时期，神州泰岳会全力配合。但也恰好，神州泰岳正在执行的飞信业务开发及运营支撑合同到2011年10月31日到期，是否续约、如何续都牵扯了各种不确定性。

这是必然的。与QQ等竞争对手的高成长性有着根本不同，神州泰岳既不拥有飞信的品牌，也不具备相关知识产权，由于门槛不高，更无核心竞争力可言，其主要竞争力即在于与中国移动的关系，一旦关系发生改变，对神州泰岳的影响巨大。

神州泰岳每年的稳定增长，与各省级移动对飞信的大力推广分不开，飞信业务一直是各省移动公司每年重要的KPI考核指标。然而，从2011年开始，中国移动即调整了对包括飞信在内的移动增值服务KPI指标。如前文李跃新政所言，这无疑对中国移动整体激励体系是一个挑战。

2011年一季度以来，受到中国移动政策调整不确定性的影响，多个基金对神州泰岳陆续减持，即便有多家证券公司对神州泰岳给出“增持”、“持有”等积极评价，神州泰岳股价仍持续下跌。

神州泰岳在2010年年报中已提示相关风险，并承诺要拓展客户范围。“公司对电信行业的依赖程度较高。如果未来电信行业发生不可预测的不利变化或者电信运营商对信息化建设的投资规模大幅下降，将对公司盈利能力产生较大不利影响。公司将在深化和巩固在电信行业市场地位的同时，加大向金融、能源、政府部门等领域的横向拓展的力度。”

目前，神州泰岳已动用上亿元IPO募集资金投入“农信通”产品，但该产品目前的服务对象仍只有中国移动重庆分公司。神州泰岳主要靠核定的飞信活跃用户数量，以及其对服务质量的考核情况来结算服务费，而农信通是由神州泰岳为重庆农村信息网站提供开发、维护和运营支撑，服务费则采用有效用户数和农信通业务分成的方式核算，合同期为两年。

神州泰岳并不能独立实现农信通的职能，又与北京另外一家技术公司签署了外包协议，每月向这家北京公司支付不低于475万元的分成。这种类似于层层分包的模式，目前也正在被中国移动收紧。

除此之外，2011年4月初定的正式授权的股权激励计划也因此终止，当时行权价格高达60.31元，短短半年，公司就宣布终止股权激励计划。直接原因看似高管流失，但无不与这一轮整顿有关。

神州泰岳于2011年9月底公告，4月13日，董事会审议通过了《股权激励计划》，同意授予262名激励对象385.485万份股票期权，首次股票期权的授予日为4月13日，行权价格为60.31元。5月5日，公司完成首期期权授予登记工作。由于近期公司激励对象刘永华、程春等26人因个人原因离职，根据计划，他们已不具备激励资格，涉及的28.405万份股票期权必须注销。另外，鉴于国内证券市场环境发生较大变化，市场价值持续低迷，若继续实施期权激励计划，将很难真正达到预期的激励效果。由此，公司决定终止《股权激励计划》，并对首期授予的全部股票期权进行注销，涉及人数262人，涉及期权份数385.485万份。

虽然，公司仍声明“计划终止后，公司将通过优化薪酬体系、绩效奖金等方式调动核心业务骨干的积极性、创造性，达到预期的激励效果”，但这一举动，已经明显让市场嗅到了不妙的味道。

2011年4月至8月，神州泰岳已计提了434.70万元的股份支付费用。根据有关规定，对于已计提的股份支付费用不予转回，对于原本应在剩余等待期内确认的股份支付费用1761.80万元立即确认，合计确认2196.5万元。

神州泰岳于2010年8月推出首份股权激励计划，宣布向约300位核心及中层授予450份股票期权，行权价格为60.31元，无具体人员名单。行权条件为以2009年净利润为基数，2010年至2013年相对于基数的增长率分别不低于20%、25%、50%、80%，2011年至2013年净资产收益率分别不低于12%。

此后，神州泰岳分别于2011年3月17日及4月14日对计划进行了调整。

3月17日的调整，激励对象数量调整为280人；行权方式由累计行权改为分期行权；行权条件改为以2010年净利润为基数，2011年至2014年相对于基数的增长率分别不低于20%、30%、50%、80%；2011年至2014年净资产收益率分别不低于12%、13%、14%、15%。很明显，行权条件进一步提高！

第二次，激励对象数量调整为262人；期权数量调整为385.485万份，调整原因是有18名授予对象离职。虽然当时正实施2010年“10派3转2”的分配方案，公司仍然表示“行权价格目前无须进行调整”，随后便开始了正式授予工作。

神州泰岳终止计划，对于他们提出的“国内证券市场环境发生较大变化，市场价值持续低迷”，其实这从股价上看也已经很明显，除去大市因素，更重要的是，神州泰岳在2011年9月底的收盘价已徘徊在27元，还不到行权价格60.31元的一半；即便复权也仅32.70元，约为行权价格的一半。这意味着对激励对象似乎已经失去了激励的价值，也意味着从外部市场到内部核心对企业发展信心的流逝。

网秦不简单

相比神州泰岳，同样对中国移动高度依赖的网秦在这轮风暴中不前不后，刚好卡在上市途中。

2011年3月15日晚间，网秦准备递交上市申请的前一天，央视“3·15”晚会曝光网秦与北京飞流九天科技有限公司串通，强制用户消费，是恶意的流氓软件。

央视“3·15”晚会曝光了手机杀毒软件网秦串通飞流下载软件恶意扣取手机用户费用的过程，即安装飞流软件后会出现手机故障，只有通过网秦交费更新病毒库后才能正常使用。

根据央视“3·15”晚会上公布的奇怪现象，大量水货手机流入中国，需要刷机才能安装操作系统，这些操作系统在出售时自动捆绑了网秦、飞流等软件，而且用户在刚刷机后无法看到，插卡6小时后才能发现，并且无法删除，删除后也会自动安装。

飞流软件自动安装后，没有任何操作手机屏幕左上角会出现联机提醒，开始不断下载数据，数据下载完成后提示安装三个程序。随后手机就开始出现缓慢现象，并且经常死机，用户就会怀疑手机是否中毒。

央视提出的疑问是，手机之前安装的手机卫士等安全软件，为何在飞流软件运行后就自动消失，唯留下一个手机安全软件还存在，就是网秦。但是用网秦手机卫士查杀显示无法查杀最新病毒，根据提示，需要通过网络更新才能查杀，而更新则须收费2元，更新成功后可查杀飞流下载。

更匪夷所思的发现是，北京飞流九天科技有限公司是一家移动互联网软件产品和信息资源综合服务提供商的创新企业，公司由一批具有多年技术研发、产品管理和推广运营经验的创业青年在2009年创立；同时，央视在采访时前台人员表示这个公司就是网秦。在股权关系上，也证实，网秦是飞流下载软件的第二大股东，两家公司有战略合作。

一个制毒，一个杀毒，实为一家？观众们恍然大悟。

两个必须注意的背景是，公司在宣传中称，早在2004年，林宇还是北京邮电大学副教授的时候，他就已经预见到手机杀毒软件的发展空间："虽然我看到这个行业的潜力，但是没有想到要把它做好很难。"林宇与飞流的老板是博士同学；而此前，来自网秦最新发布的报告称，2011年2月份，网秦给出的恶评软件数量已接近4000款，超过120万手机用户遭受手机病毒、恶评软件的侵袭。

央视"3·15"晚会使全国大众消费者第一次认识到网秦在背后的杀伤力，以下为节目实录：

解说：在深圳市的手机市场中充斥着大量的水货手机，大多是英文版操作系统，为了便于在国内销售，要安装中文系统，业内称之为"刷机"。

记者：你这一天能装多少部？

手机商：1000台是有的。

解说：大量的软件商看到商机，他们想方设法通过刷机将自己的软件内置到手机里，每内置一个手机，都向手机方支付一两元的费用。

解说：记者调查发现，刷机上安装的系统大多是同时捆绑了网秦、飞流等软件，这些软件还使用了非常的手段。

李经理：这个是看不到的。

记者：那什么时候能看到？

李经理：插卡6小时，删也删不掉，你删了，它又自己安了，就是隔6小时，它又自己安了。

解说：那么为什么预装在手机中的软件又故意隐藏自己？记者安装了飞流下载软件之后，发现手机上出现很多非常奇怪的现象，手机中多出了这样一个正在运行的程序，在没有任何操作的情况下，屏幕左上角突然出现了正在联网的提示，这部手机正在不停下载数据。更让人想不到的是，下载的同时，一些莫名数据被上传。下载完成后记者看到，手机管理中有4个以"2003"文件名开头的程序正在运行，这时候手机变得反应迟钝，及时退出飞流软件，这4个程序依然在运行。

解说：接下来更奇怪的事情出现，原本在手机中安装的手机卫士杀毒软件图标消失，传播竟然被莫名其妙地卸载了。是不是手机中病毒了呢？记者用网秦杀毒软件对手机进行扫描后，手机中的安全管家软件竟被当成一个威胁，此外没有别的发现。这是怎么回事？我们在网前的安全报告中看到，无法防御最新病毒，立即更新病毒库。更新后，手机显示，花费2元重置可以更新至最新的病毒库。在花费2元后，网秦杀毒软件显示，手机中有4个危险，除安全管家之外，又增加了两个以OPEN开头的可疑文件。描述是危险被植入病毒，请立即卸载，把这两个可疑文件清除之后，手机恢复了正常。

解说：我们又用另一部手机进行了同样的试验，在植入安装飞流下载软件后，手机也出现了类似的现象。记者发现，国内很多手机用户在安装了飞流下载软件之后，也出现了莫名其妙联网，运行缓慢，甚至频繁死机的现象。

解说：2010年11月，山西的雷先生在手机中安装了飞流软件之后，手机就出现了运行速度慢和死机的现象，手机中的安全管家等杀毒软家都莫名其妙打不开了。

雷先生：自从下载飞流之后就出现了这个现象。

解说：2010年成都的张先生发现同样的问题，同样，张先生花2元钱更新了网前病毒库，发现并卸载了手机中的几个可疑文件后，手机恢复了正常。

广东手机用户：手机上自带的飞流。

记者：有没有装飞流软件？

广东手机用户：老早以前装过，用着用着就死机了。

解说：手机中出现的奇怪现象和名为“飞流”的软件有没有关系？

解说：2011 年 3 月，经北方网络行业协会电子司法鉴定中心鉴定，安装飞流软件后，手机会自动联网，导致手机任务管理器依次出现 4 个以“2003”开头的文件名，运行后会自动卸载杀毒软件，并且安装 4 个程序，最终致使手机运行异常。鉴定意见显示，这些程序安装到手机系统的过程中，无安装提示，且无法卸载，会对手机系统产生干扰，造成手机系统无法正常运行，具备恶意程序的特征。而这 4 个程序与飞流程序偷偷下载的 4 个软件安装包后提供的证书详情一致。

解说：原来，手机中出现的奇怪现象竟然是飞流下载软件引起的，那么飞流下载为什么要这么做呢？飞流暗中下载不明文件，在手机中安装恶意程序，这些恶意程序会关闭和卸载手机中的一些杀毒软件，唯独对网秦手下留情，更奇怪的是，这些程序网秦杀毒软件才能安上。

解说：记者注意到，安装飞流，手机异常，删除病毒，手机正常，这个过程中，唯独只有网秦杀毒从中获利。那么网秦杀毒和飞流下载之间为什么会出现如此蹊跷的情况呢？

解说：记者惊奇地发现，网秦天下科技有限公司也在这个科技园，他们其中一个部门甚至和飞流九天公司在一起办公。网秦公司的工作人员告诉记者，两家公司之间有着密切的合作。

记者：咱们这个办公室牌子上挂的怎么是飞流？

网秦工作人员：我们首先是战略的一个合作，然后网秦有一定的投资关系。

记者：网秦给飞流有投资？

网秦工作人员：对。

解说：记者在工商部门对网秦天下、飞流九天两家公司的注册信息进行了查询，2010 年 9 月 19 日，网秦天下科技有限公司注资 49.5 万元成为飞流九天的第二大股东，看得出来，这两家公司不仅在战略上有着密切的合作，在对付手机用户上也同样有密切的合作。

主持人：我们大家都看到了，先生产一个软件来忽悠你，再引导你去掏钱，购买另外一个软件解决所谓的问题，本来是两个相互制约的软件，现在却联起手来共同坑害消费者，这些人自以为做得很高明，也很隐蔽，但是他们忘记了一句话：莫伸手，伸手必被捉。

关于网秦正是飞流的第二大股东，网秦的公关负责人也曾约我们聊了一次，他们认为，网秦跟飞流是完全独立的，除了林宇与飞流的老板是博士同学，于是出于同学关系入了股，其他无任何联系。

但这种说法显然并不具备什么说服力，因为巧合太多。为何飞流会恶意卸载所有杀毒软件，唯独留存网秦？为何仅有网秦才能杀飞流之毒，而这种升级行为也就是网秦的获利过程，需消费 2 元。

但是，在中国就是如此，凡事只要找理由和关系，事情总能解决。网秦已经通过这种流氓软件赚得了足够的钱，却难以保证未来的收入保障。

但即便如此，网秦仍能够化险为夷。

“3·15”当晚，工信部即指示 3 家运营商对网秦应用软件进行下线处理，后诺基亚宣布停止预绑定合作。曝光次日，网秦仍按原计划向美国证监会提交上市申请，但调低了发行价，融资规模从 1 亿美元缩水至 7500 万美元。

此次“3·15 曝光门”暴露了网秦业务模式单一的问题，这也是投资人和美监管当局一再质疑的问题。根据 2011 年 3 月 16 日的招股书，网秦目前的主要业务包括手机安全、手机性能、个性化智能云服务。网秦在业务发展初期，尝试过通过销售点卡、手机销售连锁店、手机维修售后积累用户。最终，网秦通过与手机制造商的合作占领市场。至 2010 年 12 月 31 日，网秦已与 7 家手机厂商建立合作关系，主要方式是网秦从运营商获得用户付费分成，再分出一部分给手机制造商。

这一模式的关键，在于能否从运营商中获得用户与收入。网秦在 2010 年与中国移动签约，其重点是为在线业务和移动 MM 商场（中国移动应用商店）提供安全认证服务，对中国移动应用商场平台上所有上传的软件、游戏、主题文件进行安全扫描和认证。

4月9日，网秦向美国证监会提交进一步材料，对此前央视“曝光门”进行了风险提示，称公司须降低对中国移动等运营商及移动支付服务提供商的依赖，声称目前网秦有10%的总净营收来源于中国移动。

但据我们仔细查证了解，网秦对中国移动的业务依赖远不止10%。网秦招股书介绍，其收入主要有两大来源：运营商和增值服务提供商，二者主要对象分别为中国移动和天津易达通，而主要利润还来自后者。数据表明，网秦和天津易达通的合作收入，在过去3年中，分别在公司净收入中占比52.7%（2008年）、20.0%（2009年）、21.4%（2010年）。

天津易达通更像是中国移动与网秦间的中转站。成立于2002年的天津易达通，最初法定代表人为汪达，2007年变更为徐荣，注册资本1000万元。易达通是移动梦网全网WAP增值服务提供商，其在中国移动的梦网短信介入代码为“10661088”，主要业务是为手机提供病毒防护，按次收费。主要工作是提供代码，由网秦提供实际服务。

网上对此多有投诉，投诉的问题集中在两方面：一是安装网秦软件后很难卸载；二是使用增值服务后费用不透明，且与原介绍不一致，被指责恶意扣费。网秦的强行扣费往往通过天津易达通实现。但天津易达通作为中国移动梦网全网接入SP，几乎没有遭遇任何处罚，这在中国移动近年来频频整顿SP的背景下显得极为罕见。

尽管如此，网秦仍受到投资人青睐。网秦从2007年至今已经过数轮融资。2007年6月，网秦获红杉、金沙江300万美元投资；2007年10月，获联创策源、富达亚洲投资（未透露融资额）；2010年4月，网秦再获原投资方金沙江及联创策源2000万美元投资；2010年11月，网秦增资扩股，宏达直投注资250万美元；2010年12月8日，台湾芯片商联发科子公司Gaintech 220万美元参与网秦增资。

与很多普通SP不一样的是，网秦经常高调迎接“领导”或者“革命前辈”的到访。2010年11月26日，就在网秦冲刺上市之时，网秦发布新闻称，周恩来总理的侄子、中国人民解放军国防大学政治部原主任周尔均将军偕夫人参观，网秦公司CEO林宇博士、副总裁李宇先生陪同，并自称为“革命后代和长在红旗下的新一代科技工作者”。网秦的公司文化与装饰也充满了古色古香和意味。

网秦被央视曝光涉险过关之后，三大运营商又陆续恢复上线，诺基亚也重新启动合作，但这尚不足以稳定海外市场投资人的信心。2011年5月5日，网秦登陆纽交所首日即跌破发行价，当日网秦以11.50美元/股开盘，随即下跌，一度跌破8.50美元/股，最终收报9.30美元/股，跌幅高达19.13%。

迷茫的12580

我一直觉得，上海诚贝投资咨询有限公司也是一个神秘感十足的企业，创始人和股东只有一个，即田溯宁。

田溯宁何许人也？可谓电信圈的一大传奇人物，如今也是投资界的红人，现任中国宽带产业基金董事长。中国宽带产业基金主要关注TMT领域。12580创始人之一及董事长田涛曾跟我说，他的朋友里，大多都是俗人，但田溯宁与王功权一样，是最有文化范、有理想的商人。王功权是鼎辉投资的合伙人，以商人公民圈内闻名，而以一起纵情的微博私奔闻名中国。

田溯宁及其上海诚贝投资咨询公司正是12580的股东之一。

从田溯宁的公开简历上看，他有着值得骄傲的教育背景，中科院研究生院硕士、美国得克萨斯科技大学博士；也有着成功人士必备的创业和行业领头羊背景，他曾在ICF、TSTC等公司任职。1994年田溯宁博士在美国创办以Internet技术为核心的亚信公司。为实现把握信息革命机遇，实现科技报国的愿望，1995年田溯宁博士将亚信公司移师国内，最先将Internet核心技术带回中国，组织一批学有所成的留学生，专业从事Internet网络系统集成和软件开发。亚信公司在不到4年的时间里，先后承建了CHINANET、上海热线、中国金融数据网和各省电信系统的互联网络等近百个网络工程，被称为中国Internet主建筑师。到1998年已经发展成为有员工450人、年销售额人民币6亿元的高科技大公司。

田溯宁在亚信的成绩，也让他于 1999 年 3 月，被聘为有“中国第三电信”之称的中国网络通信有限公司总裁。这是国家级电信企业首次从非国有单位聘请老总；中国电信重组后田溯任中国网通集团副总裁。2004 年 1 月，中国网通集团南方公司成立，田溯宁任总经理。当时，张春江也在电信重组后调任网通担任总经理。

后来，如前文所述，在圈内及资本市场对张春江网通重组“烂账”的质疑声中，田溯宁也离开了网通，转入投资。

为什么说这个公司与田溯宁一般神秘，也在于尽管田溯宁离开了网通，但是很多投资都看起来与政府官方或者官办企业充满关联。

例如，2011 年初，上海诚贝与上海联合等同时入股了上市公司，上海广电信息产业股份有限公司（简称广电信息，代码 SZ.600637），此时正是广电信息的重大资产重组，乃上海文广旗下以 IPTV 为主的新媒体公司，百视通借广电信息之壳上市之际。上海联合是上海国资旗下著名的投资公司，其负责人为江绵恒，如前文所述也是网通整合的股东之一。

百视通借壳前后的股份变化：

股东名称	重大资产重组前		重大资产重组后	
	股票数量（股）	持股比例	股票数量（股）	持股比例
上海诚贝	0	0%	30023079	2.70%
上海联合	0	0%	17620225	1.59%

但从上海诚贝投资咨询公司年审报告表现看，该公司从一开始就没有营业收入，除了 2007 年在没有营业收入的情况下仍有 1.5 万元左右利润，之后就一直没有营业收入，也一直亏损几百万到几千万元不等。

与上海诚贝投资咨询有限公司一样神秘的，还有他所投资的无限讯奇，即中国移动 12580 业务的独家支撑服务商。无限讯奇与 12580 类似于神州泰岳与飞信的关系，只是无限讯奇业务尽管有很多分类，但基本都围绕 12580 展开，对中国移动 12580 业务的依赖几乎是百分之百的。

上海诚贝投资咨询有限公司成立于2007年9月，正是其入股无限讯奇之前。其经营范围是投资咨询、商务咨询、企业管理咨询，市场信息咨询与调查，会务服务、展览展示服务、企业形象策划、实业投资、投资管理，计算机领域内的技术开发、技术咨询、技术转让、技术服务，计算机、软件及辅助设备销售。公司不设股东会，不设董事会，不设总经理，不设监事会，只有一个执行董事。根据执行董事的任命决定，“股东田溯宁担任上海诚贝投资咨询有限公司执行董事”。

与上海诚贝投资咨询几乎同时入股无限讯奇的，还有上海开拓投资有限公司，有意思的是，上海开拓又是上海国资系统，广电信息（600637）的另一上市“姐妹公司”，上电股份（600627）的股东。

这些股东的背景可见都不一般，为何能够清一色出现在无限讯奇的股东中？这必须从无限讯奇的成立和12580这一中国移动体系内的“私生子”特区讲起。

在2011年7月1日举行的一次董事会上，12580的CEO李一男提出，因市场环境不好，要降低2011年收入预期。此举令投资者颇为不满。在他们看来，12580现在的收入不仅有从中国移动获得的无线业务分成，也有商户广告，而且后者发展势头不错，即使中国移动调整SP政策，将分成模式改为支付劳务费形式，对整体收入影响也不会太大。

此前，李一男被卷入中国移动腐败案的谣言一度在网上盛传。而实际情况是，涉入中国移动案的并非李一男，而是12580的另两名高管，其中董事长田涛于2011年清明节期间被河北公安带走调查，事涉工信部电信管理局原局长苏金生案。

苏金生曾是中国移动成立初期的筹备组组长，后因涉经济问题被河北检察院立案调查，2011年底因受贿罪被判处有期徒刑13年，行贿人之一正是无限讯奇。12580执行副总王诚，则与中国移动数据部的副总经理马力关系密切。有消息人士称，他当年加入凤凰网和后来加入12580均得益于马力的安排。田涛在不久即恢复自由，而王诚则在协助调查数月之后暂时也恢复了表面自由之身，出现在公司之中。

在中国移动的众多SP中，12580地位相当特殊。2007年，为了发展一种可匹敌中国电信114的业务，中国移动推出了以“一按我帮您”为谐音的12580。负责运营的，是一家名为“北京无限讯奇信息技术有限公司”（简称无限讯奇）的公司。

其特殊性在于，它不仅是为数不多的几家与中国移动数据部直接签约的SP公司（其他大多通过卓望信息与中国移动合作，如前文所提到的神州泰岳飞信业务），而且能免费共享中国移动高达6亿的用户资源，甚至还有平衡通道费豁免及免费广告宣传等诸多便利。这一切优越条件，使得它在短短4年间发展成一个年收入4亿多元、净利7000万元的企业。

无限讯奇是中国移动12580业务独家合作伙伴，负责开发和建设中国移动12580业务核心系统、内容采编与发布、广告销售、用户拓展与服务等运营工作。

但无限讯奇的业务在中国移动系统内颇有特殊性。它独立于卓望体系之外，所有业务协议全部都绕过卓望与中国移动直接签署（在2004年后，除地方基地外，SP大部分都与卓望签约）。其次，作为独家战略合作伙伴，12580可通过中国移动的渠道在全国提供服务或发送手机播报，却无须为此支付平衡通道费。

12580一年省下来多少通道费呢？所谓平衡通道费，即发送彩信时占用中国移动通道资源必须支付的费用。通道费的收取标准一般为，服务用户规模较大的按每户0.5元收，关系特别好的可减至0.3元；发送量小的，则按每户1元收取。

12580所提供的服务包括语音搜索、手机交通违章查询、手机天气预报查询等。用户为这些服务支付的费用，中国移动与12580按五五分成。

据无限讯奇内部人士介绍，无限讯奇共包括4块业务：作为主营业务的语音搜索；商旅服务，类似手机携程订酒店机票等；传统SP业务（无线业务）；媒体业务，即手机播报。从2011年开始，无限讯奇已开始转型重点做无线搜索，即通过短信、WAP等的搜索服务。

最初两年，无限讯奇的收入主要来自与中国移动的分成，后来来自商家的广告费渐涨。即当用户电话咨询时，将用户转接到相关的商家，商家将为此给中国移动支付广告费。据接近无限讯奇的业内人士透露，现在，广告费已占其总收入的一半左右。

此次涉案的王诚主要分管无线业务，即传统SP业务那块，前述手机交通违章查询、手机天气预报查询等均在此列。中国移动为了加强对省移动的考核，设置了KPI指标，将奖金与绩效挂钩。各省为了完成任务，有时会选择将增值业务做大，12580因此而获得很多免费宣传与推广，也因此增加了收入，当时分管无线业务的王诚负责与各省移动沟通。2011年，中国移动已彻底砍掉了这一指标（如前文“李跃当家”所述）。

原则上，12580可以共享中国移动6.11亿手机用户数据，但目前12580只在北京、上海、广州、江苏、浙江、四川等六大省市提供服务，推送用户数达数千万。但类似12580生活播报几乎没有用户主动订阅，都是中国移动给用户绑定推送，但由此而来的广告收入大多归公司所有，中国移动分成极少或者有的类型广告甚至不分。这部分2010年的广告营收已在亿元以上。依靠中国移动的“免费资源”或“廉价资源”，12580能最大限度地开发和享用客户资源价值，最终的受益人是12580的股东。

中国移动规定，所有手机报业务都要通过卓望，但12580手机生活播报不在此列。生活播报的内容包括财经、时尚、汽车、健身等，主要由上海讯奇完成，经营比卓望更灵活，卓望不能独立做广告，但12580可以。

无限讯奇工商资料显示其共有300多名员工，但据他们高管自己介绍，加上各子公司一线员工已有千名员工。工商年检还显示，公司在2007年、2008年均未盈利，亏损额超过2000万元。至2009年收入约3.60亿元，净利5298万元；2010年收入为4.47亿元，净利7010万元。

那么，如此丰厚的回报，谁能受益？

北京无限讯奇信息技术有限公司成立于2006年9月，短短4年多时间股权频繁变更。创始人包括田晓杉、张志浩、刘娟、怀千江、周韬、丁华鹏6人，注册资本1000万元。到2007年4月，周、丁二人从股东名单上消失，田晓杉、张志浩、刘娟、怀千江分别出资343万元、323万元、284万元和50万元，刘娟任法人代表，总经理为张志浩。其中田晓杉即为田涛之子。张志浩曾在腾讯任职。

2007 年 7 月和 2008 年 5 月，前文所提的上海开拓投资有限公司与上海诚贝投资咨询有限公司又分别出资 136.36 万和 83.73 万元加入。董事会成员包括：田涛、孙丽、张志浩、黄鑫、许志明。2008 年 8 月再变为十方出资：增加刘学敏、陈文江、梁建龙、苏州极锋投资顾问有限公司。刘学敏、陈文江、周树华（苏州极锋）进入董事会。

之后的 2009 年 3 月，上海诚贝投资咨询有限公司的股权又辗转至北京天智勤睿投资顾问有限公司，怀千江的股份则转给怀铁成，刘学敏转让给梁田，上海开拓转让给虞学东。公司法人代表和总经理变成李一男。

据我们调查，除了上海诚贝投资咨询有限公司，后来入股的北京天智勤睿也为田溯宁发起设立。另一股东陈文江则是鼎晖投资分管该项目投资的负责人，其股份是替鼎晖代持；周树华则来自另一家风险投资基金北极光，也为代持。

多位知情人士还透露，华为与 12580 也有渊源。股东田晓杉是公司董事长田涛之子，从不参与公司实际运营。2008 年出现的名叫孙丽的董事，曾是《IT 经理世界》的记者，写过不少华为的报道。田涛本人亦与华为总裁任正非有深交。

华为是中国一家国际知名的电信设备与服务供应商，但其早期的发家以及与中国移动的渊源同样神秘如谜。圈内很多人都知道，华为与此次涉案很深的四川移动交情颇为复杂，不仅是巨额的设备供应商，对华为来说，业务颇为边缘的四川无线音乐基地的中央平台系统也由他们开发（见前文上篇“模式之争”），同时华为又卷入了重庆移动沈长富案，并且第一次被在案卷中点了名，这是有史以来第一次，但应该不会是最后一次（见前文上篇“尴尬的华为”）。

无限讯奇为全网 SP，与中国移动关于 12580 的协议 2011 年底到期，大势所趋，将从分成改成固定支撑费，但无限讯奇自己做的手机播报内容及广告分成方式还将继续。

无限讯奇的广告代理业务主要由2006年11月成立的全资子公司北京无限讯奇新传媒广告有限公司负责。但手机生活播报的制作和经营方为上海讯奇无限传媒有限公司，这家公司由无限讯奇和媒体广告人江南春合资，其中无限讯奇控股66.6%。江南春旗下广告公司也曾负责代理12580的广告。

虽然，据我们了解，12580已经不是这次中国移动反腐调查的核心，无限讯奇的资源优势明显，但问题也同样明显。在一名正在犹豫要不要投资的投资人看来，无限讯奇这几年几乎每年换一个CEO，创业的三个股东谁也不管业务，所以管理一直很差。平衡不了关系，主要是与中国移动的关系，和与投资者的关系，来的技术方面人员也只是技术英雄，公司没管理。

他关于“只有技术英雄，没有管理”的评论，直指时任CEO的李一男。李一男与董事会的矛盾已渐深。

直到2011年7月21日晚，李一男宣布辞职，与他一起辞职的还有董事长田涛，这说明中国移动的调整所带来的冲击其实仍在继续。

7月21日晚，关于无限讯奇CEO李一男辞职的消息开始蔓延。晚上11点10分，他发表微博称，“收到了很多朋友的问候，深表感谢。我将于近期辞去无限讯奇CEO的职务，未来将继续专注于互联网、移动互联网和其他科技方面的工作，希望能够在未来踏踏实实、安安静静地做好产品和企业”。

当晚，李一男也向我们确认即将离职，不再愿意评价过去。董事长田涛也证实，因身体原因，他将辞去董事长职务，但将继续保留董事和股东身份。

随着中国移动对合作规则的改变和对SP的整顿，李一男与无限讯奇董事会的矛盾已日益尖锐，并且多次在董事会议上就公司的经营问题发生争吵，早有去意，而董事会几位主要负责人也在考虑新的接替人选，已进行了很长时间。两人辞职后，无限讯奇主要创始人、原CEO张志浩将重新出山。

2009年1月，无限讯奇引入李一男担任CEO，张志浩则从经营层退居幕后，仍然是公司董事。根据工商资料，他也是无限讯奇第一大股东。目前无限讯奇注册资本为1196.17万元，张志浩投资约255万元，约持有21.3%股份。无限讯奇第二大股东为董事长田涛之子田晓杉，出资217.89万元。

在李一男和田涛辞职之后，张志浩再次出山，担任联席董事长兼CEO，宽带资本的代表许志明是另一联席董事长。

李一男的辞职在意料之中，田涛的辞职却让人颇为意外，因为就在此前不久，我们刚有过一番交谈，当时丝毫看不出他的退意，虽然他常为工作难做而叫苦。

我一直觉得在中国国情下，互联网领域也许能够出周鸿祎这样的“流氓”疯子，但是很难出乔布斯这样的“天才”偏执狂，不是因为智慧差异，而是中国权力与资本无处不媾和的国情与土壤之下，年轻的技术天才们最终都淹没于尔尔之中。无论是前面所说曾有过光辉的田溯宁，还是李一男，他们最终都要学会如何在中国的土壤中生存。

李一男有“天才少年”之称，毕业于华中理工大学少年班，进入华为后被称为“技术天才”。公开简历显示，他两天时间升任华为工程师，半个月升任主任工程师，半年升任中央研究部副总经理，两年被提拔为华为公司总工程师 / 中央研究部总裁，27 岁成为华为最年轻的副总裁。

不过，2000 年李一男从华为出走，创建港湾网络。2006 年 9 月初，港湾网络被华为收购，李一男重返华为，出任华为 EMT（经营管理团队）之外的“华为副总裁兼首席电信科学家”。2008 年 10 月，李一男又转投百度担任 CTO，2010 年 1 月离开百度，加盟无限讯奇。

2011 年 9 月，离开无限讯奇的李一男，那个计划要踏踏实实做好产品的李一男又加盟金沙江创投做合伙人，虽然仍主要聚焦在 TMT 领域投资，但与真正的实业企业相距甚远，仍有些让人遗憾。

当我为这种遗憾提出要给他写一则故事时，他私下显得很抵触，他说未来还有很长的路要走，真想做点事的。不知道他所说的事是什么，是否就是他在离开 12580 时所说的，踏踏实实、安安静静做出好的产品，但显然，他虽是市场上的成功者，但已然不再是那个曾经可能成为乔布斯的对产品和技术无限痴迷的天才年轻人。

第七章
一个小 SP 的非正常死亡

一个 SP 从生到死短短两年，却经历了夹缝求生、寻求权力庇护、寄生垄断，又遭遇强势调整与垄断对立、投资人困顿、出局清算的典型过程。2011 年 10 月，国庆节的一场风波，让一个公司由生到死，背后却是一个纠结着垄断与权力、寄生与求生、民营与资本的复杂困局，公司虽死，残局依旧。

“二代”创业

一纸遣散通告，贴在杭州市聚合网络科技有限公司（以下简称聚合公司）的公告栏上，这家以医疗信息服务为主业的创业型科技公司，是浙江省医院预约诊疗平台的承建商，也是中国移动集团浙江分公司（以下简称浙江移动）的合作伙伴。

聚合公司虽成立于 2007 年，但从最初成立并非一开始就是 SP，他们一直定位为为医疗预约平台提供实际技术开发和运维执行，但是，受限于民企身份等因素，根据卫生部门的规定，其无法直接成为该系统平台的签约服务商，只能与浙江移动合作，共同承建该平台。

然而，在合作共建中，由于合作条件不对等、协议内容悬而不决、沟通不畅等因素，导致与运营商的合作关系破裂。

聚合公司成为中国移动的合作伙伴，提供增值服务与运营支撑的预约诊疗平台，自筹备至今仅仅两年。

这个旨在解决“挂号难”问题的专家挂号平台是浙江省医改的样板工程，国内首创预约诊疗平台，为病患提供免费预约挂号服务。2010 年 9 月底上线至今，已积累了近 35 万的用户资源，日均成功预约 3000 余人次，更成为了卫生部的样板工程。

作为成功经验，“政府牵头，企业运营，医院资源无缝链接”的浙江模式被多个省市医疗机构学习借鉴。

然而 10 月 1 日，这个平台突然暂停服务，并持续了整整 9 天，引发当地市民纷纷投诉与不满。10 月 10 日，系统恢复上线，代价是原有系统被强行替换为中国移动新系统，以及两年来，以该原有系统为唯一核心业务的聚合公司宣告停止运营，50 余名工作人员相继遣散，公司开始清算。

2011 年国庆期间，浙江人民发现，省卫生厅预约挂号平台罢工了，电话、网站预约系统全面瘫痪，“系统升级，暂停服务”的公告挂在浙江在线的预约网站上。然而，事实上，这不是一次简单的系统升级或者故障，而是该平台系统的共建方聚合公司和移动公司互掐线路，人为地将平台卸载，导致系统服务中断。

几乎与浙江在线的网站公告同时，聚合公司也在医盟网上发布公告称，“目前浙江省预约诊疗平台数据后台因移动与我公司（预约总平台承建商）发生冲突，导致暂时不能实现预约（12580、114、浙江在线、96365 均无法预约）。我们无法预计还需要多久才能恢复预约平台”。矛头直指浙江移动。

这场交恶事件的缘由要追溯到聚合公司和移动公司与该平台的关系。

据公司官方介绍，聚合公司是一家致力于开发医疗信息服务的创业型公司，2007 年成立，由 80 后 CEO 何航掌舵，预约诊疗系统及相关软件，是其核心技术和业务，在成立之后，已经分别为义乌市卫生局、杭州市三院、杭州市中医院等提供了预约挂号系统服务，建立了名为“无忧医保”的预约入口和网站平台。

不为外界所知的事实还有，两位联合创始人的父母在当地也都是有头有脸的人物。这一公司也因此被称为是官二代和富二代的结合，这是其一直能够在当地卫生部门拿到资源的基础。该公司就曾邀请浙江省卫生厅一位负责人的家属在该企业挂职。公司初始资金为200万元。

好景不长，2009年卫生部医改启动，浙江省卫生厅率先推出省级医院预约诊疗服务平台的方案，初衷是借助企业力量操办公益平台，由预约服务企业提供技术力量和资源，整合省内医院资源，实现跨区域预约诊疗服务。

浙江省卫生厅欲整合省级医院统一挂号平台的消息，对聚合公司来说意味着没有退路：如果不能参与这个项目，就将失去浙江省的所有业务。当时，聚合公司早期所开发的“无忧医保”平台也已被叫停。

得知浙江省卫生厅的想法后，聚合公司CEO何航找到了省卫生厅的相关负责人，希望作为服务商承建该平台，可是，得到的答复很明确：“卫生厅这个项目不可能和民企合作。”

碰壁后的聚合公司做了一个“高明之举”：引入了一个重量级董事——浙江省卫生厅一位领导的家属。新董事给聚合公司指出了一条明路，即找浙江移动合作。

求援移动

2009年下半年，何航带着成熟的技术和商业模式设想叩开了移动公司的大门，时任中国移动浙江分公司政企部负责人的陈鉴锋在了解了情况后，对该平台可以提供的电信增值业务非常感兴趣，于是与何航约定合作，参与省卫生厅的平台项目。

根据聚合公司的设想，预计医疗预约平台盈利前景可观，每个省都能做出一个上市公司来。

浙江移动参与后，浙江省卫生厅将上述平台的服务商确定为4家，分别是中国移动12580、浙江在线、中国电信114和浙江生活9696365。浙江移动是主要服务商，负责总平台的系统开发、建设以及运维。

根据分工，在平台建设中，浙江省卫生厅仅负责协调医院以及服务商的配合工作，与其缔约的上述4家服务商分别承担了平台建设的软硬件投入。其中，浙江移动是主要承建方，负责该平台系统的建设、日常运维成本以及一个节点建设；浙江电信负责主节点建设，提供 IDC 机房、网络设备和服务器等；浙江在线提供一套正版 Oracle 数据库和同步备份软件；浙江生活 365 提供两台 PC 服务器。可见，浙江移动提供的是最为核心的平台支撑与服务。

我的同事王晓庆赴杭州见到了当事人。聚合公司副总经理李鸿东介绍，事实上，是以浙江移动的名义拿下服务商资格的，而实质上的技术提供和运营支撑方都为聚合公司，是实际的操作方。双方的合作内容主要分为两块，其一是合作共建预约诊疗平台，主要由聚合公司提供技术支撑以及运维服务；其二还可在后期开发针对该平台数据库预约病人的其他电信增值服务，由双方共同经营，按照不同比例利益分成。这类似于神州泰岳（SZ.300002）就飞信业务与中国移动的合作关系。

根据卫生部门的要求，医疗预约平台具有公益的职能，不能以营利为目的，因此双方的兴奋点都更多放在了第二点的数据库增值服务开发上。聚合公司的首席战略官吴炅回忆称，在双方“蜜月期”，浙江移动曾在一次会议上，评估该商业模式时表示，运营成熟后，光是聚合公司每年就可分到 1 个亿。

但聚合公司上述的合作内容，双方并没有以协议的方式形成书面文件，仅停留在会议讨论中，但会议过程中形成了多份会议纪要。根据财新记者获得的一份加盖了移动公司公章的会议纪要中列明，双方就该平台的合作建设达成共识：浙江移动 12580 与聚合公司就该平台的运营服务及医疗健康延伸增值服务开展多方面合作，包括移动信息化应用、彩信、手机 WAP、客户端软件应用以及其他相关业务。

聚合公司更感兴趣的显然是增值业务这部分的合作，尤其是基于用户数据库的进一步开发和利用。预约诊疗平台 2010 年 9 月 27 日上线后不久，聚合公司即成立了增值业务部，聘请了 10 余名工作人员，针对数据库的病患信息先后开发了 3 款手机套餐产品，却均被浙江移动增值业务部“枪毙”，理由是“产品不够吸引人”。

变故与冲突

然而，李鸿东介绍，随着陈鉴锋调离杭州到宁波移动任职，聚合公司发现，后续的增值业务合作难以落实。最初双方合作洽谈由陈鉴锋分管的政企部牵头，12580、融创公司（浙江移动的全资子公司，负责该平台技术对接）是与聚合公司进行具体业务合作的部门。

而这背后，也有中国移动自身内部结构调整，领导人更换后管理思路转换等多方面原因。2010 年 5 月，李跃升任中国移动集团总经理，之后从 2011 年初开始对公司合作伙伴管理模式作了带有颠覆意义的调整。

根据李跃新的管理思路，中国移动核心外延业务能收归集团的都收归集团，不能收归集团的，对外合作模式也基本由过去的“分成”变为“固定承包”付费，这颠覆了电信增值行业运行多年的行业规则。2011 年，也被称为中国移动 SP 腐败整顿最为严厉的一年，原主管中国移动增值服务的中国移动数据部领导马力、叶兵先后落马，这对整个 2011 年的增值服务领域都带来了极大冲击，很多业务都因数据部门没人拍板，或者进展缓慢或搁浅。

“本来以为 12580、融创公司都是代表移动，但后来发现他们只管各自的分工，没有人能够拍板让我们的增值业务合作上马。”李鸿东也坦言。因此，聚合公司在后期为 12580、融创公司提供平台服务时，带着情绪，导致双方合作中产生了不愉快。

真正导致双方关系决裂的导火索则是浙江移动对医疗预约平台系统技术的知识产权收购计划失败。

作为预约诊疗平台的开发建设方，聚合公司掌握该平台的技术以及数据库资源，并拥有包括门诊预约挂号中心处理系统软件、网络预约诊疗服务软件、门诊预约挂号医院 HIS 统一交互平台软件等在内的多份软件的知识产权。

然而，根据移动公司与浙江省卫生信息中心签署的合作协议，该系统的软件知识产权必须由移动公司与浙江省卫生信息中心双方共享。因此，浙江移动方面要求尽快签署购买聚合公司平台项目的协议。

根据我们获得的一份《中标浙江省医院预约挂号服务系统建设项目定向采购的函》，2011 年 4 月，浙江移动以融创公司的名义，对浙江省医院预约挂号服务系统建设项目进行了定向采购，并最终确定由聚合公司中标此项目。

浙江移动采购部负责此项目的联系人翟高叶说，中标之后，浙江移动就数次发函催促聚合公司签署采购协议。

但聚合公司对过往一贯强势的浙江移动的态度变得更为谨慎。

原本并非指望卖技术赚钱的聚合公司，在初期的谈判中曾表示，可以一个象征性的低价（50万元）将项目过户至移动公司名下，但是，浙江移动要承诺将后续可盈利范畴的增值业务合作的模式及合约落实，以此来弥补开发费用。

李鸿东说，在陈鉴锋调离杭州，聚合公司专门新成立的增值业务部门屡屡受挫后，聚合公司对增值业务的合作前景非常敏感，要求在买卖合同中必须约定后续合作的条款，但融创公司则表示无权承诺增值业务的合作，希望其他的事日后再谈。融创公司总经理徐孟强也表示，并非他们不愿意签署协议。

急件

浙江融创信息产业有限公司

浙江融创函〔2010〕11号

关于要求加快预约挂号系统项目合同签订的函

杭州聚合网络科技有限公司:

前期在双方的共同努力下，浙江省医院预约诊疗服务系统已于9月27日启用，也得到了一定的认可。为保障项目能够按照浙江省卫生厅的要求有序并有效地开展后续工作，理清双方的工作关系及方便业务协调，要求贵公司在前期合同谈判及范本修改的基础上尽快完成与我们的合同签订。

特此函达，盼复!

二〇一〇年十二月九日

抄送：政企客户部、客户服务中心。

浙江融创信息产业有限公司　　2010年12月9日印发

虽然早已从2010年开始为中国移动提供支撑服务，但始终没有与移动签署正式合同，这让聚合公司惴惴不安，名义上一直都相当于从融创公司转包。这也让聚合公司在移动催促之下仍迟迟不敢签署定向采购的低价转让协议。

2011年7月，聚合公司向浙江移动提出了两个解决方案：要么两个协议（平台技术知识产权的采购转让协议，和成为中国移动长期SP的合作及分成协议）一起签；要么以800万元的价格买医疗预约平台，即系统技术的知识产权。

“一向是SP公司求着合作的移动，遇到了提条件的合作方，当然不爽。”参与谈判的人士说。

移动方面不愿意接受这两个方案，此后双方再无实质性的沟通。直至9月26日，聚合公司获悉省卫生厅召集4家服务商召开了会议，欲停用现有的聚合平台系统，替换为浙江移动开发的新系统。

随后，浙江省卫生信息中心向53家医院和HIS厂商发送了切换系统的安排表，确定了在10月1日至16日间切换掉聚合的系统。得知此事后，聚合公司在9月30日晚间，将移动公司与平台的数据接口卸载，导致12580不能进行预约挂号，其他3家则继续畅通。

“移动第二天找到卫生厅，要求另外3家也暂停服务，结果只有浙江在线停了，后来，移动将整个数据库平台关闭，导致4家预约渠道全部中断。”李鸿东说道。

预约挂号平台瘫痪了9天，市民投诉不断，直至10月10日，浙江移动抢修恢复平台，将新系统上线。但是据《钱江晚报》次日的报道称，新系统运行不畅，电话渠道依然无法预约。

“我们没有想到，真的会把我们的系统强行切掉。”李鸿东再三表示，聚合公司误判了形势和他们的“地位”。

聚合公司本以为掌握着核心技术和系统端口，外部技术强切势必会导致系统不稳定，影响用户使用，“卫生厅不会允许这样的情况发生，但是，就这样发生了”。

附：由于聚合公司向中国移动提供支撑合作没有签署正式的协议，他们只有每次的会议纪要作为证据。附其中一份会议纪要，也正是这次会议纪要与相关内容，让 VC 投资人正式决定投资聚合公司。

浙江省医院预约诊疗服务平台合作共建会议纪要

会议时间：2010 年 7 月 19 日 14：00—16：30

会议地点：杭州市环城北路 288 号 1606 室

与会人员：聚合网络科技有限公司：何航、吴炅、苏闪

12580 客户服务中心：章小初、林小永、洪流

融创公司：陈伟明、万红生、杜戛健

为更好地建设由浙江省卫生厅组织的浙江省医院预约诊疗服务平台，充分发挥浙江移动与聚合网络合作双方在各自领域的资源优势，双方就浙江省医院预约诊疗服务平台合作共建事宜举行会谈。

会议首先对从 2010 年 1 月份以来围绕浙江省医院预约诊疗平台所开展的工作作了总结和回顾，从整个项目的筹建，讨论制定预约诊疗服务平台需求说明，商讨预约诊疗平台实施文档，到去各地考察，开始平台软件的开发，与首批 7 家医院开展系统调试，浙江移动和聚合网络本着平等互利、优势互补、合作共赢的原则，共同努力，已经完成了整个平台系统软件的开发建设工作，开发完成了 12580 客户端软件平台，完成了除浙江省中医院（HIS 厂商自身接口未开发完全）以外的所有医院的调试工作，进入了后期的系统稳定性和压力测试阶段，工作得到了卫生厅的高度评价和认可，双方在本次会议上就浙江省预约诊疗服务平台合作共建事宜达成进一步共识，再次明确了双方的职责分工，由浙江移动全资子公司浙江融创信息产业有限公司与杭州聚合网络科技有限公司就浙江省预约诊疗服务平台开发、集成、推广、服务支撑开展合作，由浙江移动 12580 与聚合网络就基于浙江省预约诊疗服务平台的运营维护及延伸增值服务开展全面合作，会议的主要决议内容概括如下：

浙江省预约诊疗服务平台开发建设、系统集成、服务支撑由浙江移动全资子公司浙江融创信息产业有限公司与杭州聚合网络科技有限公司合作共建。

浙江融创负责硬件设备的采购、安装、维护和升级；提供完善的行业短信网关、综合语音接入平台、数据专线接入平台、GPRS\EDGE\TD APN、WAP网关等网络接入资源，负责解决因网络、硬件等原因引起的咨询和投诉。

聚合网络负责平台相关软件的设计、开发、调测及安装上线。做好系统平台运行所需的硬件设备、网络环境等的配置安装部署和系统集成工作；负责系统的后期升级、维护、技术服务等工作；并负责实施全省二级以上公立医院（主要指县及县级以上大医院）的接入工作。

基于浙江省预约诊疗服务平台的运营服务及延伸增值服务由浙江移动12580与聚合网络开展合作，合作内容包括但不限于：预约挂号服务、移动信息化应用、健康宝典（互动彩信平台）等。

其中12580负责呼叫中心服务，合作内容相关项目的审批、报备等公司内部流程，组织业务交流会、业务推介会及客户体验等活动，积极做好业务宣传和推广工作；负责解决因网络、业务资费等原因引起的咨询和投诉。

聚合网络负责合作内容相关软件的开发、调试、安装，包括提供相关信息产品内容，聘请相应专家等，负责特色信息的制作、上传、维护和更新等，确保数据的有效性和及时性；负责合作内容相关产品的安装部署，并负责与移动12580现有IT系统的集成工作；负责配合12580受理用户的投诉、咨询；负责提供座席操作、销售技巧、产品规则等培训工作及相关文档支撑。负责产品的升级、维护、售后服务等工作。

会议决定在上述分工翔实、职责明确的基础上加快推进双方合作协议的签订，将双方的合作提升到一个全面战略合作的高度。

会议上双方就无忧医保平台和浙江省预约诊疗平台互联互通问题达成共识，双方将共同向省卫生厅提出互联互通申请，无忧医保已经在线运行杭州多家市级重点医院，后将陆续接入杭州市级浙江省范围内所有地市级重点医院以及上海市儿童医院等多家地区性知名医院的基础上，与省平台覆盖的数家省级医院进行互联互通，在下半年更是要充分利用聚合网络在技术上的优势结合浙江移动各地分公司的社会资源推进全省医院的接入工作，争取在最短的时间内完成全省300家二级以上医疗机构与两个平台的系统对接工作，给整个浙江省的预约诊疗服务带来革命性的变化。

同时双方在会议上决定共同推出12580健康服务网站，结合无忧医保网站、12580官方网站形成多点覆盖的全方位的医疗健康服务网络平台，由聚合网络负责网站平台的建设、开发、维护、运营服务等具体工作，12580负责网站各类业务的宣传、推广及咨询、订购服务。双方约定开放各自的多有用户资源、渠道资源、行业资源共同发展业务。

与会人员一致表示现阶段最重要的任务就是完成浙江省医院预约诊疗服务平台的上线试运营与首批7家省级三甲医院的接入工作，保证平台能够按照省厅的要求在既定时间内向公众开放，并确保通信链路的网络安全，加快其他重点医院的优先接入工作，同时尽早完成与12580后期开展延伸增值服务的准备工作，共同开发建设运营基于浙江省预约诊疗平台的更多的增值业务，切实执行“三年三个亿元级项目”的发展计划，做医疗信息化服务的领航者。

2010年7月20日

清算

然而，聚合公司不仅没有保住自己的地位，连他们最视为珍宝的数据库也遗失殆尽。另一件聚合本以为不可能发生的事情也发生了，聚合公司存储在电信服务器上的主数据库，也被浙江移动全盘挪走。聚合公司选择将数据库存放在“每次开会都和移动针锋相对”的竞争对手中国电信114的服务器上，为的是保证相对安全，掣肘移动，可是聚合公司的这层保险也失效了。

“由此可以推断，电信已基本上放弃了这项业务。”李鸿东介绍，因为平台技术一直掌握在移动这一边，在4家服务商里，与移动12580同质竞争的电信114对推广这项业务的积极性不高。

"电信一是担心自己的客户流失，二是担心挂号的号源分配不公。"熟悉平台操作的人士介绍，掌握了后台技术后，就可以进行很多暗箱操作，比如将优质号源分配给某个特定的服务商，而其他的服务商则不会知情；比如优先从数据库里挑选有商业价值的病患资源。

这个详细记录了病患病情以及个人资料的数据库则是最具含金量的资源。聚合公司也将目光瞄向了导医、金融支付捆绑、移动增值业务等未来的延伸商业空间。

吴炅介绍，平台的过往记录中，移动 12580 和浙江在线的接线业务量各占 40% 左右。相比网络预约，移动 12580 还赚得了相应的声讯费，据李鸿东转述移动 12580 工作人员的消息，该平台运营 3 个月后，就占了 12580 每日接线业务量的一半以上。

如今，浙江移动既是服务商，又将整个医疗预约平台开发收归自己，成了完全的系统承建商。聚合公司认为，只有独立于 4 家服务商之外的公司来做系统承建商，才能保证这项公益平台的透明公正。

聚合公司从移动的增值业务合作受挫之后，就开始谋求自己的第三方地位，甚至向浙江省卫生厅表示，愿意免费赠送该平台的知识产权，只求承认其承建商的身份。而此前，聚合公司的身份更为尴尬，在医院、HIS厂商那里，它代表的是省卫生厅；在省卫生厅、其他服务商那里，它代表的是浙江移动。

浙江省卫生厅的态度也很明确，分管该项目的副厅长马伟杭多次表态："承建商不可能让民企来做。"

2011 年 10 月 9 日，当地媒体《钱江晚报》发表题为《谁在抢夺专家挂号资源》的报道，讲述了浙江省预约诊疗平台中断事件，其中引述预约挂号平台主管单位浙江省卫生信息中心的回应称，对这项医疗挂号资源，卫生厅将维护它的公益性。

这意味着一旦离开浙江移动这样的国有大树，聚合公司必然无资格参与任何承建，尤其在遭遇替换之后，以此为唯一业务的聚合公司也失去了存在的价值。

10 月 10 日，系统被强行替换后，两年来以该系统为唯一核心业务的聚合公司宣告停止运营，50 余名工作人员相继遣散，公司开始清算。

残局

“一开始催我们开发软件、上项目，当我们埋头干完活，发现自己已经被一脚踢开，什么都不是。”李鸿东表示，“系统被换掉后，我们感觉被彻底忽悠了，忽悠我们干活、卖系统，直至最后剽窃技术。”

聚合公司坚持认为移动新上的系统，是剽窃他们的旧系统，“只是换了一个 IP 地址，里面的源代码和手机端口数据都和以前一模一样”。

2011 年 10 月 13 日，聚合公司委托浙江秦简律师事务所向浙江省卫生信息中心和浙江移动分别发送了律师函，要求对方停止侵权行为。

对此，浙江移动和浙江省卫生厅都不愿意作出表态。但浙江移动新闻发言人则确认，此次事件已经进入司法程序。

截至目前，该平台已经覆盖了浙江省 53 所医院、38 家社区卫生服务中心（站），共 91 家医疗机构。浙江省卫生厅厅长杨敬曾在公开场合评价该系统：“整合了社会各界资源，财政、医院均未花一分钱。”

除去 4 家服务商投入的服务器、机房等少量资源外，聚合公司投入了几乎其全部的人力和精力，包括技术开发和运维。据李鸿东介绍，每月的运维人员费用就达到 20 万元。

创业 4 年多的聚合公司，从 200 万元起步，到两年前与中国移动建立合作关系后，引入了杭州华盈创智投资管理有限公司作为天使投资人，注入约 300 万元，在 2010 年平台确认将要上线之后，又终于引入了 VC 投资，有了一笔 1000 万元的融资。

参与双方谈判的人士坦承，其实如果聚合公司示弱，愿意无条件接受移动公司的安排，浙江移动也会分一杯羹给聚合公司，毕竟这个项目他们也需要有人来执行，聚合公司也不至于沦落到现在一无所有的地步。

然而，从 VC 投资人的角度来说，失去知识产权、依附移动运营商、无共建增值业务的明确条文、不能成为独立第三方的聚合公司，已经失去了其投资价值。

聚合公司很快进入了清算程序。10 月 19 日，我的同事在该公司办公室看到，大部分员工已经被遣散，寥寥的几个善后小组人员在清理物品和资料。

聚合公司投资失败，同为投资人的杭州华盈创智投资管理有限公司负责人吴炅，对目前恶劣的投资环境感到愤慨："垄断企业强权加上行政不作为，让聚合这样的微小创业型公司发展难上加难，早期投资的风险越来越大。"

"这也是一个教训，通过这个项目，我们也要反思，反思如何与类似中国移动这样的垄断企业打交道；如何与被投项目保持沟通，及时辅以良方；早期项目投资应更加谨慎。"吴炅说道。

聚合公司的门口，硕大的宣传牌上还写着"欢迎进入中国医疗健康服务的大航海时代"，而聚合这艘民企小舟却就此沉搁。

目前，聚合公司的创始人们又准备另起炉灶，承包浙江在线在医疗预约平台中的一些技术支撑，继续创办医盟网，虽然无资格做医疗预约平台，却也试着做做对接。从最初的"无忧医保"叫停，到与中国移动合作告罄，又开始想新的平台，正应了 SP 行业的那句老话："鸟枪换炮，狡兔三窟。"

第八章
成都娱音之死

“成都娱音的前台都知道大股东代持的是一主要领导的公子的股份。”

一边被迫向战略投资者陆续安排退股；一边与中国移动新高层李跃的合作协议续签进展不顺，成都娱音上市计划几无实现可能。

李向东逃亡，李华案发，谭春陵自首，利益人交代“代持”，成都娱音终应声倒下。

为什么牛

如果说前面重点提到过的张锐三人小组之一，李心泽的投资兴趣重点仍在数据支撑业务，那么另一个小组成员谭春陵的兴趣重点则已经完全转移到了初成立的无线音乐基地上。在中国移动上一轮 SP 整顿形成的基地管理模式中，四川无线音乐基地是其第一个基地试验。

无线音乐基地的运营支撑模式见下图：

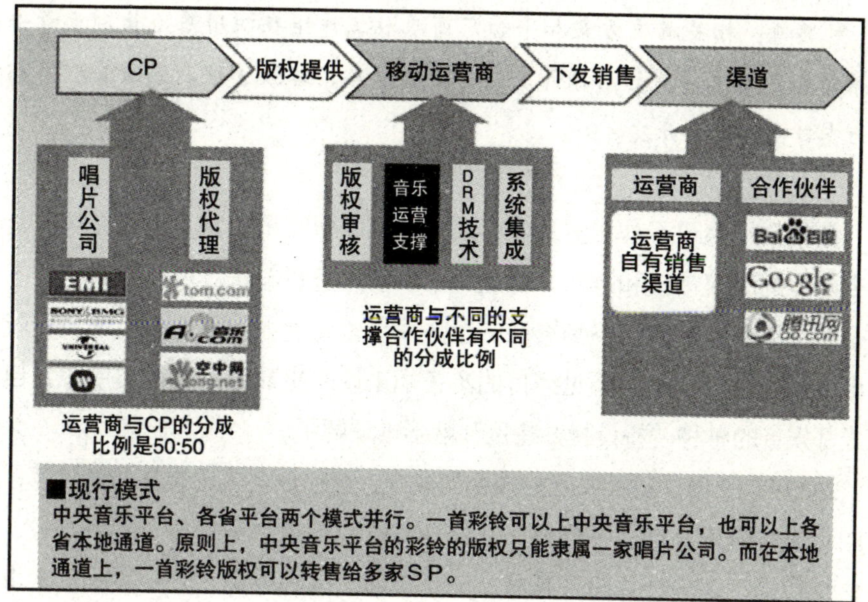

具体运营结构

中国移动以四川移动为运营单位成立音乐运营基地，具体运营工作由四川移动采取第三方合作方式，除了整个中央平台系统为华为负责，其他合作商如下：

★内容：四大唱片＋滚石移动采取直接合作，其他 CP 委托创意和弦和迅捷英翔公司集成内容。

★版权及运营［娱音科技（成都）有限公司］：负责中央音乐平台内容引入中的版权审核。无线音乐内容版权审核、产品设计和营销、运营支撑、无线音乐品牌建设、市场和用户分析。

★技术支撑（北京迅捷英翔网络科技有限公司）：音乐基地的支撑单位，包括网站、WAP 的支撑等。以及音乐产品制作，即娱音把内容引入后，迅捷负责把产品（包括振铃、彩铃）制作完成，如娱音引进产品已经为制作好产品，则迅捷负责后台技术支撑以及分发。

★客户端（合力迅达）：提供客户端和 DRM 解决方案，主要运营仍旧以四川移动为主。

★ 其他：相关解决方案和平台厂商派驻工作组在四川基地长期负责平台的维护和更新工作，如后期开发的铃音直通车、客服管理、渠道管理等都由华为支撑团队负责开发。

从整个结构图不难看出，成都娱音在其中扮演了非常重要的角色，负责整个内容的版权审核和运营，但是这个事情本身看起来难度并不大，更多的是杂活细活。中国移动不是选择一个法律机构，比如律师事务所来负责版权的事，而是选择一个名不见经传的小公司来做，也显得有些匪夷所思，但看完成都娱音的种种"特设特办特例"就不难理解了。

2005 年 12 月，成都娱音科技公司成立，最初成立人为赵文与刘俊萍，当时四川无线音乐基地还在筹备。其最初经营范围为系统集成、网络布线，商务信息咨询，销售计算机及耗材、电子电器、电线电缆、办公用品、宽带光电设备、有线电视光电设备、通信器材等，注册资本 100 万元。这家公司一开始就是以四川移动的普通客户存在，业务和营收能力都属一般。

2007 年 1 月，四川无线音乐基地对外"营业"的最初，谭春陵和李心泽就悄然买下了这家公司，其中谭春陵占股 92%，任董事长；李心泽占股 8%，任监事。同时，谭春陵获得了四川省通信管理局颁发的，第二类增值电信业务中的信息服务业务许可（不含固网电话信息服务），企业开始正式与四川移动数据部和无线音乐基地合作，成为一名 SP。

这也不是谭春陵和李心泽的第一次合作，早在 2003 年成立的长河广告公司中，两人就已经成为关系密切的合作伙伴。

后来，李心泽逐步退出了娱音公司股东，其重点仍在四川移动数据业务部的数据系统支撑这块，但谭春陵则一直将重点放在无线音乐基地的数字音乐支撑上。知情人士透露，最初，成都娱音的主要工作是为当时的彩铃音乐转换文件格式，工作非常繁杂，一首歌要转换成几个格式。但是之后，随着中国移动集团对于 SP 业务越来越紧，成都娱音以其"资源"优势，也逐渐完成了从 SP 向 CP 运营商角色的转换。"当时死了一大批 SP，有本事的都转 CP 了。"一位资深业内人士称。

确实，当 CP 要与中国移动合作都必须要经过成都娱音的审核，一年产值数十亿的数字音乐产业是何等诱人的一块蛋糕，谭春陵他们正是看中了这块巨大的寻租空间。

我拿到的一份娱音公司内部材料显示，2007 年当年，刚刚完成收购并拿到 SP 资格的谭春陵即让成都娱音公司成了中国移动无线音乐基地独家内容支撑公司——依托于中国移动无线音乐之城服务，展开正版数字音乐发行战略；服务范畴涉及无线音乐内容版权审核、产品设计和营销、运营支撑、无线音乐品牌建设、市场和用户分析等。

2009 年，创业板开闸，一大批中小企业上市爆炒，其中最著名的当属飞信业务支撑平台——神州泰岳。下半年，在神州泰岳上市后，成都娱音也开始筹备上市。

成都娱音直到第二轮引资完成之前，公司地址一直在成都市高新区肖家河正街 5 号，但我走访发现，该地址是一个 20 世纪 90 年代初拆迁后建成的小区，比较破旧，住的大多是拆迁户，小区管理者也透露，从来没有听说一家叫作娱音的公司在此处租住。但根据成都娱音提交的上市资料，该公司还获得了肖家河街道办事处评选的优秀纳税企业，是该街道的纳税大户，让人觉得不可思议。

我在成都娱音公司成都分公司的地址，找到了他们的办公地点，很小的办公室，大概有二三十人办公。

但成都娱音在北京市朝阳区光华路甲 8 号和乔大厦设有北京办事处，负责无线音乐基地接入 CP（内容提供商）的审批流程，审批现场则设在无线音乐基地合作管理部，位于北京市西城区武定侯街 2 号泰康国际大厦 6 层 603 中国移动无线音乐基地（北京）。

（附审批材料流程）

除公司本身的资质材料外——提交音乐内容资源清单及相关版权证明文件，版权证明文件包括词曲作者和表演者的原始授权证明——提交相关音源文件，MP3、WAV、WMA、CD 音轨格式均可，代表歌手代表作品 3 首节选

1 分钟左右片段放在商业计划书 PPT 中——填写业务申请表和单页的 PPT 评审模版——提交商业计划书（包括如下内容：公司背景及核心团队成员介绍；公司综合实力的介绍，包括对所拥有的合法版权的音乐作品详细介绍、签约歌手及其作品介绍、音乐作品的流行程度的预测和分析等；CP 自有的营销资源介绍和市场宣传推广、用户发展方案；版权合法性保障机制（团队保证和版权纠纷处理流程）；代表歌手代表作品 3 首节选 1 分钟左右片段——签约歌手、音乐创作人、制作人提供签约证明书或承诺书——无线音乐基地（北京）送审，原件现场审核。

对整个流程，负责北京公司的工作人员解释称，娱音公司只负责搜集资料，并不介入审批，审批由中国移动负责。该办事处另一位负责人在 2010 年 8 月仍在继续负责相关审批工作，每双月 10 日之前提交申请材料，“本月的申请现在已经截止，如有需要也要顺延到 10 月那一批”。根据该公司提供的 2010 年 7 月 28 日新版 CP 接入流程，成都娱音北京公司搜集的 CP 申请合作资料，将在每个双月的 20 日上现场评审会，如遇公休日顺延。

自中国移动系列案发后，业内对成都娱音能否持续服务的疑问日渐浓重，原因在于成都娱音的主营业务主要依附于与中国移动的特殊关系——它是中国移动无线音乐基地指定的中央音乐平台音乐内容运营支撑合作商。现在，这种关系正受到挑战。

如前文所述，在此前的业内生态链中，作为 CP 整合商的娱音公司，是 CP 与四川移动无线音乐基地合作中一道必过的门槛。如果这道门槛被去除，中国移动和 CP 们的合作模式必将面临新的大调整。

2011 年 4 月，当我以一个老客户的身份试探情况时，上述北京办事处的工作人员再次跟我解释，目前没有人能做主，事情基本都停了，如果我有门路最好自己寻找好的门路，或者就是继续等。而此时距李向东案发已过去一年多了。此时，成都娱音已经可以宣布结束。

易观国际研究报告显示，2010 年第二季度无线音乐市场营收中，中国移动约占 75.3%，中国联通占 16.2%，中国电信占 5.7%，无线音乐的 CP 和 SP

仅占 3.8%。很难想象，失去移动业务关系后的成都娱音，在 CP 市场还能有何作为。

而事实上，娱音也只有依附移动才能生存，因为在联通、电信，它找不到过去在移动里这样死硬的背景关系，能获得独家经营权。

蹊跷股改

时间转回到 2009 年，事业如日中天的成都娱音正为上市忙得如火如荼。从 2009 年底成都娱音提交股改申请到最终完成股改，前后费时不到 1 个月。经历过企业股改的人往往都知道，从企业内部理顺股份制结构到完成所有政策审批流程，仅 1 个月意味着什么，这足以可见当时各方对其上市的支持。

成都市政府金融办《关于成都娱音科技有限公司股改筹备上市的建议函》显示，截至 2009 年 11 月 30 日，成都娱音经审计净资产为 4458.18 万元，拟折合股本 4100 万元。按照《公司法》和《首次公开发行股票并上市管理办法》规定，新设立的股份公司需成立 3 年后才能申请上市。为了推动企业尽快上市，成都市金融办给予的建议是，建议成都娱音通过经审计净资产折合股本的方式进行企业工商变更。据工商登记资料，截至 2009 年 12 月 27 日，该公司名称已变更为“成都娱音科技股份有限公司”。

在各方大力支持火速股改的背后，还有股权转让和变更。2009 年 11 月底，原公司两个大股东杨超和谭春陵分别将 8% 和 7.5% 的股份转让给赵海丽、李宬、邹安琳、姜宇、李凌、姜再军、余峰、刘江、杨峣、李红、朱麾、黄玲，以及邦德世纪国际广告有限公司（下称邦德）等，转让完成后，股本则从 100 万股扩充为 4100 万股。

多位接近谭春陵的人士称，这轮进来的自然人股东多有各种过硬的关系和背景，不乏代持。

根据转让价格计算发现，在这一轮股权转让中，杨超和谭春陵通过转股部分账面获益 2600 多万元，转股溢价 375 倍左右。不过对杨峣、朱麾、王辉三名自然人股东，杨超和谭春陵都是“原价”转让，放弃了原始股东溢价权益，相当于这三人与原始股东一样享有后续引资带来的溢价。其中杨峣同时也被任命为成都娱音科技成都分公司负责人。

"这种'白拿'手法，是典型的利益输送手段。"一位熟悉资本运作的人士称。

比谭春陵持股更多的第一大股东杨超（37.87%），身份也颇蹊跷。出生于1977年7月的杨超，于2007年5月17日入股成都娱音时年仅30岁，当时杨超从谭春陵等人手里购买了50.5万股，超过谭春陵的49.5万股，成为第一大股东；此前谭春陵持有公司92%的股份，为绝对控股大股东，李心泽为持有另外8%股份的小股东。李心泽、谭春陵均是与张锐关系甚密的"入川三人组"成员（见前文第三章"张锐登场"）。

就在杨超入股前一周，2007年5月11日，成都娱音获得了第二类增值电信业务中的信息服务业务（不含固定网电话信息服务）经营许可证，业务覆盖范围为四川。之后成都娱音获得了四川音乐无线基地内容支撑运营合作商的3年合同，由此插上了迅猛发展的翅膀，营业收入与企业利润均逐年快速增长。

2009年12月底，成都娱音在完成第一轮股改增资后，又进行了第二轮定向增发。增发前，成都娱音股份总额4100万元，每股面值1元。根据增发扩股协议，向特定对象定向增发500万股普通股，发行价格为9.1429元/股，全部以货币现金方式认购，其中向北京弘毅泰达投资管理有限公司定向发行251.5625万股，向金石投资定向发行109.375万股，向王学芬定向发行76.5625万股，向李红定向发行62.5万股。此次定向发行完成后，公司注册资本增至4600万元，股份总额增至4600万股。

在此轮增发中，弘毅泰达投资实际出资2300万元，金石投资以每股9元入股，实际出资1000万元，王学芬实际出资700万元，李红实际出资571.4286万元。四方合计出资4571万元。

以第二轮增发价格计算，杨超和谭春陵的股权又在第一轮引资基础上溢价9倍。

附：从2009年12月9日到10日，成都两个主要审核部门完成审批流程的材料原文，独家公布如下：

成都高新区经贸发展局：

成都娱音科技有限公司（下称娱音科技）成立于2005年12月，公司设立于成都市高新区肖家河正街5号，目前员工共60余人，其中本科以上占比70%。娱音公司致力于为数字音乐发行和中国无线音乐正版化运营，在数字音乐领域具全面性和保持产业的领导地位，拥有中国最大的正版数字音乐库。2007年娱音科技成为中国移动无线音乐基地独家内容支撑公司——依托于中国无线音乐支撑服务，展开正版数字音乐发行战略；服务范畴涉及无线音乐内容版权审核、产品设计和营销、运营支撑、无线音乐品牌建设、市场和用户分析等多层面。目前在无线音乐基地已经完成400多家CP的引入及管理，100万音乐产品的引入、制作、上线及对引入150万左右内容的版权审核。

娱音公司是以推动中国数字音乐产业发展为己任，以正版数字音乐发行、数字音乐正版资产购买与销售、数字音乐生产与通信运营商支撑为核心业务的音乐文化高新企业。在互联网和通信网趋于融合，音乐文化繁荣和音乐消费数字化的大趋势下，娱音公司站在了国内数字音乐文化行业制高点上，创造了一条以正版音乐为内容的成功商业模式，成为一家国内文化创新产业的代表企业。

2007年公司被评为高新技术企业，2008年通过高新技术企业复审，2008年公司实现营业收入5181.59万元；实现利润1945.35万元；缴纳营业税280.3万元，所得税306万元：被肖家河街道办事处评为2008年度纳税大户，实现了当年引入，当年见效。娱音科技预计在2009年实现销售收入7500万元，实现税前利润4500万元，预计全年缴纳税金1091万元。对比2008年销售收入增幅为145%，税金增幅为186%。

为了适应市场发展的需要，同时在中国数字音乐领域内做大做强，起好领头羊的作用，公司拟于2010年申请在国内创业板上市，经公司股东大会决议一致通过，决定于2009年12月完成公司股份制改制工作。现特向贵局提出娱音科技有限公司变更为股份制有限公司的申请，并以审计后的净资产折合股份。恳请予以批准！

此致

敬礼！

成都娱音科技有限公司

2009年12月9日

当日，也就是2009年12月9日，成都高新区经贸发展局即向成都市金融办提交红头文件，《关于成都娱音科技有限公司变更为股份有限公司的报告》，如下：

市金融办：

成都娱音科技有限公司（以下简称“娱音科技”）成立于2005年12月，2007年被认定为高新技术企业。娱音科技拟于2010年申请创业板上市，目前已聘请券商、会计师事务所、律师事务所全面启动股份制改造工作。娱音科技请求批准其将有限责任公司变更为股份有限公司，并以审计后的净资产折合股份。如无不妥，请予审批。

特此报告。

2009年12月9日

第二天，也就是2009年12月10日，成都市政府金融办继续以政府少有的高效，立马发出变更函：

成都市人民政府金融办公室

成金融办函〔2009〕119号

市政府金融办关于成都娱音科技整体变更工商登记的函

市工商局：

成都娱音科技有限公司于2005年12月在成都市注册成立，主营业务是为中国移动无线音乐基地提供无线音乐内容引入、版权管理、信息费代结算、营销支持等服务。目前，该公司已完成改制前准备工作，拟整体变更为股份有限公司。

根据信永中和会计师事务所出具XYZH/2009CDA3029-01/01号审计报告，截至2009年11月30日，成都娱音科技有限公司经审计净资产为4458.16万元，拟折合股本4100万元。按照中联资产评估有限公司出具的中联评报字〔2009〕第681号评估报告，采用资产基础法评估，截至2009年11月30日，成都娱音科技有限公司净资产评估值为4463.76万元，与审计值基本一致。

按照国家工商总局《公司注册资本登记管理规定》第十七条规定，公司整体变更为股份公司时，"有限责任公司净资产应当由具有评估资格的资产评估作价，并由验资机构进行验资"。如果公司v按照资产评估机构评估值验资，按照《公司法》和《首次公开发行股票并上市管理办法》规定，视同新设立股份公司，需成立3年后才能申请发行股票上市。为加快上市融资进程，成都娱音科技有限公司申请按照经审计净资产值变更工商登记。

成都娱音科技有限公司是目前中国移动指定的中央音乐平台音乐内容运营支撑合作商，发展前景良好；公司股权结构清晰，主营业务增长快速，预期各项指标符合创业板上市条件。为推动我市优质企业尽快上市，建议你局按照《市政府研究有限责任整体变更为股份有限公司以审计净资产折股登记注册资本有关事宜的会议纪要》（成府阅〔2008〕65号）精神，以成都娱音科技有限公司经审计净资产变更工商登记，评估报告作为参考。

成都市政府金融工作办公室

2009年12月10日

谋求上市

2009 年 12 月，成都娱音开始进行股份制改造，新引入了 12 个投资人和一个邦德世纪国际广告公司，公司注册资本也增加到 4100 万元。

邦德世纪国际广告（北京）有限公司成立于 2006 年 7 月，注册资本 300 万元，经营范围为设计、代理、发布广告，广告策划，组织文化艺术交流，承办展览展示，影视策划，广告信息咨询。负责人名叫王峰。

第二轮引资，娱音又引入了北京弘毅泰达投资管理有限公司和金石投资公司，其余自然人股东包括杨超、谭春陵、赵海丽、李红、李宬、邹宙琳、姜宇、杨峣、姜再军、余峰、刘江、朱麾、王辉、黄玲、李凌、王学芬，一共 16 个自然人，3 个公司。

其中，定向发行了 500 万股，对象包括：北京弘毅泰达、金石投资、王学芬、李红，每股面值 1 元，发行价是 9.1429 元，全部以货币形式认购。相当于这 4 个投资人一共出资 4 571.4 万元，基本是增资之后公司注册资本金 4600 万元的全额，但是 4 家投资人的股份比例是北京弘毅泰达 5.4688%、金石投资 2.3777%、王学芬 1.6644%、李红 1.834%。

成都娱音也已经聘请了券商、会计师事务所和律师事务所全面启动对于创业板上市的冲刺。

根据成都娱音公司提交的股份制改造申请报告，该公司目前员工共有 60 余人，其中本科以上占比 70%。娱音公司致力于为数字音乐发行和中国无线音乐正版化运营，在数字音乐领域具有领导地位，拥有中国最大的正版数字音乐库。

成都娱音并没有稳定长久的办公环境，但成都娱音设立的成都分公司，在成都市中心拥有一处办公地址，可容纳二三十人，由成都娱音的一名股东杨峣负责。

通过对四川无线音乐基地的“独家”支撑，大多数 CP 要与四川移动音乐基地合作，基本都需要过娱音这一关。截至 2009 年 12 月，成都娱音在无线音乐基地已经完成了 400 多家 CP 的引入和管理，100 万音乐产品的引入、制作、上线及引入150万左右内容的版权审核。

该公司利用其资源优势，其收益能力也很让投资方看好，2007年公司被评为高新技术企业，2008年营业收入为5182万元，实现利润1945万余元。预计2009年全年销售收入为7500万元，实现税前利润4500万元，收入增幅145%。成本小收益大，商业模式稳定，已经让娱音的财务报告极其漂亮，“公司决定于2009年12月完成股份制改制工作，并拟于2010年申请在国内创业板上市”，娱音公司的上市申请称。

接近交易的人士透露，直到2009年9月，娱音的实际收入8000万元，利润5000万元。2011年收入预计1亿元，利润6000万元，而且还隐藏了一些利润以在上市后有更好表现。

金石投资人士对我们称，选择娱音也是基于其良好的财务状况。李向东案发后，成都娱音公司的高层曾经向投资人出具了一份承诺函，承诺与四川移动李向东等领导个人问题无关。

据了解，在新改制的娱音股份公司里，著名音乐人李泉和著名投资人包凡都是其独立董事。包凡向我们表示，他只是跟谭春陵认识，两人曾经一起打高尔夫时结识，于是了解了这个项目，并且帮助引入了几个投资人，但是对于这个公司并不熟悉。

但是据我们了解，成都娱音筹备上市的财务顾问正是华兴资本，也是由其组织了投资人的尽职调查。之后，中信证券也对成都娱音出具了一份投资报告，世邦广告公司负责人王峰事后即一脸郁闷地说：“我正是看了这份中信的报告才决定投资，且是真金白银地投了1000多万。”

除此之外，北青报和达晨创投，原本也是娱音科技的潜在股东，但最终没有谈成。但接近谭春陵的人士称，第一轮和邦德进来的10多个自然人都说是有各种各样的关系，甚至还有人具有高层背景。

另有知情人士透露，中信证券是娱音上市的保荐商，介入较早。这与此前其参与的备受争议的神州泰岳创业板上市案手法如出一辙，而神州泰岳此次也卷入了张春江案中。神州泰岳是移动飞信业务的独家支撑公司。

如前文所述，张春江1958年出生，籍贯山东烟台，1982年从北京邮电大学载波系毕业。其同学大多在电信行业发展，张春江是其中佼佼者。宋世存和张的前妻姬蓉均为其大学同学，三人过从甚密。据知情人士称，在神州泰岳（300002.SZ）登陆创业板之前，宋曾谋求入股，引起了证券监管方面的注意，也直接导致了其后张春江的案发。

2009 年 5 月，金石投资以货币出资 2772 万元，认购 210 万股，每股作价 13.2 元，以公司的净资产为作价基础。2009 年 6 月 8 日，公司第三次临时股东大会审议通过上述增资扩股事项。4 个月后，中信证券帮助神州泰岳提供高估报表获得 58 元每股的发行价，高达 45 元的巨大差价。此举也引发了市场上的极大争议。

戛然而止

随着李向东、李华案发，成都娱音中国移动何去何从也成为一个死结。在四川无线音乐基地内，无人敢拍板，无人敢决定。李跃上台之后，这又成为另外一个娱音将倾覆之信号。

接近成都娱音董事长谭春陵的知情人士透露，早年间，成都娱音与中国移动合作协议为三年一签，后来中国移动和外部合作伙伴的合同都改成一年一签（神州泰岳是个特例），如今正好到期。2009 年 7 月 22 日晚谭春陵赴京，与中国移动谈判续约之事，尽管他一再强调成都娱音与中国移动副总经理张春江及四川移动总经理李华等案件无关，仍无功而返。

“李向东出事之后，中国移动已无人敢拍板与成都娱音续签协议，包括李跃本人也不想续签，至今没有签成。要讲政治的话，中国移动负责人是没人敢签这个字的。这样下去，成都娱音就没法做了。”上述知情人士称。

7 月下旬，成都娱音已开始向后期引入的战略投资者陆续安排退股；与此同时，成都娱音与中国移动的合作协议也即将到期，续签事宜进展不顺。这一切都意味着成都娱音不仅 2010 年创业板上市计划几无实现可能，且因其主营业务完全依附于中国移动无线音乐基地，还面临生存危机。

2009 年创业板开闸，一大批中小企业上市被爆炒，其中最著名的当属飞信业务支撑平台神州泰岳，后该公司在年底张春江案发时备受质疑。即便如此，当时的成都娱音上市筹备仍未受影响，加速进行，成都娱音引资及筹备上市的过程与神州泰岳也颇为相似。

当时，成都娱音尚且“皇帝女儿不愁嫁”，投资人趋之若鹜。从 2009 年 11 月底始，公司在一个多月内完成了两轮增资扩股，原始股本从 100 万元急剧扩张到 4600 万元。同时于 2010 年 12 月聘请了券商、会计师事务所、律师事务所等中介机构，全面启动股份制改造与上市筹备。

不过，自李华案发以来，成都娱音面临的形势急转直下。一位在第二轮增资中进入的股东内部人士向记者透露，他们已得到成都娱音的退股承诺，娱音将按同期银行利率支付所投资金的利息。

因第二轮定向增发时，张春江已案发，多位投资者入股时，均在投资协议中作了相关的风险规避，其中便有退股的依据。

根据我获得的一份成都娱音与某投资机构签署的股权转让协议，公司在协议中承诺“在资产权属上不存在重大瑕疵”，并称公司已就音乐内容业务与中国移动四川公司签署了排他性协议，该协议在 2010 年内将持续有效并获得续约；就转让方和公司所知，“不存在任何可能导致公司无法完成股份制改造及上市的实质性障碍；公司未受到过任何行政处罚，也未有任何未决的或潜在的诉讼、仲裁、争议或处罚等。根据协议，任何一方违约，另一方有权要求违约方承担违约责任”。

而当时的状况是，成都娱音并不能保证与中国移动续签排他性合作协议，这直接造成公司改制上市的实质性障碍。达晨创投则应庆幸未陷入成都娱音泥淖。据我们了解，达晨创投曾因提出管理层对赌协议而被谭春陵否决入股。

另据我们了解，在上述新增股东中，李红的身份非常特殊。知情人士透露，在四川移动分公司总经理李华案调查中，一位在成都本地颇有名气的电信设备代理商也被涉案调查，与其同时被查的还有该代理商的妻子李红。但没多久，李红被释放。

在上述股权投资协议中，成都娱音还承诺：2009 年度税后净利润达到 5000 万元或至少不低于 5000 万元的 97%；2010 年税后净利润将达到 8000 万元或至少不低于7000万元的97%，则公司还将进一步增资至6400万元。

如今，公司营收的基础条件显然已发生重大变化，“而最大的不确定性在于业务模式还可能发生变化。一旦中国移动调整现有业务模型，娱音就将变成一条‘死鱼’了。不过，中国移动替换他们的成本也很高，两者都受损失”。前述接近谭春陵人士称。

业内人士分析，基地模式有其合理性，中国移动每年给成都娱音一笔版权费，就避免了版权纠纷问题。作为运营商，中国移动本应专注于主业，将增值服务分销出去，但这种模式又带来新的利益瓜分问题。包括四川无线音乐基地在内，中国移动共有七大基地，收与放都不是简单问题。

业内对娱音能否持续服务的疑问日渐浓重，原因在于娱音的主营业务主要依附于与中国移动的特殊关系——它是中国移动无线音乐基地指定的中央音乐平台音乐内容运营支撑合作商。皮之不存，毛将焉附？

《新世纪》周刊的《电信隐性人》报道于2010年7月刊出，揭开了成都娱音的股东背景以及与中国移动腐败案千丝万缕的联系，这引发了行业内很大震动，也引起了市场对娱音更大的怀疑。娱音也不得不开始向各大股东安排退股。

2010年8月，娱音的一个股东告诉我们：“两三个星期前我们下面公司就打报告上来说退股的事了，大家都退，包括金石投资。代持的很多，我们这没有代持的，跟风搭车来投的有，我们只投了1000多万，你说2000多万里还有跟风投的人。代持是另一种，都是自然人代持，要不将来解套麻烦。”

“当时投资是他们找的我们，可能是以为我们有关系。这交易我当时就不同意，这里面肯定有问题。”上述投资人一脸悔意地说，“我跟他们要过保证函，保证跟李向东等没关系，他们答应了，说让律师拟，一直拖到现在没给。当时神州泰岳都出事了，我碍于另一个合伙人面子，也以为能挣钱，就投了，但留了个心眼，要求他们在结案前或有明确结论前不能动这笔资金。所以这钱没动，现在你们报道出了，我们更有理由退股了。”

在他眼里，中国每个创业板上市公司都有问题。

神秘接替者

“钱还拿不回来，成都娱音的资产都被冻结了，没办法。”邦德广告公司的负责人王峰一再抱怨。虽然，部分股东透露已拿到成都娱音的退股承诺函，但王峰对此一无所知。

在两轮引资进来的很多新股东中，不乏像王峰那样被中信投资报告吸引的跟投者，但更多的是特殊关系者。成都娱音何以一度备受投资人追捧？首先是盈利能力令人艳羡。成都娱音虽然只有60多名员工，但中国移动将年收入上百亿元的无线音乐基地放在四川，而它是音乐基地的独家内容支撑服务商。

自四川移动窝案案发，从2010年下半年以来，很多音乐人、音乐内容提供商都无法向移动12530正常上传新歌了。除了少数大牌歌曲或者“红色歌曲”可以特办，中国移动无线音乐基地正常的音乐上传业务程序基本暂停。

据了解，其原因，一是自2010年11月起，成都娱音与中国移动合约续签的问题一直悬而未明；二是中国移动业务整体调整方案未定。直到2011年4月底，一家新公司——中国海峡环球已确定替代成都娱音，成为了中国移动无线音乐基地新的独家音乐内容运营支撑合作商，娱音命运就此定局。

如前文所述，2010年7月间，成都娱音负责人谭春陵曾赴京与中国移动谈判续约之事，无功而返。2010年秋，谭春陵主动向警方交代，他曾提供给李向东使用的账户上无故多出了巨额资金。谭称曾向李向东提供一银行卡，卡内预存了200万元。李向东出逃之后，谭在查询账号时发现，这一账户余额已从200万元激增至2000万元。此后，谭春陵被卷入相关调查，成都娱音资金被冻结。

这样的结局，是2009年追捧成都娱音的股东、投资人，以及当地各政府部门都始料未及的。

2011年4月底，一家名为“海峡环球”的公司悄然接替成都娱音，暂时被指定成为中国移动无线音乐基地音乐内容运营支撑合作商。至此，成都娱音主营业务彻底终结，公司也遣散。

然而对于海峡环球这家公司，业内知之甚少，其从未从事过相关音乐业务，合作者甚至也不知道此公司的运营状况，仅从中国移动数据部的通知中得知一二。

可笑的是，这家公司直到当年 4 月准备接替成都娱音时仍未完成工商注册。我们在中国工商总局系统也未查到这家公司的任何信息。这样的公司与成都娱音何异？不过是换了个分蛋糕的利益集团。

事后，我们借这件事，于 5 月 31 日发表了一篇评论《电信反腐不是重分利益蛋糕》，主旨鲜明地反对这样不透明继续寻租的分利行为。“截至目前，就尚在途中的这场已持续一年半的反腐行动而言，答案是显而易见的，垄断一如既往，关系化生存模式未有本质变化，变化的不过是具体的人和寄生的企业名称，以及寄生方式。”

直到 2011 年 7 月，一家 CP 负责人透露，“现在那边还是乱着的，原来的娱音，现在分成了两个，一个是海峡环球，另外一个是律师事务所”。他所说的那边正是中国移动无线音乐基地的数字音乐服务。

在我们的批评声中，海峡环球暂时没有签署最终协议，由于不了解业务操作细节，他们也无法正常干活。同时，四川移动找到成都一家律师事务所负责所有的版权审核、纠纷处理等法律上的事，这应该是一种进步，专业机构解决专业问题，这家律师事务所目前已经开始服务于无线音乐基地。

既然这样，那类似成都娱音这样的公司还能干什么？由于成都娱音的变故，很久没有人干具体的琐事，很多音乐上传的工作都积压了下来。而一些娱音的老人接下来调到哪里，哪些人留在新接盘公司，哪些人被遣散应该支付遣散费，都成为一些难以解决的细节问题。“我们积压了半年的歌曲，几百首歌曲，都没上线。”相关企业里充斥着各种类似抱怨：

“现在等于瘫痪了，移动的老人也都糊里糊涂，没人愿意去管这些琐事。”

“流程不清楚，没人去处理，是中国移动现在的情况。”

“现在才结算到 1 月份的收入，2 月份都还没给呢。”

“具体的活，原来都是娱音去做的。娱音处理不干净，海峡环球接不上。”

“例如，一首歌曲上线，要转换成 15 种铃音格式，都是些具体的细节的工作，移动才不会去做这些琐事呢。”

“审核，已经交给律师事务所了，他们在做事情的，这块没问题，审核之后的事情，没人做，所以瘫痪。”

“娱音的遣散费，据说还有好多没给呢。公司完蛋，不能把人辞退就完事呀，《劳动法》有规定的，要有一定赔偿的。”

抱怨归抱怨，外行人继续干着内行事，分着行业之羹，这在垄断的电信领域，游戏规则并没有实质性改变，更多这个利益链条上的中小企业只能毫无话语权地顺从。

第九章

重新思考卓望模式

原意既要加强SP监管又要开一个融资共建体制创新之口的卓望模式大调整，意味着过去多年，中国移动在SP管控上的新尝试被全面否定，并重新进入新的洗牌。

卓望试验

中国移动从未放弃进军互联网的野心，也不甘于在电信增值领域只做一个开放平台。随着电信增值服务收入的增长，它越来越希望扩大自己的统治力。从2004年开始，中国移动通过卓望开始做实和收拢对SP的管理，并试图闯出一条路，但效果不彰；从2006年开始，中国移动又推出基地模式，鼓励省公司竞争新业务基地。四川移动脱颖而出，成为中国移动的无线音乐基地。

卓望最早设立于2000年，主要成立了卓望数码技术（深圳）有限公司（下称卓望数码）、卓望信息网络（深圳）有限公司（下称卓望深圳）两家公司。它们均由2000年6月5日中国移动在开曼群岛发起设立的卓望控股有限公司（下称卓望控股）控制。

2004年，卓望信息技术（北京）有限公司（下称卓望信息）成立，又称为移动梦网运营支撑中心，它成为最早的 SP 大管家，是卓望控股的全资子公司。

卓望设立之初，就希望成为一个融资平台，并作为体制创新的试验田。因此，卓望控股成立不到两年，便陆续引入美林、沃达丰和 HP（惠普）等财务股东，合计占股 20% 多，中国移动控股 70% 多。不过，据中国移动内部人士透露，这里引入的美林背景复杂，实际上是美林与前女排国手杨希联合投资。当时参与交易的人士则称，当时美林入资中国移动为杨希引荐，因此安排了股份。

一家外资股东的内部人士曾向我们透露，中国移动谋划互联网发展策略，曾请麦肯锡作了半年研究。麦肯锡设计了 3 条道路。一种是自己做，但国企没有机制和人才，没有做互联网成功的先例，一些省公司尝试过也未能成功；第二条路是收购，当时腾讯才估值 150 亿元，要价 300 亿元，但中国移动不舍得，也担心买进后管不好；第三条路就是引入外资做。

中国移动选了第三条路。经过中国移动党组会反复讨论、评审后，外资股东进入谈判。为了在企业中引入人才，并建立符合互联网发展规律的治理机制，外方股东提出设立 10% ~ 20% 的期权计划，一部分送，一部分买。董事会亦曾计划要独立上市，但仍碍于国企的决策机制。据这位外资股东透露，期权计划与上市计划均未能执行。

在卓望信息成立之后，中国移动与 SP 的合作大多通过卓望信息签约，比如飞信业务，神州泰岳就是与卓望信息合作。只有少数公司如 12580 直接与中国移动合作，还有部分 SP 则与地方基地签约，比如成都娱音和迅捷音翔。

在此之前，中国移动省公司曾一度获得结算权，但 SP 改成与卓望信息签约后，意味着收入又归总到总部。而卓望信息将所得收益，与中国移动按五五分成。很多 SP 对此还颇为不满："他们都不做什么事，就是分钱。"

不过，据一位卓望信息前高管透露，公司的主营业务还是手机报，80% 的业务和收入都来源于此。手机报共有 6000 万用户，每个用户收费 3 元 / 月，一个月收入就近 2 亿元，而且内容都是跟各个媒体合作，由媒体免费或低价提供，基本上没多少成本。仅 2010 年一年，卓望信息员工从 300 人很快扩张到 1000 人，收入就高达 20 亿元。按协议，中国移动可分走 10 亿元。

但另据我们了解，从2011年开始，卓望信息也从过去的分成模式改成了劳务支撑费的模式，即中国移动每年包干5000万元给卓望信息，其余收入全部上交中国移动。由于叶兵涉案，一直留在账上的数十亿元股东可分配利润暂未分配。

但或许是赚钱太容易了，除了依靠中国移动用户资源的手机报，卓望信息未能在互联网开疆扩土。而且由于激励机制不足，人员不断流失。前述外资股东人士评价说，卓望是中国移动内部最贴近市场化的，但和真正的市场化公司相比还差得远，加上外部调查，现在已经很难做了。据多位业内人士称，手机报在央视大火等报道上失控遭批，以及无线音乐基地李向东腐败案均是导致马力案发的导火索。

不过，卓望的外资股东也否认了外界关于中国移动有意让外资股东撤股的传言，外资股东目前也无意撤出。

2010年5月底接任中国移动总经理的李跃已从卓望开刀，开始对SP进行大手术。2011年上半年短短几个月时间，卓望系公司已基本完成重组，原有的卓望控股有限公司旗下4家公司：卓望数码、卓望深圳、卓望信息、卓望139社区整合成一家公司，全部整合到卓望信息名下，再下设飞信事业部、创新业务事业部、互联网事业部、新媒体事业部等八大事业部。

根据现有整合方案，卓望信息成为了主要的整合平台，但原卓望信息的人士则认为，如此整合是卓望信息亏了，因为这是原来最挣钱的公司，公司老总在整合之后只能担任一个事业部的负责人，从级别上来说跟降级没什么区别。

神秘股东杨希

在调查和研究卓望模式的过程中，我们得知了更让人吃惊的消息。中国移动腐败案办案人员正在调查外资股东的真实身份，然而其复杂的海外股权结构却始终难为外界所知。

如前文所述，“卓望系”最早设立于2000年。2000年6月5日，中国移动在开曼群岛发起设立卓望控股有限公司，同时也在海外做了复杂和神秘的多层投资结构，其中下设包括注册在英属维尔京群岛的渴望有限公司。渴望有限公司（ASPIRE（BVI）LIMITED）成立于当年6月7日。

同年，卓望数码、卓望深圳两家公司成立，股东均为渴望。

2004年，卓望控股全资持有的卓望信息成立，随之成为最早的SP大管家，又称为移动梦网运营支撑中心。

卓望控股成立不到两年，便陆续引入美林、沃达丰和HP（惠普）等财务股东，合计占股20%多，中国移动控股70%多。其中，美林是第一个引入的外资股东，其他都为跟投，同时，美林也是最主要的外资股东。

但此间引入的外资方美林背景复杂，实际上是美林通过复杂结构安排的一家旗下基金与前女排国手杨希联合投资。当时参与交易的人士称，当时美林入资中国移动即为杨希引荐，因此给杨希安排了股份。公开资料显示，引美林入股的杨希曾与北京市邮电局合作开发著名的贡院六号，但似乎这个项目做得并不是那么成功。杨希还与信息产业部前部长吴基传、中组部前副部长刘泽彭及孙晋芳等发起山花网球基金，资助贫困儿童从事网球训练。

作为中国移动体制改革试验田的中国移动下属企业卓望控股，随着重组开始，原CEO叶兵涉案被查，其背后纷繁复杂的股东关系也被纳入了调查范围，诸多外资股东身份清理、何去何从都已成难题。

杨希何许人也？我们从很多渠道得知，她在与前夫——男排前国手韩小力离婚之后已与刘泽彭共结连理。凤凰卫视当家花旦刘芳正是杨希的继女。

自她退役之后，她的创富故事就成了一个谜，关于她发家于海南和香港炒房地产等的多种传言都在业界流传。但她被公众记住的，仍然是她作为中国女排"五连冠"成员之一，也是中国女排第一张娃娃脸，因为长相似日本影星山口百惠而曾经备受球迷的追捧。

根据当时各种公开的媒体信息，杨希作为女排国手的形象能基本清晰，但退役之后的暴富即已成谜。

她在郎平出现之前与张蓉芳打对角的主攻，但两人技术特点极为相似。1979年，杨希由于伤病休养了一段时间。后来，虽然当时中国队的主攻一号是杨希，但在郎平出现后，袁伟民让郎平取代的是杨希而不是张蓉芳，从此杨希坐在了替补席上，但角色仍然重要，也继续接受着日本和国内球迷的追捧。

1982年世锦赛后，杨希退役并嫁人，在自己做主力期间未获三大赛奖牌，后以替补身份享受了两次夺金牌的喜悦之后，杨希结束了她的体育生涯，转而跟随丈夫韩小力赴美国先求学后从商。

20多年前的一期《家庭》杂志里，记载了杨希与韩小力结为伉俪的故事。据《家庭》杂志记载，韩小力1954年出生，比杨希大两岁，身高1.90米，比杨希高0.11米，1973年任“八一”男排主力，1976年调入国家男排，1979年挂靴隐退，在“八一”集训队科研所工作。最早看上杨希，希望她做自己儿媳妇的正是韩小力的父亲韩复东。于是，有人受韩复东之托，向杨希提亲。

杨希本人也是出身书香门第，她的爸爸杨克，当时还担任中国政法大学党委书记。杨希与韩小力后生有一子，名字叫韩杨，是取夫妻俩的姓而得。在从商之前，杨希还曾担任“八一”集训队训练处处长。

回国后杨希开始投身房地产，1993年成立了腾达房地产开发有限公司，参与了北京早期的房地产开发。很快，她成为老女排中的富姐，坐拥众多地产。在中国女排2004年再次夺冠后，杨希还请全体教练和队员在北京吃过一顿鲍翅大餐。

腾达房地产开发公司属于京港合资企业，京方是北京市能达开发贸易公司（法人代表俞国林，1993年签字的是王力民），港方是香港新宇置业有限公司（董事长杨希）。投资总额1300万美元，注册资本520万美元，董事长杨希，副董事长王力民，总经理韩小力。

双方合作，在大兴黄村北部进行商住综合小区开发。占地范围10.47公顷，总建筑面积30万平方米，总投资6206万美元，注册资本2068万美元，注册资本之外的投资由新宇置业筹集解决。合作利润分成是北京市能达占10%，香港新宇占90%。2003年9月项目建议书里写的是：征地157亩。这应该成了杨希从事房地产开发后的第一桶金。

当时开发著名的贡院六号的公司是北京绿都源房地产公司。这家公司在香港登记以前的名字是“港盈置业有限公司”(1992年11月成立，注册资本1万港币，杨希和韩小力各50%，2002年2月更名为绿都源房地产开发有限公司)。

北京绿都源成立于1998年，注册资本1000万元，海口大都置业有限公司出资580万元，北京邮政局出资420万元(法人代表谭小为)，均为现金出资。在杨希夫妇旗下大多都是房地产公司，与科技与信息相关的公司屈指可数。开发贡院六号的北京绿都源房地产公司，也是最早能追溯到的杨希与电信系统的关联。

而杨希旗下另一家北京霄云绿都房地产开发有限公司，还与国内著名房地产商任志强所任职的华远地产发生了关联。该公司注册资本为5000万元，其中由海口大都置业有限公司出资4900万元(海口大都的法人代表为韩小力，成立于1996年5月，注册资本2000万元)、海南网汇通信息网络开发有限公司出资100万元(法人代表金晓春，注册资本500万元，2000年成立)。

2007年4月，发生了股权变更，北京市华远地产股份有限公司(2008年4月更名为北京市花园置业有限公司)2750万元占55%，海口大都置业2200万元，海南网汇通50万元。变更后董事杨希、韩小力、许智来、刘康、窦志康，监事袁绍华，经理许智来。

其中，除了杨希夫妇之外，许智来、刘康、窦志康，监事袁绍华均来自华远地产。直到现在，致电杨希的绿都房地产公司，接线都直接通往华远集团。

139之败

真正尝试互联网的期权激励模式来做互联网的是139。但与卓望一样，同样没能在互联网闯出新路。

卓望旗下的139业务成为此次受到冲击最大的业务。如今，139业务的具体运营已交还给广东移动互联网基地，139互联公司则已于2010年底注销。

卓望139移动互联网科技(北京)有限公司，于2009年10月成立，投资总额2000万美元，注册资本800万美元。股东为：139移动互联（香港）有限公司，法人代表叶兵。2010年8月139移动互联（香港）有限公司董事会决定，由于本股东的投资款无法到位，公司经营目的无法实现，注销。2010年12月公司董事会同意注销。

该香港公司其实是139的实际控制人，但139持牌运营公司为139移动互联网信息服务（北京）有限公司，该公司于2008年11月成立，注册资本1000万元。2008年11月第一期出资是200万元，2009年6月完成第二期出资。叶兵、张晓明、涂志森、罗川、陈瑞卿5人各160万元，张鹏200万元，几位均为卓望的管理人员。罗川正是当时被以体制创新“股权激励”为条件吸引加入中国移动系统的“互联网疯子”，名噪一时。

但我们多方了解的情况是，持牌公司的个人股东并非真实所有，实际操作的管理层持股激励比例不能超过10%，这一公司结构的设立是为了规避对于电信业务相关的外资禁入的一些监管政策，139公司实际采取的也是新浪模式，北京持牌公司虽名义是个人股东，其实通过协议控制，实际控制人为香港139。

2010年，因腐败问题而引发的更为严格的延伸审计中，审计署曾对这一结构表示过疑惑，并要求研究可行性，之后在经过董事会反复讨论之后，李跃还是决定放弃这一模式。

139模式创立以来实际也一直未实现盈利，2008年的年检财报显示其净利亏损仍高达1866万元。

一位曾帮139融资的投资人则坦言，通常牌照公司保持这个壳就可以了，也没有多少收入和利润。139之所以没做成并非其没有做好，而是新推出的几项业务139说客、社区都需要很大的投入，互联网是需要烧钱的，尤其是社区网站139业务是从广东做起来的，很多试点业务都是广东做起来的，但移动没有多大投入，好像只有1000万美元。广东、辽宁等地方发免费短信吸引用户，但用户来了没有社区氛围，没有四五千万活跃用户支撑不下来。

“一个网站得3000万美金投资，推广不够，用户积累不够，所以做不起来。他们内部觉得投入大，但是和互联网公司相比就不大。”上述投资人称。

早期，为了显示中国移动在互联网业务的决心，他们也希望从互联网业界找有眼光与能力的人来经营 139，著名的“互联网疯子”一词就被王建宙在一次演讲中提及。原微软 MSN 中国负责人罗川这一“疯子”也因此进入中国移动视野，罗川加入 139，成为 COO，使得这家公司在 2008 年 11 月最终成立。

当时王建宙给予了最大的支持，“允许做，允许错，保证环境宽松”，还许诺 139 单独上市的可能。

但在中国移动种种痼疾之下，139 对于体制之内的底线突破尝试最终没有成功。叶兵曾经对运营商和互联网公司差别的形容，其实已经准确预测到了 139 的结局：作为移动通信商追求稳健发展，好是基础；而互联网公司追求又快又好，快是根本。显然，在更注重安全审查的国有体系下，139 无论如何也快不了。

接近中国移动数据部的人士也称，139 最创新、最有前途的业务即 139 说客，类似于手机微博，比新浪微博还要早，而且目前是唯一可以打通几大主要微博平台同时推送的手机平台。新浪微博都还没挣钱，139 说客更没那么快挣钱了，但是前景应该不错。然而，139 说客尽管出现更早，但如今与新浪微博的差距早已不可同日而语。

王建宙也曾有言，在中国移动之前还没有大型国企有成功运营互联网的经验，现在看来，中国移动并没创造奇迹。

无论如何，总体而言，不管是依靠资源优势盈利能力超强的卓望信息，还是尚未盈利的 139，在此轮打击和整顿调整之中，卓望的这次所谓离市场化最近的一次尝试以失败告终。这其中根本原因仍在于机制的不完善，以及在“四不像”的格局下，总体大势和决策都无法改变。

去留 SP

尽管有种种问题，但增值业务在中国移动业务板块中地位日益重要[illegible]是既成现实。中国移动 2010 年年报披露，增值业务收入达到 1514 亿元，[illegible]比

增长 15.2%，增值业务收入占营运收入的比例进一步提高到 31.2%。短信、彩铃、彩信等业务继续在增值业务收入中发挥重要贡献作用。其中，无线音乐（含彩铃）收入超过 203 亿元。

这也带来了 SP 领域长期的收入增长动力，也一度被市场非常看好。但 11 年来，中国移动一直试图为电信增值服务找到一条正确的发展路径，从最初的放开，到规范与收紧，再到试图收回部分业务自己做，兜兜转转，似乎陷入一个尴尬境地：一放就乱，一收就腐。而在 SP 领域里呈现的趋势是，真正有创新能力的大公司在逐渐远离，靠关系上位的公司有如韭菜，割完一茬又生一茬。何去何从，成为此轮中国移动从内部调整到外部互联网行业发展大势下，大变局中的重点。

中国移动自身从未能造就一家真正的市场化公司嵌入互联网领域。2011 年上半年，随着中国移动全面收紧对 SP 的管理，又有大批 SP 人开始转投互联网。

SP 出路何在？在多位业内资深人士看来，中国移动早期推出的移动梦网创业计划，是开放式平台，合作分成亦极大激励了创业者的热情，这原本是一个符合互联网发展规律的发展模式，只是后来在各种压力及国企固有的制度性问题影响下走偏了。

一位 2005 年入行的 SP 人至今回忆起走过的这些年，仍有些沮丧，他用入错行来形容自己的处境，因为进入时已错过了 SP 最混乱也最开放的时期，之后是那些苦苦挣扎受制于运营商，又毫无关系背景的 SP。

2011 年这半年来，也是他经历过 SP 人转型最多的时期之一，但是这次转型有点不一样的是，大家普遍都投向了互联网行业，兴起于移动互联网新趋势，[illegible]于中国移动对 SP 全面回收和政策调整的影响。“现在大家都想能绕开[illegible]的，就绕开运营商，绕不开的比如必须要支付环节从话费扣就还是得[illegible]是其他环节，比如做客户端，我就根本不需要通过运营商的通道了[illegible]果和 Andirod 的系统客户端。”

[illegible]中国移动一再强调要正视移动互联网的趋势和影响，但是其无论在数[illegible]，还是直接与终端客户打交道的能力上都难以与真正的市场化公司

匹敌。移动互联网和客户端新的趋势是全面开放的，是平台性的，这也颇类似中国移动最早期开放 SP 的新兴局面，但中国移动对 SP 再次选择关门并不见得是其全面拥抱移动互联网的正向举动。

资深互联网人谢文回忆，20 世纪 80 年代末至 90 年代中期，中国电信已经引入了无线设备，当时设备已经具备了短信功能，但长达五六年的时间都没有使用。20 世纪 90 年代末，随着第一轮互联网热潮的兴起，电信的高管也开始反思。在此之前，电信运营商上下对自我的定位都很清楚，就是做通道，即电信主营业务，在他们看来那是知己所长也知己所短。

放开增值服务在当时被认为很有魄力，也是非常对的一件事，既带动了业务的新增长点，又刺激了一个行业的发展。

20 世纪 90 年代末出现了一系列北邮系公司，著名的北京中泽北邮通信技术股份有限公司、鸿联系公司，都是第一批进入并发起且持续至今的 SP，这些公司还有着 SP 系统的"黄埔军校"之称。

21 世纪初，新兴的互联网行业在第一轮泡沫中举步维艰，2003 年、2004 年前，整个中国互联网业都未找到明确的商业模式，只在各种可能的新兴业务中摸索前进。随着增值业务的出现，中国移动给互联网提供了一个很大的营收平台，为其转变盈利模式，获得盈利提前了至少 1 至 3 年，也使得 2003 年之后，互联网出现了一批上市潮。

"TOM、空中网都是第一批介入，现在仍存在，以前这块来自 SP 的收入可超过 1/3，现在没那么高了。"接近中国移动数据部的一位人士透露，当时数据部的人也都忙疯了，找合作的人每天都排成长队，晚上都常常加班到 10 点半，现在的数据部都没有做事了，没有心思做事，也没有动力做事了。

"中国移动开放 SP 业务是一历史性功绩，这是必须肯定的。"多位资深互联网和 SP 从业者都如此评价。出现的问题是前进中的问题，而不是开放的问题，在乱局之中，一切回收，彻底切断，或许可以快刀斩乱麻，但是于行业的创新和发展并无实际益处。

中国移动并非没有规范，中国移动梦网 SP 合作管理办法已出台并不断完善了多个版本，且各省也会根据集团的规定制定各省的具体考核办法。

2010年10月18日，中国移动又对移动梦网合作伙伴公司级信用管理机制、业务日常考核退出等管理规定进一步补充完善，扩大了联动范围，也有了更严格的考核标准。

这些年来，每年中国移动都要对一批SP企业进行清查和惩处，确实也在一定程度上规范了SP的运作，抬高了SP的违规成本。然而，并未解决其因寄生与寻租而产生的新问题。

一旦与中国移动结成联盟，这种考核与规范或就不那么奏效，即便公开处罚过，有的也未必对公司实际运营造成影响。

前文所述网秦一例即为典型。2011年3月15日，网秦准备递交上市申请的前一天，央视“3·15晚会”曝光网秦与北京飞流九天科技有限公司串通，强制用户消费，是恶意的流氓软件。当晚工信部即指示3家运营商对网秦应用软件下线处理，后诺基亚宣布停止预绑定合作。网秦的强行扣费往往通过天津易达通实现。但天津易达通作为中国移动梦网全网接入SP，几乎没有遭遇任何处罚，这在中国移动近年来频频整顿SP的背景下显得极为罕见。同时，在5月5日，网秦于美国正式挂牌上市前，三大运营商已经陆续恢复上线。

王雷雷在TOM红火期间，旗下业务很少被公开惩处，最严格的一次是2006年，广东移动通报雷霆无极因违规操作引发客户投诉后进行整改。但此后不久，2007年即又在广东省移动的考核中被评为优秀评级。

2008年9月，王雷雷离开TOM前往空中网，2010年3月，雷霆万钧被中国移动通报进入黑名单，清退TOM音乐、社会新闻等15项具体业务。

2010年7月，中国移动又罕见地公开了北京雷霆万钧和联动优势的“自消费”作弊行为。但这种批评对企业仍毫无惩戒力度。

这些权限却开辟了寻租空间，一位SP企业里专门对接运营商的职员称，在处理某种可能要因违规扣分的问题时，曾被中国移动数据部一位人士私下告诫：“此事可算违规，也可以不算，就看我们怎么看。”最终，该同事没有接话也没有送礼，该问题则被作违规处理。“其实他就是暗示我要送礼了，只是我装作不知道。”

2007 年，当时的信产部再度曝光了 13 家违规 SP，其中即包括北京雷霆万钧（TOM）和深圳腾讯，相关违规行为都涉及业务名称与业务内容不相符、虚假宣传等类似“代收费”事项。

即便至今，腾讯这类网站，仍有很大一部分 SP 收入是来自代收费。这实际是帮助打通灰色服务的支付环节，获得提成，代理服务的资格完全靠与运营商的关系、回扣来维持。这种业务在高回报、低风险、低管理环境下的确存在很多问题。

与此同时，用户使用量的数据在最初的几年本来也是透明可查，后来也变成不透明，一般以移动宣布的数量为结算标准。2005 年底之后分成也改成了 3 比 7，2006 年之后，更进一步提升为 4 比 6，收益一步步地降低、成本提升，使大家逐渐形成共识，SP 不能做了，没钱可赚了，唯一可做的就是代收费。所谓 SP 的代收费，就是很多不大合法的服务，比如黄色信息拿不到接入号，但是可以通过合法服务的接入号转接过去，这意味着服务申请名不符实。

随着互联网的发展，中国移动资深人士也逐渐意识到，SP 也就那么回事，因为必须到我这里来审批报备，就转而认为与其让别人吃，不如自己吃。而底下掌握资格审批权的人干脆成立各种关联公司来吃，SP 的竞争格局逐渐腐化，发生了一种恶劣的转变。

“短短的两年时间，一个本来具有进步意义的好业务与商业模式，因为体制问题而毁掉，这是一个典型的例子。”在谢文（资深互联网人）看来，现在的 SP 为什么会高度同质化、高度利益化、高度暗箱操作，是一个值得反思的问题。移动互联网和客户端的趋势是全面开放的，如果中国移动将 SP 全部收回来自己做是逆潮流而动，只能将自己做死，应该改的是管理规范，让游戏规则清晰化、透明化，“只有开放，才能做好”。

第十章 向左走，向右走

向左走，还是向右走；活着，还是死去？就像一道哲学命题摆在运营商面前，只是他们已经没得选，能选的路只有一条，在现有体制不能改变的前提下，硬着头皮、咬着牙继续上。有的人，不管是因为女人还是因为金钱，都已经无可挽回地将在监狱“开会”了，有的人早已学会明哲保身，有的人则已准备转身离去。留下的人的能力与明天，只有等待下一个段历史去证明。

树欲静而风不止

对中移动来说，反腐是手段还是目的，很多人也开始反思这个问题。2011 年下半年，在经历了几个月的表面平静之后，年末，又迎来了新的一轮不平静，用过山车来形容企业的人的心情，是一点也不为过了。

还记得这两年的窝案风暴的几个重要时间点吧，2009 年 12 月，张春江落马之后，2010 年 3 月，四川移动音乐无线基地总经理李向东携款潜逃，引发真正的窝案风暴；2010 年 4 月，中移动数据部副总经理马力被查，中移动又在沉寂一段时间之后卷入新的漩涡。

2012 年，又到春节后。2 月 28 日晚，鲁向东被吉林省检察院带离北京，接受调查，再次震惊业内。春天似乎注定是中移动特别难熬的季节。

事发突然，令接近鲁向东的知情者都非常震惊。自 2010 年初，中移动原党组书记张春江案发后，多位中移动高层陆续涉案被查，尤其是中移动的数据业务成为腐败和调查的“重地”，长期主管数据业务的鲁向东就一直处于各种传言之中。鲁向东也曾对友人说，他绝对不会出事。

2011 年底，中纪委已做中移动腐败窝案总结报告，多位中央领导也对此报告也作了批示，要求整改（详见附录之《中移动整转改》）。此事看似已基本定调，而原本一直处于边控状态的鲁向东，也已被解除边控，可出国公务。在此之前，鲁向东已出入香港公干多次。

根据工作计划，3 月中下旬，鲁向东还将要随一公务团赴美，此次赴美与他分管的计划部和采购部业务有关，他将参观和考察美国包括 IBM 在内的多家大型跨国企业，停留多日。然而，由于 2 月 28 日晚上，吉林检察院突击式将鲁向东带走，该团是否能继续顺利出行也变得未知。

此案是由最高人民检察院交吉林省检察院反贪局办理。与张春江、李华等高层的案件不同，鲁向东案并未通过中纪委，而是直接由检察院执行，显示该案已被掌握重要证据。

我在 2 月 29 日得知此消息时，也非常震惊，并围绕此展开了求证，在 100% 确证无疑之下，第一时间在财新网发表了独家报道。也许因为过去两年在这一问题报道上发表了很多独家且经起了历史证实的首发报道，大多数熟悉我的读者在震惊之余也并未对此表示怀疑。

不过，报道的发表背后，还有些很有意思的细节。3 月 1 日下午 5 点 22 分左右，我的报道《中移动副总鲁向东被调查》独家首发刊登在财新网上。此时，中移动领导却都在紧张地等待 48 小时限。谁都知道，人被拘 48 个小时后意味着什么。

两天前，2 月 28 日下午 5 点多，吉林省检察院人员悄然抵达北京，控制了鲁向东，过于突然，甚至都出乎公司所有领导意料，但没有人敢轻举妄动，也没有向香港联交所报告。根据上市规定，作为上市公司，高管的任何变动都必须给予公告。因为没有 48 小时，他们心里也没有底，这一次吉林省检察院的突击调查到底有多大回旋余地。

而几乎就在48小时的同时，我们报道出来，也引发了很多猜测，一些中移动的朋友向我咨询为何这么巧合，是否获得了授意。他们也因为尚未得到更高层面的“上市公告”允许，我们的报道很快被撤。直到当天晚上，熬过了48个小时，同时，香港联交所也向中移动发了咨询函，中移动向上级领导征得许可，最终发布了证实鲁向东因为涉嫌经济问题，正在协助司法机关调查的公告。

我注意到，公告称，鲁向东因为涉嫌经济问题正在协助司法机关调查，而不是“有关部门”（2009年的张春江被查公告里，用的是“正接受有关部门调查”，即仍处于中纪委调查的阶段）。这也与我们的报道一致，直接进入司法程序，却是案件本身回旋余地已很小很小的证明。

另外一个细节是中国移动终端部总经理吴唯宁已于2011年11月底被吉林省检察院直接带走接受调查。同样是吉林省检察院，是否有何关联，当时难以定论，但是依据中国司法部门惯往案件的侦办情况，这两案同属一案的可能性极大。加之吴唯宁与鲁向东的关系并不一般。

而吴唯宁的涉案也牵扯了一家上市公司，福建新大陆电脑股份有限公司（000997.SZ，下称新大陆）。12月3日，该公司曾公告称：“经查实大陆董事梁键先生因涉嫌经济犯罪，被司法机关批准逮捕。鉴于该事项目前尚处于侦查阶段，公司将关注事项进展并及时依法披露相关信息。目前，公司经营情况正常。”

这则公告未引起投资者太大关注，但此案正与吴唯宁的被查有关。在吴唯宁被带走之前，该公司一位高管已经被协助调查十余日。

新大陆1999年6月8日经福建省人民政府以闽政体股[1999]10号文批准，是由原福建新大陆电脑有限公司依法变更而成立的股份有限公司，有六大发起人股东，包括福建省新大陆发展有限公司、福建新大陆生物技术有限公司、福建新大陆药业有限公司、福建新大陆光电薄膜有限公司、福州开发区新大陆置业有限公司、北京科希盟科技集团。该公司主要从事卡系列机具和金融、通信等行业应用软件的开发及服务。

接近吴唯宁的人士透露，吴唯宁最早曾在福建移动通信局负责计费工作，当时福建省移动通信局局长为鲁向东。上世纪末，随着中国移动集团公司的成立，鲁向东被调任中移动担任副总裁，吴唯宁也被跟随调往中国移动集团出任计费中心主任。鲁向东曾长期分管数据和计费业务，直到2010年，中国移动高层发生较大人事变动。

吴唯宁在中国移动担任计费中心主任之后，又被调往广西移动，担任总经理。直到2010年，调任中国移动集团终端部担任部长。2011年10月28日，中国移动将终端公司独立，吴唯宁担任终端公司总经理，但就在该公司刚刚正式挂牌一个月，吴唯宁因涉案被检察院带走调查。

他之所以后来去了广西，后来又从广西调回总部，在中国移动内部还有一种说法，即跟他的家庭有关，这也是为什么吴唯宁涉案，很多人也认为很冤，因为都是为了女人。

吴唯宁在很多同事看来老实、谨慎，苦孩子出身，很珍惜工作很努力，也很重情义。2000年，当吴唯宁调到北京后，他仍把前妻在北京的工作安顿好，最后也几乎是净身出户。而他与前妻的亲生女儿在很小时，也曾因为在一次发烧中耽误了病情，留下了一些后遗症，长期靠药物治疗。现任妻子的孩子，他也尽心抚养，及其宠爱。他后来做的很多事，都是为了他现任的妻子。

有一种未经当事人证实的说法是，为了现任妻子的这个孩子出国留学的事，吴唯宁在经济上熬不过妻子的要求，犯了错。所以，当同事们听说吴唯宁现任妻子在吴唯宁涉案后，向在拘留状态中的他提出离婚时，都出离愤怒了。

于是，在鲁向东案件完全未明时，也有人猜测，最后吴唯宁也是迫于家庭的压力，最终向检察院低头，将鲁向东拖下了水。

政治挂帅

怎么评价鲁向东也是一个有点复杂的事，他应该称得上是中移动还在任的最老的元老了，2000年从中移动成立开始，就是副总经理，也一直分管数据业务和市场业务这两个增长最快的领域。他被调查的事被证实之后，不少业内的人还为其鸣不平。

为他惋惜者众，这不难理解，在他治下，中移动建立了著名的“梦网模式”、“卓望模式”“基地模式”，每一个模式都可以说创造过一段神话。如今，梦网模式和卓望模式都已式微，唯一留下来并被继任者继续发扬光大的，恐怕只有“基地”这一个模式了，基地模式得以发扬，应该说也跟其一定程度的半集权，半市场有关，跟现在的领导李跃的思路也比较契合。

关于鲁向东被调查之后的具体十年功过评价，我当时也写了一篇杂志报道发表在《新世纪》周刊上，可见本书末的附录。

但对中移动而言，鲁向东落马或不落马都无法改变一个现实，那就是极具针对性的整顿已经开始。

我从很权威的渠道了解到，2011 年 11 月 22 日，负责中移动腐败窝案专案组的中央纪委一室，向中央纪委监察部呈报了《中国移动集团企业领导人员案件剖析报告》(下称《案件剖析报告》)。2011 年 11 月 25 日至 12 月 4 日，中央政治局常委分别圈阅这份《案件剖析报告》，其中中共中央总书记胡锦涛、国务院总理温家宝、中央纪委书记贺国强、国务院副总理张德江、中央纪委副书记何勇分别对此份报告作了重要批示——核心内容是让中国移动认真吸取教训，并进行全方位整顿。

2011 年 12 月 6 日，中国移动集团紧急召开党组扩大会议，传达了上述报告和中央批示，同年 12 月 9 日，又紧急召开全集团视频会议，向各省公司和直属单位的高管传达了上述重要批示及《案件剖析报告》内容。

此次对中国移动的整顿要求，所涉级别之高、态度之严厉，都为新中国成立以来国有垄断领域之少有。

中国移动董事长王建宙在高管会议上传达和转述上述报告时称，中移动已总计有 11 名中层以上管理人员因贪腐落马，涉案金额巨大，“触目惊心，令人震惊”。

中国移动集团党组书记奚国华在中国移动集团领导工作会议上表示：“特别要对照中央纪委《案件剖析报告》中指出的问题和对策建议，紧密结合工作实际，逐条进行自查、逐条落实措施、逐条进行整改。”

根据中央要求，中国移动将围绕三个方面全面整顿：彻底解决增值服务领域外资企业比例过高的问题，将严查并全面清理外资比例超过 50% 的增值服务合作伙伴（下称 SP）；与 SP 的合作将逐步实现从“收入分成“向“固定劳务支撑费”商业模式的转变；内部管理及用人将全面倡导“以德为先”，加强制度建设。

中国移动集团已经向各省级公司传达了中央“指示”和整顿方针，也引发了企业内部的一些争议，有内部人士评价称“中国移动已从过去求快速发展，开始向求政治稳定转向”。

以德为先，很容易让人们联想到另一句话“政治挂帅”，而不是市场挂帅。

从行业来看，中国移动这次大整顿，却又正处于移动互联网发展的重大转折期，运营商过往在产业链上的强势地位正在发生颠覆性变化。此次调整对中国移动的未来发展，乃至对整个市场生态圈都可能带来重大影响。

最直接的影响是外部生态和市场。例如，前文所述的神州泰岳。互联网即时通信市场是一个相对充分竞争的市场，只要中移动愿意，也可以随时替换神州泰岳。2011 年 7 月，中移动将飞信业务正式划拨到广东移动管辖的南方互联网基地运营。随着固有商业模式的改变，神州泰岳这类增值服务公司的高增长时代将面临终结。

另一直接影响是内部的积极性和未来方向的迷失。大家都注意到中央整顿要求里的四个字，“边查边改”，这被确定为此轮整改的原则。

王建宙也表态说，要坚决摒弃四种错误导向：一是领导认识层面，重发展速度、轻管理；二是干部管理方面，重业绩导向、轻德行综合评价；三是监督管理方面，重监督部门的外部监督、轻职能部门的内部监督；四是制度建设方面，重制度的建立、轻制度的执行和动态改进。

关于整改的具体细则和要求，我也曾在第一时间做了独家报道，可见本书附录《中移动整转改》，此处不再赘述。

一面是内部人心惶惶，草木皆兵，另一面是外部愈发激烈的市场竞争环境和行业剧变期，中移动何去何从，另一轮隐含剧变的历史似乎又才刚刚开始。

一位中移动的老员工有一个比拟，作为此书正文之结尾。“数据部在中国移动的地位，中国移动在通信行业的地位，通信行业在中国的地位，以及中国在世界的地位，有很多相似性。”经历了十余年爆发式增长的中国移动，在各种平衡中能否找到出路，或许，真与高速增长的中国经济的转型与未来，似“同气相求”般，惊人相似了。

附录

附录一

中国移动九大基地

一、音乐基地

基地名称：无线音乐产品基地

基地地点：四川成都高新西区

成立时间：2005 年

基地定位：面向 31 个省市区的 4 亿多移动客户提供无线音乐产品。

业务内容：彩铃、振铃、全曲下载、全曲在线听、MV、专辑汇、无线音乐俱乐部。

合作伙伴：中央平台厂家：华为

运营合作伙伴：迅捷英翔、结信

产品开发伙伴：华为、迅捷英翔、娱音科技、结信、合力迅达

内容：华谊兄弟、鸟人艺术、太合麦田、中国唱片总公司、百代、环球、索尼、华纳等。

市场规模：截至 2009 年 11 月，彩铃业务总客户数达到 3.9 亿，月均收入 19 亿元。截至 2009 年 11 月，中央音乐平台付费内容下载总量超过 11 亿次，月均付费下载量超过 1 亿次，其中全曲下载业务的累计计费下载量超过 6700 万次。

基地情况：中国移动四川分公司投资组建的中国移动无线音乐基地，作为一项全新的音乐服务，以其个性化、时尚化的特点，一经问世便很快得到了市场的认可。它的出现，不仅打破了传统的音乐发行和发布模式，而且还吸引了如音乐发行、内容制作、软件开发等音乐产业价值链上的诸多企业落户四川，一个全新的数字娱乐文化产业集群已经兴起。

目前，该基地搭建了中央音乐平台和音乐会员管理平台等两大平台，建立了包括 12530.com 网站、手机客户端、12530999 交互式语音、手机 WAP 网站在内的四大门户，引入各类歌曲数十万首，同时与索尼、华纳、环球、百代、太麦等全球知名的顶尖唱片公司结成了战略合作伙伴，为广大移动用户提供彩铃、个性手机铃声、音乐全曲等无线音乐业务。

中国移动无线音乐基地的成立标志着中国移动已经在由运营商、唱片公司、SP、手机终端厂商组成的无线音乐产业链中扮演了重要角色。无线音乐基地的优势就在于能帮助中国移动不断利用自身的平台资源、品牌资源与唱片公司等产业进行整合，深入音乐内容通路与版权管理、增值业务平台管理和运营以及无线音乐推广等所有环节，组成无线原创音乐从生产到消费的完整产业链，以逐渐达成较为明晰的无线音乐发展战略。

二、位置基地

基地名称：位置产品基地

基地地点：辽宁沈阳

成立时间：2007 年

基地定位：全面发展手机地图优化、实时交通系统建设等有移动通信功能的导航业务。

业务内容：包括自有业务和合作业务两类。自有业务包括面向大众客户的手机导航、手机地图、车 e 行（基于便携式导航仪的导航信息服务）、车载前装（车辆预装导航及增值信息服务系统）业务和面向集团客户的车务通业务，位置合作业务是中国移动联合合作伙伴向大众与集团客户提供基于定位能力和通信网络等资源的位置类增值服务。手机地图、车务通处于商用优化阶段，手机导航处于试商用阶段，车载前装处于开发阶段。

合作伙伴：东软。

市场规模：截至2009年10月底，手机地图业务客户数超过171万，手机导航业务累计客户数超过57.7万；车务通业务累计终端客户数超过7.2万。截至2009年10月底，位置服务总收入超过7900万元。

基地情况：据了解，位置基地的发展走过了两个阶段。第一阶段是以企业（集团）消费市场为主，第二阶段是以个人消费市场为主。面向企业消费市场，中国移动主要推广车务通业务，现在辽宁移动车务通用户已达到6万户，其他20多个省份用户超过2000户。下一步是在全网大力推广车务通，并以车务通为基础平台持续构建各行业子产品，基地和各省（市）都可以接入大量的行业子产品，以此作为中国移动进军企业信息化的利器。

面向个人消费市场的位置服务，中国移动开始仅一年时间，正在着力完成从应用提供商向位置业务整合者的角色转变，2009年位置基地的工作重点是成为功能强大的服务商，以新的手机地图、手机导航和车e行作为业务媒介，龙之谷免费外挂，全面进军个人消费市场。

中国移动副总裁鲁向东曾强调，位置基地要发挥在用户、品牌、计收费、呼叫中心、基站定位、终端预装等方面的优势核心资源，抢先占领实时交通信息、增值POI两大制高点，打造差异化竞争优势。

三、游戏基地

基地名称：游戏产品基地

基地地点：江苏

成立时间：2009年

基地定位：负责中国移动游戏业务发展以及市场推广、内容引入与合作伙伴管理、平台和门户规划、建设及运营等工作。

业务内容：包括单机游戏、手机网游、图文游戏，按照合作方式分为整合后的“g+ 游戏”自有业务，其他采用移动梦网合作方式的游戏业务两类。

市场规模：2009 年 9 月份使用客户超 900 万，付费客户超 600 万，当月信息费收入超 8000 万元。

基地情况：中国移动游戏基地由中国移动江苏公司负责承建，将为全国的移动客户创造更加丰富的手机游戏产品和服务，同时为游戏产业创造了崭新的发展环境。基地的目标是以用户需求为核心，整合资源，聚合游戏产业链，通过规模化、专业化、社区化运营，做大做强手机游戏，重点发展手机网游，逐步融合 PC 网游，整合、集聚、拓展游戏产业价值链，推动中国游戏产业的持续发展。

据了解，游戏基地的所有产品都会以用户需求为导向，会建立统一的游戏大厅客户端和娱乐社区，会有垂直的 WWW 网站以及梦网游戏频道。此外，游戏基地还会基于游戏为核心拓展游戏电影、游戏音乐、游戏杂志、游戏玩偶、游戏动漫等游戏衍生产品。

根据游戏基地的 3 年演进规划，2009 年主要是整合运营基础，实现专业化运营，平稳地把业务过渡到基地运营模式。2010 年，将重点突破游戏业务的运营能力，实现社区化运营，打造新平台，创新业务运营模式，涉足 PC 网游业务运营工作，积极推进国际项目合作，公布精品游戏开发及准入标准。

至 2011 年，游戏基地将打造中国最大的精品游戏发布平台，建立国家主管部门指定的绿色游戏认证中心，并且加强与其他各基地间的合作，打造移动的娱乐时尚生活圈，发展多元化游戏产业和娱乐创意产业。

此外，游戏基地还将着重和专业的游戏内容运营商合作，共同打造精品游戏，引进国际游戏大作，把精彩游戏的体验带给中国移动的用户。

四、MM 基地

基地名称：Mobile Market 产品基地（南方基地）

基地地点：广东广州

成立时间：2009年

基地定位：基于南方基地的产业带动计划，中国移动确立了电子商务、终端创新、移动互联、手机邮箱、应用下载、物联网6个发展方向。其中以移动应用商场（MM）为当前主要运营产品。

业务内容：移动应用商场（MM）是聚合各类开发者及其优秀应用和数字内容，满足多类型终端客户实时体验、下载、订购需求的综合商场，通过手机客户端和WWW网站为客户提供软件、游戏、主题、视频、音乐、图书等一站式服务。值得一提的是，MM是全球首个以运营商发起推出的线上软件商店，是继移动梦网后又一次全面整合产业链和商业模式的创新。

市场规模：截至2009年11月8日，手机客户端累计注册客户数36.3万，WWW门户累计注册客户数15万。产品销量方面，共17.25万客户累计下载应用97万次。产品供应情况方面，开发者社区累计注册客户26869人（其中个人客户25430人，464人提交了产品，企业客户1439家，391家提供了产品），已提交应用数去重7365；已上架应用数去重2248。

基地情况：南方基地位于广州市天河区高塘软件园内，一期工程基建用地约630亩，建筑面积17.6万平方米。在规划之初，南方基地就确立了“115”的产业带动计划：1个基地、10个国际级技术研发中心、500家信息服务企业。中国移动将以南方基地为依托，以“电子商务、终端创新、移动互联、手机邮箱、应用下载、物联网”为六大创新方向，贯彻落实与广东省政府签订的战略合作协议，着力打造产业链协同发展的综合平台。

据了解，中国移动南方基地建成后将成为融合IT支撑、研发、交流为一体的生产研发基地。南方基地主要研发移动信息服务新产品、新业务模式，与位于北京的北方基地南北呼应，构建中国移动一体化的IT支撑平台。

中国移动总裁王建宙表示：“南方基地将中国移动的网络运维管理能力打造成服务产品，进入服务外包领域，最终将中国通信服务推向国际，打造中国服务品牌。对服务外包业务的探索，符合国家对创造现代服务业出口的战略目标，也为中国移动‘走出去’战略提供了一个新的机遇。”

另外，中国移动基于南方基地组建了网络文学院、网络应用学院、网络商学院等三大网络创业学院。其中，中国移动的移动应用商场 Mobile Market 已于 2011 年 8 月正式上线，而以此为核心的网络应用学院目前已有 85 万注册用户、1600 家注册企业，以及 176 万次软件下载量。

五、视频基地

基地名称：手机视频创新产品基地

基地地点：上海浦东金桥

成立时间：2009 年

基地定位：为全集团用户提供手机视频相关产品服务的机构，专注于移动视频产品的开发建设和运营支撑。打造最具特色的正版手机视频内容发布平台，通过多样化、丰富的特色内容，向用户提供随时、随身、随心的个性化收看体验。

业务内容：客户可以通过手机随时随地进行影视、MV、娱乐、体育等丰富的视频内容点播和下载，观看电视直播，直播内容回放及向好友推荐节目和发表观感。目前手机视频是指基于移动网络的流媒体增值业务，和基于 CMMB 的手机电视独立开发和运营。

合作伙伴：中央平台厂家：华为

运营合作伙伴：以自身运营为主，上海全成公司配合

产品开发伙伴：网达、融创、STZ

内容合作伙伴：国家电影发行局、央视国际、上海文广新闻传媒集团和土豆网。

市场规模：目前处于全网试商用阶段。截至 2009 年 10 月底，月使用客户数达到 219 万，月信息费收入超过 1500 万。目前免流量费。2010 年目标：使用用户月均 280 万户，年底达到 350 万户。

基地情况：中国移动上海基地承担视频产品开发、国际通信枢纽、人才培训三大任务。目前已在上海建立“中国移动视频产品创新基地”，占地 8.47

亩，总投资5亿元，预计2010年视频基地用户将超过1000万户。

据了解，中国移动视频基地充分依托上海公司的资源和市场优势，贴近市场发掘客户需求，集中资源进行视频产品的创新，在项目上取得突破，然后快速复制到全国，实现产品的成熟和全网商用运营，视频基地未来将发展成为全国最大的无线视频产品和内容运营中心。

目前，视频基地不断开展与高端媒体的深入合作，已经和央视国际、上海文广传媒、中央人民广播电台、中国国际广播电台、国务院互联网新闻中心等开展内容合作，并先后对FIFA世界杯、北京奥运会、历次“两会”、抗雪防灾、汶川地震、神舟飞天等各类重大事件开展无线视频报道，赢得广大用户的认可。

另外，围绕TD业务的开展，中国移动今后将加大对上海基地的投入，未来3年内视频基地将实现对于无线视频产业链上下游的有效带动，成为国内领先的视频业务整合者、视频内容分发者和视频技术创新者。

六、电子商务基地

基地名称：电子商务创新产品基地

基地地点：湖南长沙高新区

成立时间：2009年

基地定位：打造移动电子商务创新基地，手机小额支付、移动公交一卡通、移动公用事业缴费、农村移动电子商务四大工程在不断推进中。

业务内容：远程支付（手机支付）和现场支付（手机钱包）。手机支付：客户开通手机支付业务，系统将为客户开设一个手机支付账户，客户可通过该账户进行网络购物、缴费等支付。手机钱包：客户开通手机钱包业务，在中国移动营业厅更换支持RFID功能的专用SIM卡，即可在设有中国移动专用POS机的商家进行手机刷卡消费。同时，通过在SIM卡中加载新应用，手机钱包还能与手机票、身份认证、企业一卡通等深度整合。

市场规模：目前处于全国试商用阶段。2010年基地重点发展公共事业缴费、彩票、电子票务、网上商城等远程支付应用；各省市大力发展现场商户，实现公共交通支付、实物商品购买等现场支付应用。2010 年目标：使用用户月均 200 万户，年底达到 410 万户。

基地情况：中国移动电子商务产品创新基地占地 146 亩，涵盖产品研发区、运营区、客户服务区、国际交流与培训区等，主要负责移动电子商务新产品的研发、业务运营、客户服务和用户及商户培训工作。未来 3 年，中国移动将投资 10 亿元打造中国移动电子商务产品创新基地，推动移动电子商务产业链快速发展，引导湖南制造业集群化发展。

中国移动电子商务产品创新基地抢占先机，通过全面的移动电子商务技术开发应用和多层次、多品种的移动电子商务产品推广，有效地拓展了服务空间，提升了企业品牌，赢得了市场的主动。在 2008 年，国务院原信息化工作办公室正式授牌湖南为全国唯一的“国家移动电子商务试点示范省”，湖南省人民政府则授予湖南移动为“移动电子商务应用创新中心”。

按计划，电子商务基地一方面将带动软件开发、终端及机具制造、应用服务提供等相关产业链发展；另一方面，也将通过提供手机购物、移动公共交通、移动公用事业缴费等丰富的移动电子商务应用而极大地方便百姓生活。

预计到 2015 年，电子商务基地可以实现基于移动商务应用的安全芯片、SIM 卡、手机、智能读卡器、安全软件等产业规模逾 10 亿元，同时带动移动电子商务服务商家 10000 家，实现年移动交易额 1000 亿元以上。目前，中国移动电子商务基地已与友谊阿波罗集团、快乐购、新浪、TOM 等数十家省内外知名企业建立了战略合作关系，并已发展省内移动电子商务用户 200 多万户，月交易金额超过 2 亿元人民币。

七、阅读基地

基地名称：手机阅读创新产品基地

基地地点：浙江杭州

成立时间：2009 年

基地定位：建成中国最大的无线图书发行平台，通过各方的努力和营销打造传统阅读的新型发行渠道，不仅包括以手机为载体的 WAP、客户端等阅读，还包括结合 TD 技术的专用手持阅读器，而且可以拓展到行业应用，实现“终端 + 通道 + 内容”的整合拓展。依托手机这种第五媒体，使人们随时、随地、随身阅读成为可能。

业务内容：手机阅读是以打造新的出版发行渠道为定位，以具备内容出版或发行资质的机构或大型互联网文学网站为合作对象，以嵌入 TD 通信模块的 G3 阅读器为核心业务形态，整合各类阅读内容、满足客户各种阅读需求的一项业务。

合作伙伴：中央平台厂家：华为

运营合作伙伴：卓望信息、中文在线

产品开发伙伴：华为、VIVA、东软

内容伙伴：中国出版集团、中信出版社、浙江联合出版集团、盛大文学、中文在线、

阅读器：大唐、汉王、方正。

市场规模：目前处于试商用阶段。2009 年 10 月开始在浙江省内试商用，11 月开始在广东、江苏、山东、湖南、湖北、安徽、海南试商用，整理近 5 万本图书清单，入库发布超过 4 万本。2010 年目标：收费使用用户月均 420 万，年底达到 900 万。

基地情况：中国移动手机阅读基地是中国移动通信集团公司委托中国移动浙江公司在浙江杭州建设的创新产品基地，产品基地模式是中国移动对数据业务核心产品的运作模式，由基地省公司负责具体运营工作，一点接入、支撑全网，目前同样运作成功的还有四川无线音乐基地等。手机阅读基地通过多样化阅读形式向用户提供图书、杂志、漫画等全方位的阅读内容，努力满足全民阅读，推动文化产业发展。

从业务载体看，中国移动手机阅读基地既有主要满足长时间深度阅读的手持阅读器，又有主要满足碎片时间浅度阅读的手机载体。G3 手持阅读器是

中国移动即将推出的专用手持阅读器，采用EINK技术，阅读体验好，省电省视力，并且内嵌3G通信模块，能够高速连接内容平台，随时随地便捷地访问后台图书库；通过手机载体阅读主要有WAP和客户端方式，WAP登录阅读简单方便，手机客户端阅读体验更好，兼容漫画和杂志，可以在WAP用户基础上安装升级。

中国移动手机阅读基地直接与CP（内容提供商，主要包括大型出版社和文学网站等）合作，CP提供合适的内容，由手机阅读基地负责内容运营、技术支撑和营销推广，面向广大移动用户提供方便的无线阅读，并且针对内容（图书等）进行收费，收益按比例与CP进行结算，通过移动用户的规模特点和移动通信网络的全方位覆盖优势实现整体产业的良性发展。

八、动漫基地

基地名称：手机动漫创新产品基地

基地地点：福建福州

成立时间：2009年

基地定位：基地将整合手机动漫上下游资源，推动终端定制与手机动漫产品专业化研发，并负责全国性推广。

业务内容：手机动漫是中国移动根据客户对各类动漫内容的观看需求，提供以移动终端为载体，以彩信、WAP、FLASH、客户端为主要业务方式，以在线和下载为主要观看方式的动漫产品及相关服务的业务总称。

市场规模：目前处于产品开发阶段。紫移通的VIS和数码超智的WIVG已经黯然出局，Flash Lite或彩信、WAP、客户端将成为手机动漫的内容载体。

基地情况：中国移动计划在2010年上半年，于福建建立手机动漫基地。该基地将整合手机动漫上下游资源，推动终端定制与手机动漫产品专业化研发，并负责全国性推广。这标志着中国移动将手机动漫视为战略性的增值业务，手机动漫市场规模将加速增长。机构预计，2012年手机动漫产业有望突破50亿元，用户数有望突破5000万。

据了解，找不到相关权威的定义，中国移动选址福建作为手机动漫基地，与《国务院关于支持福建省加快建设海峡西岸经济区的若干意见》出台不无关系。该《意见》将福建动漫游戏业列为重点发展的文化产业之一，规划形成集出版发行、文化创意、动漫游戏等主导的文化产业群，使闽台动漫游戏产业紧密交流合作面临新的机遇和更大的空间。

分析认为，随着动漫基地的建成，营销渠道与流量费的瓶颈将快速解决；而3G的普及将大幅提高下载速度。未来，中国移动将通过多种方式与产业链各方厂商合作，加快布局手机动漫及动漫游戏内容领域，加速成为国内最重要的手机动漫内容整合服务商。

九、物联网基地

基地名称：物联网基地

基地地点：重庆

成立时间：2010年

业务内容：全网平台建设、集中运营、产品研发和推广，也包括物联网资源管理、全网运营支撑、业务测试等。

基地职责：中国移动在无锡成立的物联网研究院主要侧重于技术研究和标准规范制定等，而中国移动的物联网基地则侧重于实现规模化的推广和应用的规模化等，为实现这一目标，中国移动的物联网基地主要从以下几个方面作好准备。

首先是加强集中管理，进行全网集中运营。“我们通过几个平台的专网建设来实现。在运营层面中国移动建设运营管理平台，实现整个物联网的终端管理和终端监控，以及统计分析和客户服务的功能。另外，通过业务网关实现物联网终端和应用平台以及核心网源的连接和接口。并在通信层面建一个物联网的核心网元。还会建立专用的物联网BOSS和端到端的测试中心。通过几个平台来实现集中管理。”谢志远（中国移动重庆公司M2M中心总经理）指出。

其次，打造标准化产品。在物联网的产品上，90%以上都是通道型的产品，这点在国外的运营商中同样如此。这就意味着，运营商在发展物联网时必须首先把通道做好，同时这也是运营商切入这一市场最好的方式。首先要将通道的可靠性和稳定性提高。

另外，中国移动物联网基地也会在重点领域开发一些应用型的产品。比如车务通、宜居通等都是中国移动在推广的产品。与此同时，无线城市也是中国移动重点关注的领域。除此以外，中国移动对重点行业也有很多拓展，比如电力、交通、物流、能源等行业。

除了管理和产品外，创新模式也是中国移动重点探讨的内容。这其中包括政府合作、商务模式、销售模式、资费等方面的创新都是中国移动重点关注的话题。值得一提的是，谢志远指出物联网的发展中，政府的支持十分重要。而创新的商业模式和收费模式也与原来传统的电信业务有很多不同。

物联网被中国移动视为是下一步发展的一个新的蓝海，收入上新的增长点，同时也是 TD-SCDMA 发展的重要推手。

注：记者根据公开资料及采访资料整理，相关数据和现状截至 2010 年 3 月李向东案发前。

附录二

中移动整转改

中央高层批示整顿，中移动大整改可能引发SP新一轮震荡，外资首当其冲

树欲静而风不止。持续两年的中国移动反腐风暴经历了一段表面上的平静，现在又将迎来新一轮飓风。

接近中国移动集团的人士向财新《新世纪》透露，2011年11月下旬，中移动腐败窝案专案组就中国移动腐败窝案向相关监察部门呈报了案情报告。中央多位高层在报告上作了重要批示——核心内容是让中国移动认真吸取教训，并进行全方位整顿。

12月6日，中国移动集团紧急召开党组扩大会议，传达了上述报告和中央批示；12月9日，又紧急召开全集团视频会议，向各省公司和直属单位的高管传达了上述重要批示及中移动腐败窝案的主要内容和处理意见。

接近中国移动的人士评论称，此次对中国移动的整顿要求，所涉级别之高、态度之严厉，为迄今国有垄断领域之少有。

中国移动董事长王建宙在高管会议上传达和转述上述报告时称，中移动总计已有11名中层以上管理人员因贪腐落马，涉案金额巨大，“触目惊心，令人震惊”。

中国移动集团党组书记奚国华在中国移动集团领导工作会议上表示，特别要对照专案组案件报告中指出的问题和对策建议，紧密结合工作实际，“逐条进行自查、逐条落实措施、逐条进行整改”。

据财新《新世纪》记者获知，根据中央要求，中移动将围绕三个方向全面整顿：彻底解决增值服务领域外资企业比例过高的问题，将全面严查清理外资比例超过 50% 的增值服务合作伙伴（下称 SP）；与 SP 的合作将逐步从“收入分成”向“固定劳务支撑费”商业模式的转变；内部管理及用人将全面倡导“以德为先”，加强制度建设。

中国移动集团已经向各省级公司传达了中央指示和整顿方针，也引发了企业内部的一些争议，有内部人士评价称“中国移动已从过去求快速发展，开始向求政治稳定转向”。

从行业来看，中国移动的反腐风暴和这次大整顿，正处于移动互联网发展的重大转折期，运营商过往在产业链上的强势地位正在发生颠覆性变化。此次调整对中国移动的未来发展，乃至对整个市场生态圈都可能带来重大影响。

据财新《新世纪》记者了解，中国联通最近也在酝酿实施近年来最大规模的战略调整，目标直逼中国移动；而中国电信集团在移动互联网方面的一系列举措也受人关注，比如成功签下 iPhone 4S。

在用户和盈利能力上长期远超竞争对手的中国移动，诸多发展计划纷纷放缓，4G 建设也远逊预期，整顿飓风之后的中移动，未来发展引人关注。

清理“影子外资”

在中央领导批示和相关部门提出的几项整改措施中，最令人关注的是将中移动反腐问题提升到国家信息产业安全和政治安全的高度。

奚国华称，“中移动反腐败问题已经不仅仅是我们企业内容的管理问题，影响程度已经扩展到了整个行业，提高到了维护国家主权和核心利益，保证信息产业运行安全和政治安全的高度”。

这里的信息安全，首先指向的就是中国移动合作伙伴中的外资。根据中移动部署，信息安全将成为下一步整顿的重点："加强摸底调研，全面清查各合作伙伴（特别是增值业务合作伙伴）的资质、公司属性、与公司的业务合作事项等信息，逐步解决在增值业务领域外资企业过于集中的问题。"

整改措施特别强调，要对违反 WTO 承诺、外资股份超过 50% 的合作伙伴，按照有关规定进行清理；适当控制增值业务合作伙伴数量、增加合作伙伴安全性评估环节；对新业务制定安全风险防范预案。

SP 属电信增值服务，允许外资进入，原本就外资较多。国务院曾在 2002 年 1 月 1 日颁布《外商投资电信企业管理规定》（下称《规定》），要求外资在中国经营电信业务须持有相关许可证，而申请许可证的前提是"在中国通过合资公司的形式经营"。对于外资持股比例，要求"基础电信业务不得超过 49%"，"增值业务不得超过 50%"。这也符合 WTO 承诺。

随着中移动增值业务快速增长，其中蕴藏的巨大的垄断利润令众多资本趋之若鹜，外资也看到了机会。

一些国外投资者通过域名授权、注册商标授权等多种形式，与境内增值电信公司合作，规避《规定》要求，进行了超比例的投资。例如，雅虎借用原 3721 的 ICP 牌照，eBay 借用易趣 ICP 牌照，亚马逊则借用杰出网 ICP 牌照。

2006 年，信息产业部发布《关于加强外商投资经营增值电信业务管理的通知》（下称《通知》），以进一步加强对外资在国内从事电信业务的监管，强调境内电信公司不得以任何方式向外国投资者变相租借、让渡、倒卖，也不得以任何方式为外国投资者在中国境内不合法运营电信营业供应资本、场地、设备等。

《通知》还强调，境内电信公司在境外上市，必须经国务院信息产业主管部门审查同意，并按照国家有关规定获得批准。

新一波外资通过收购进入电信增值服务领域的热潮也由此兴起。同年 8 月，信息产业部公布了五家外企获得增值电信业务许可。

2006 年 4 月，英国手机铃声及游戏制造商 Monstermob 通过发行新股的方式，以 8150 万美元（4650 万英镑，约合 6.25 亿元人民币）的价格收购北京万讯通科技发展有限公司。万讯通是国内排名前列的 SP 之一，在国内 27 个省市都有中移动的 SP 业务。

而此前 Monstermob 在中国已完成了两笔类似收购，分别是 2005 年 8 月以 1 亿美元收购新东方旗下的联东伟业（Atop Century），一笔是 2006 年初以 8000 万美元收购杭州联梦。

直到 2009 年，仍有澳洲电讯（Telstra）借并购路径进入中移动 SP 领域。澳洲电讯收购了两家手机内容与在线音乐服务提供商 67% 的股份。这两家公司分别是闪联互动（China M）和亮点时间（Sharp Point），收购总额达 3.02 亿澳元（约合 1.9 亿美元、13.5 亿元人民币），三年内支付完毕。

而据财新《新世纪》记者多方调查了解，澳电表面是收购闪联互动和亮点时间，实际上收购的正是王雷雷实际控制的两家 SP 企业——创艺和弦与迅捷英翔。王雷雷也因此从中获得巨额套利。空中网董事长兼 CEO 王雷雷是此次中移动腐败窝案中的重点协助调查对象。

从原则上来说，虽然创艺和弦与迅捷英翔均属内资企业，但是通过复杂的股权设置，其背后的实际股东却是外资——这正是此次中央要求中移动“全面清理”的那类外资“影子股东”。

但类似的公司在互联网界俯拾皆是，VIE（协议控制）就是一种常见的模式。在 SP 经历数轮整顿后，存活下来的大 SP 几乎都有一定的外资背景。

此次中移动大整顿，最令业内人士关注的是，“加强摸底调研，全面清查各合作伙伴（特别是增值业务合作伙伴）”，实际上直指 VIE 模式的企业，这将使很多通过 VIE 结构在海外上市的知名互联网公司，如搜狐、腾讯、新浪都受到威胁。目前这些公司都是中国移动在 SP 领域最重要的合作伙伴。

从工信部网站上可查询到，具备电信业务经营许可证的跨地区企业共有 1399 家，既包括增值电信业务，也包括基础电信业务，都属于运营商合作伙伴。

这些企业表面合规，但背后究竟有多少外资成分仍是一团迷雾，而要揭开谜底，工作量和难度均难以想象。

资深互联网人士谢文对财新《新世纪》记者表示，如果真的要严格监管，那么腾讯、百度和其他很多上市公司都会面临审查。

卓望是中移动控股的最重要的 SP 公司。中移动集团新 CEO 李跃上任后不久，即撤销了卓望 139 公司，原因之一便是其中包括以 VIE 模式控制的外资。（详见本刊 2011 年第 2 期“中移动李跃新政”）。此外，中移动对“卓望系”其它公司的外资股权也重新进行了清理。

神州泰岳难重复

2011 年 12 月 8 日，神州泰岳（300002.SZ）发布公告称，与中移动的续约商务谈判仍无实质性结果。

2011 年 10 月 31 日，神州泰岳全资子公司——北京新媒传信科技有限公司与中移动飞信业务开发及运营支撑的合作合同已告到期。是否续约、如何续约，一直备受市场关注。神州泰岳的股价因此在 2011 年一路狂泻。

财新《新世纪》记者采访获知，根据中央的整改要求，中国移动将进一步规范对增值业务的管理，逐步改进增值业务的商务合作模式，实现与合作伙伴运营之间结算从收入分成模式逐步向固定费用模式转变。

神州泰岳主要营收和利润都来自中移动的飞信业务，对中移动高度依赖。

神州泰岳上市前夕，中移动将原本一年一签的飞信独家运营支撑服务协议改为三年一签，这无疑增加了神州泰岳的上市吸引力。

但 2011 年 12 月 6 日，中移动在高层会议上传达了整改措施，上述改变商务模式的要求，势必触及神州泰岳的根本。业务过分单一依赖中国移动的神州泰岳即便获得续约，以成本为基础的固定费用收入将取代过去的高额利润分成，公司盈利前景未必乐观。

互联网即时通讯市场是一个相对充分竞争的市场，只要中移动愿意，也可以随时替换神州泰岳。2011 年 7 月，中移动将飞信业务正式划拨到广东移动管辖的南方互联网基地运营。

在神州泰岳的上半年财报中，关于未来飞信业务的表述已经出现了明显变化——

“如果中国移动飞信业务经营状况不佳或者中国移动在未来的合作过程中

提出解除或不再与公司续签新的合作合同，或在合作过程中降低与公司的合同结算价格，都将对公司盈利能力产生较大不利影响。”

与 QQ 等竞争对手的高成长性有着根本不同，神州泰岳既不拥有飞信的品牌，也不具备相关知识产权，门槛不高，其主要竞争力即在于与中移动的关系。

神州泰岳过去每年的稳定增长与各省级移动对飞信的大力推广分不开，飞信业务一直是各省移动公司每年重要的 KPI 考核指标。然而，从 2011 年开始，中移动即调整了对包括飞信在内的移动增值服务 KPI 指标。

2011 年一季度以来，受到中移动政策调整不确定性的影响，多个基金对神州泰岳陆续减持，即便有多家证券公司对神州泰岳给出“增持”“持有”等积极评价，神州泰岳股价仍持续下跌。

随着固有商业模式的改变，神州泰岳这类增值服务公司的高增长时代将面临终结。

商业模式整顿是李跃上台新政的一部分。典型的一例是，卓望信息公司在 2011 年上半年，就已完全从过去的分成模式改成了劳务支撑费的模式，即中移动每年包干 5000 万元给卓望信息，其余收入全部上交中移动。

这种方式也遭到了业内的批评。很多人认为此举回归计划经济模式，对移动生态圈将产生毁灭性影响，极大削弱市场竞争活力。谢文就对此不看好：“中移动（这样）改变商业模式，意味着削弱产业链和生态圈，自己做互联网，我不看好。”

但根据中央领导批示和相关整改建议，这一模式改革已是大势所趋。

与此同时，中移动还在加强监管之手，步骤包括改进决策机制，完善立项、引入合作伙伴等决策程序；对增值业务合作伙伴进行动态监督，不仅业务部门要加强日常监管，财务、审计部门也要对公司收益情况进行定期分析和监控，核心是“要适当控制增值业务合作伙伴数量、增加合作伙伴安全性评估环节”。

这也意味着，中移动将逐渐回收增值业务，能自己做的就自己做，不能自己做的则以固定劳务支撑费的形式“外包”合作。

边查边改

“边查边改”被确定为此轮整改的原则。中国移动终端部总经理吴唯宁于2011年11月底被吉林省检察院带走接受调查，令不少人担心中移动窝案将继续深化、扩散。

在2011年12月9日的中移动集团反腐工作会议上，董事长王建宙表示，要坚决摒弃四种错误导向：一是领导认识层面，重发展速度、轻管理；二是干部管理方面，重业绩导向、轻德行综合评价；三是监督管理方面，重监督部门的外部监督、轻职能部门的内部监督；四是制度建设方面，重制度的建立、轻制度的执行和动态改进。

在中国移动高速增长的时代，主管增值业务的副总经理鲁向东比较偏重业绩导向，管理风格相对粗放，曾带来了企业效益的迅速增长。在主张细化管理和集中采购的原副总经理李跃与鲁向东互换分管领域，后又擢升为中移动新任总裁之时，市场人士就已敏锐地意识到中移动的管理理念将面临变革。

整改措施还提出了“以德为先”的新关键词。中移动集团党组会上亦宣布要对腐败问题“零容忍”，加大惩处和责任追究力度，加大对苗头性问题和人员的管理，旗帜鲜明、坚定不移地反对腐败。

据了解，中移动此次整改来势汹汹，具体措施规定得很细。比如，对在各类监督检查中发现有苗头性问题的领导人员，要严格谈话提醒制度，或调离岗位；凡是不严格执行《关于对配偶子女均已移居国（境）外的国家工作人员加强管理的暂行规定》《关于领导干部报告个人有关事项的规定》《中国移动员工收受礼品登记上交管理办法》，存在瞒报、谎报、延时或不报的，一经发现，坚决严肃处理；另外，凡是本单位、本部门发生违法违纪违规行为的，要根据具体情况分清集体责任和个人责任，并分别追究主要领导责任和重要领导责任。

据财新《新世纪》记者了解，身陷此轮腐败窝案的中移动无线音乐基地原总经理李向东和集团数据部副总经理马力，均是配偶子女移居海外的“裸官”。

据悉，在此次中移动窝案告一段落后，监察部门重点指出了中移动在物资采购、增值业务、信息安全、干部管理等方面存在的问题，并有针对性地提出了措施要求。

中移动对此提出了整改方案，要求进一步优化制度流程，降低招投标采购风险；加强集中采购力度、加大公开透明监督力度，加强内部监督制约；集中采购不应仅仅是一种形式，而是低成本、廉洁高效运营的重要保证。“严禁各级领导人员在评标前后接触当事人；严禁接受厂家赠送的出国旅游、高档娱乐等。一经发现并查实，将从严处理。”

此轮腐败案中，原安徽移动总经理施万中、原四川移动总经理李华、原重庆移动总经理沈长富等，都在省级移动一把手位置任职时间过长，相关部门据此要求中移动严格执行轮岗交流制度。省公司主要负责人在一个地方的任职不超过两个任期（六年）；重点领域和重要岗位的工作人员更要加大轮岗交流力度。将“以德为先”作为用人导向，对重要岗位的拟任人选要严格考察。

此外，根据整改计划，中移动还将在投资计划、工程建设、广告宣传、市场营销、业务外包等领域加强管理，因为这些领域“不同程度地存在管理粗放、制度缺失、执行不严、监督不力等问题，且腐败多发”。

中移动内部人士向财新《新世纪》记者透露，在中国移动高管受贿来源中，包含有各种高尔夫运动相关费用。高尔夫俨然成为企业高管集中交际的场所。针对此，中央高层还对中移动提出了一项专门要求：不得用公款打高尔夫球，不得在工作时间打高尔夫球，不得接受与公司有业务关系的单位和个人邀请打高尔夫球。同时，集团公司总部工作人员到各省公司出差调研，各省单位也不得为其安排打高尔夫球。

注：本文来源于财新《新世纪》2012年第5期，作者赵何娟，朱以师对此文亦有贡献。

附录三
鲁向东被调查

主管中移动电信增值服务十年，梦网时代缔造人，难逃席卷整个中移动数据部的反腐风暴

就在电信业内瞩目的全球移动通信大会在巴塞罗那热烈召开之时，2012年2月28日晚，中国移动通信集团副总经理鲁向东被吉林省检察院带离北京，接受调查。

这是自2009年12月中移动原党组书记、副总经理张春江后，又一位副总级的中移动高管落马。中移动腐败窝案效应继续扩大。

财新记者从接近中移动的多位消息人士处获悉，此案由最高人民检察院交吉林省检察院反贪局办理。

与张春江、李华等高层的案件不同，鲁向东案并未通过中纪委，而是直接由检察院执行，显示该案应已掌握重要证据。

事发突然，令很多业内人士及中移动内部人士都非常震惊。一位熟悉鲁向东的业内人士为之扼腕叹息。在他看来，鲁向东少年得志，是中移动最有创造力的高管，近年来一直努力工作、谨言慎行，现在遭遇法律清算，应是在为早年的错误埋单。

自2009年底中移动原党组书记张春江案发后，中移动风波不断，四川移动总经理李华、四川移动数据部总经理李向东、卓望CEO叶兵及中移动终端公司总经理吴唯宁等多位中移动中高层管理人员陆续涉案被查，尤其是中移动的数据业务部门成为反腐调查“重地”。长期主管数据业务的鲁向东一直被包围在各种传言之中。对于担忧其处境的友人的询问，鲁向东气定神闲，称没干违法的事，绝不会出事。

2011年底，中移动腐败窝案总结报告经多位中央高层批示后在中移动内部传达，根据中央要求，中移动展开整改行动（相关报道详见本刊2012年第5期《中移动整转改》）。此事看似已基本定调，而原本出入境一直受控制（下称边控）的鲁向东，也被解除边控，可公务出国。在此之前，鲁向东已出入香港公干多次。

知情人士透露，鲁向东分管计划部和采购部业务。按计划，2012年3月中下旬，鲁向东还将赴美参观和考察包括IBM在内的多家大型跨国企业。吉林检察院2月28日的突击行动打乱了这一工作安排。

据财新记者了解，在此之前，2011年11月底，中移动终端部总经理吴唯宁也是被吉林省检察院直接带走接受调查。鲁向东涉案是否与吴有关，目前尚无法确证。

鲁向东自中国移动通信集团成立就担任副总经理，分管数据业务和市场长达十年，直到2010年才与时任中移动副总经理、现任中移动总经理李跃互换分管业务。鲁向东在中移动副总的官方序列中排名第一。

对鲁向东的业务能力，业内和中移动内部都给予很高评价。因作风大胆开放、敢于尝试，他被称为中移动“梦网时代”的缔造者，对于奠定中移动在电信领域“一家独大”地位功不可没。

在中移动董事长王建宙卸任总经理一职前，他一度是中移动总经理的有力候选人之一。虽然最终这一职位由李跃接任，刚刚52岁的鲁向东仍前途可期，前提是能够安然渡过此次中移动反腐风暴。

鲁向东同时担任中移动香港上市公司（00941.HK）副总裁，截至3月2日财新记者发稿，中移动尚未对这一高管动态作出公告和回应。

风云十年

公开资料显示，鲁向东出生于1960年，1976年即进入通信领域，1985年10月毕业于邮电部邮电研究院研究生部无线通信专业，在职期间还同时攻读北京大学经济学系博士。鲁向东曾任福建省移动通信局局长，邮电部移动通信局副局长。

2000年末，中国移动通信集团公司开始筹备，不久挂牌，鲁向东出任集团副总经理，主管市场经营、企业合作（含集团客户部）、计费清算和移动数据业务。

从2000年到2009年末，是鲁向东风光无限的十年，他在这个时期，缔造了中移动的梦网时代，让很多从事电信增值业务的民营企业获得发展平台，也间接扶持了包括新浪、腾讯、搜狐等在内的几大中国互联网企业，帮助其度过了21世纪初互联网泡沫破灭的艰难时期。也在这一时期，中移动用户规模暴增，终以超过75%的市场占有率，将竞争对手中国电信和中国联通远远抛在后面。

鲁向东对于移动梦网的贡献为业内称道。他打破常规，让电信增值服务商（下称SP）自带业务和短信网关，接入中移动的网络。2000年底，鲁向东推出移动梦网创业计划，征集电信增值业务合作伙伴，收入与SP按3 ：7分成。即便今天，这种开放在寡头垄断的电信领域都如石破天惊。

当时，鲁向东将这一合作关系形容为“众人结伴去淘金”。

但伴随着很多SP“一夜暴富”，各种不规范操作、违规、欺诈、黄色短信、垃圾短信也接踵而来，SP进入一轮轮整顿和洗牌，这一领域逐渐成为“关系类”公司的天下（相关报道详见本刊2011年第27期“中移动SP利益链”）。

2010年、2011年相继落马的原数据部部长、中移动集团客户部（下称集客部）部长、卓望公司CEO叶兵，原数据部副总经理马力，以及原中移动终端公司总经理吴唯宁都是鲁向东的帐下大将。

叶兵是湖南人，作风泼辣，21 世纪初即任中移动数据部部长，移动梦网模式在他任内建立。2006 年，叶兵出任集客部部长。其所有职务在任期间，都直接向鲁向东汇报。叶兵在出任中移动集客部部长后，曾分别帮助成立了两家负责金融行业集客业务的公司——北京无线天利移动信息技术股份有限公司、联动优势科技有限公司，分别对应基金证券业和银行业。这两家企业也成为各自领域内风云一时的企业。

马力出身广东移动数据业务部。移动梦网最早在广东试点。从移动梦网到 139 业务，再到“红段子工程”都发源于广东移动。2004 年，马力调任中移动数据部，任营销处处长，2006 年升任数据部副总经理。马力与有着“中国 SP 第一人”之称的王雷雷交往甚密。中移动最为活跃和挣钱的无线音乐基地即由其主管。位于四川的无线音乐基地，一度成为中国传统音乐的“救世主”，一项彩铃业务即日进斗金。

鲁向东还创造了中移动“卓望模式”，曾任卓望董事长。卓望控股在境内有三家公司，分别为卓望信息技术（北京）有限公司暨梦网运营支撑中心（下称卓望信息）、卓望数码技术（深圳）有限公司（下称卓望数码）、卓望信息网络（深圳）有限公司暨 139 社区（下称 139 社区）。

卓望信息是中移动为管理 SP 业务而专门成立的公司，亦是中移动试水互联网的试验田。移动梦网的兴起与发展、卓望的设立与调整，鲁向东和叶兵都是直接参与者。2008 年，叶兵离开集客部，取代鲁向东出任卓望控股 CEO 及卓望下属公司董事长。

命运转折

增值服务的放开有力推动中移动用户和业务的增长。这十年间，互联网和 SP 行业也几乎无人不识鲁向东。但转至 2010 年，从张春江落马开始，李向东、马力、叶兵相继案发，王雷雷亦被协助调查，一时间中移动数据部人人自危。

2010 年春节前后，也就是在张春江案发后不久，中移动内部发生了一个不为外人注意的重大变化，中移动两位核心高层李跃和鲁向东的工作做了互换式调整。这两人都一度被传为王建宙的接班人人选。经过此次调整，原主管计划、采购和战略部门的李跃，分管部门变成了法律事务部、市场经营部、数据部、卓望公司；原分管市场、数据部、法律事务等的鲁向东则改分管发展战略部、计划部、采购部等。

之后不到半年，李跃升任中移动总经理。鲁向东分管领域正式确认为发展战略部、计划部、采购部、国际信息港建设中心，并负责联系通信企业管理协会和 GSMA 国际组织。

这一调动刚发生便在内部引发了极大震荡，两人管理风格不同，分管领域不同，鲁向东重业绩、管理粗放，李跃过去主管采购的思路则重集权，管理精细。

后来，李跃曾在一次公司内部交流中不点名地批评了部分管理者的“放纵式”管理方式，主张要精细管理。李跃说，“再说说个别领导的问题。我们现在宏观的多，微观的少；理论的多，务实的少；口号多，实践少。很希望大家多看看第一线具体的流程是什么，多看看第一线的具体问题是什么。尤其要抓制度建设。”

之后，中移动数据业务领域的腐败窝案不断升级。李跃新政之下，原有增值服务合作方式逐渐改变，生态系统不断调整，飞信业务从卓望转交南方互联网基地。

与此同时，中移动反腐风暴愈演愈烈，鲁向东则在各种传言中岿然不动。有关部门在 2011 年底，向中央提交了中移动腐败窝案总结报告，点名 11 名因贪腐落马的中移动高管，鲁向东不在其列。

不过，风暴并未止息。2011 年底，中移动终端部负责人吴唯宁涉案被查又引发了新一轮的传言。吴唯宁与鲁向东交集颇早，一直是鲁向东的得力助手之一。吴唯宁早年曾在福建移动通信局负责计费工作，当时福建省移动通信局局长为鲁向东。上世纪末，随着中移动集团公司的成立，鲁向东被调任中移动担任副总裁，吴唯宁也随之调往中移动集团出任计费中心主任。计费业务亦是鲁向东长期分管的领域。

之后，吴唯宁又被调往广西移动任总经理，直到2010年，调任中移动集团终端部担任部长。2011年10月28日，中移动终端公司独立，吴唯宁担任终端公司总经理，但就在该公司正式挂牌一个月，吴唯宁被吉林检察院带走调查。

接近吴唯宁的人士告诉财新记者，吴唯宁平日为人低调，在省级移动公司领导中较为谨慎平实。此次案发起因据称是他的现任妻子与前夫的孩子因出国留学，急需用钱。

在2011年末中央高层对中移动提出的整改要求中，曾专门提及要限制管理人员打高尔夫球，包括不得用公款打高尔夫球，不得在工作时间打高尔夫球，不得接受与公司有业务关系的单位和个人邀请打高尔夫球等；同时，集团公司总部工作人员到各省公司出差调研，各省单位也不得为其安排打高尔夫球。有趣的是，高尔夫球正是鲁向东及其妻热爱的运动。

随着鲁向东的离开，中移动已全面启动新政，新政围绕三个方向展开：彻底解决增值服务领域外资企业比例过高的问题，全面严查清理外资比例超过50%的SP；与SP的合作将逐步从“收入分成”向“固定劳务支撑费”商业模式的转变；内部管理及用人将全面倡导“以德为先”，加强制度建设。

在向移动互联网转型的关键路口，中移动正在收紧面向增值服务的窗口，这是在腐败窝案频发之下的一个大调整。但以封闭代替开放是否真能根治腐败，又是否符合电信业发展潮流？中移动的未来引人关注。

注：本文来源于财新《新世纪》2012年第9期，作者赵何娟，于宁对此文亦有贡献。

附录四
中国网通集团融合重组方案

根据国务院批复同意的《中国网通集团重组上市方案》和国有资产监督管理委员会有关加快重组各方产权隶属关系调整的要求，为确保上市工作顺利进行，特制订《中国网通集团融合重组方案》。

一、基本目标

（一）在法律上彻底实现网通集团融合。改组网通控股、网通 BVI、网通香港、网通有限的法律属性，建立起网通集团直接或间接全资拥有的似上市法律架构。

（二）实现上市区域和非上市区域网通有限与当地通信公司的融合，使各地只存在一家代表网通集团的通信运营实体。

（三）统一财务和资产管理。实现整体运营资产属地融合，在统一会计核算、预算管理、投融资体制的基础上，进而实现整体财务的统一管理。

（四）统一管理体制和内部机构设置。建立符合现代企业制度要求的人力资源管理体系，统一管理体制和内部机构设置，理顺劳动关系。

（五）整合网络和业务资源。充分利用现有网络资源，统一业务品牌和市场策略，实现网通集团经营发展的统一。

二、实施步骤

本着“统一部署、依法办事、保持稳定”的原则，整个融合方案的实施分为 5 个步骤。

第一步：法律形式变更

1. 全面完成对网通控股的国内及海外融资和运营机构的调整。调整网通控股、网通 BVI、网通香港和网通有限的名称、公司章程、董事会组成以及股权登记事项，确保法律要件网通集团全面控制的要求。

2. 实现网通集团与网通有限在各地分支机构的融合，确保同一地域只有一个代表网通集团的通信运营实体。

（1）上市区域范围内的整合工作

充分利用网通有限在上市区域已有的法律框架。按照行政区域划变更网通有限各地分支机构名称、经营范围、资金数额，在未设立分支机构的地区重新设立分支机构，设立网通有限国际分公司。同时注销广东网通股份公司。为承接广东省剥离的非上市资产，网通集团在广东设立分公司。

（2）南方非上市区域的整合工作

注销其他各南方股份公司。注销网通有限在南方非上市区域设立的各分支机构（含大区）。集团公司在南方非上市区域按行政区划设立分公司，属地承接被融合各单位的资产、业务和人员。

（3）北方非上市区域的整合工作

注销网通有限在北方非上市省份的全部分支机构。网通有限在北方非上市省份分支机构的人员、业务、网络与当地通信公司实现融合，资产由集团公司划拨至当地通信公司。

3. 注销北方公司、南方公司、国际公司和网通控股各地分支机构在进行上述融合重组工作的同时，启动北方公司、南方公司和国际公司的注销工作。

上述三个公司的管理和运营职能一并由集团公司收回。同时，注销网通控股在各地所设立的分支机构。

4. 融合重组后的法律状态

在集团公司层面上，网通集团全资拥有网通控股和网通 BVI，网通 BVI 全资拥有网通香港，网通香港全资拥有国内的中国网通（集团）有限公司（变更后的网通有限公司），集团公司张春江总经理是上述各公司的董事长及法定代表人。各省层面上，上市区域范围内，中国网通（集团）有限公司各省分公司为网通集团在当地的惟一运营机构，中国网通（集团）有限公司国际分公司统一运营上市公司的国际业务，集团公司在南方非上市区域各省的分公司和北方四省未上市通信公司成为网通集团在当地的惟一运营机构。

第二步：完成资产的上划和转移工作

1. 根据国资委要求，为保障上市重组方案的顺利实施和融合重组工作的顺利完成，实现财务资产的上划和转移。

（1）网通集团与网通有限签订资产收购协议，将网通有限全部资产、负债上划至网通集团；（2）网通集团与广东通信签订资产收购协议，将广东通信上市资产上划至网通集团；（3）网通集团将网通有限上市部分资产与北方六省和广东通信的上市资产一并采用层层注资的方式注入中国网通（集团）有限公司；（4）网通集团将网通有限非上市部分南方区域的资产划拨至网通集团在南方各地分公司；（5）网通集团将网通有限北方非上市区域的资产划拨至网通集团北方四省未上市通信公司；网通集团将网通有限上市区域剥离的非上市资产划拨至存续的北方六省通信公司；（6）各南方股份有限公司的资产由集团公司收回，再划拨至网通集团南方各地分公司。

2. 统一清理债权、债务，具体工作包括：

（1）对原网通有限、网通控股的债权债务，统一由网通集团负责承接，具体由财务部门提出承接方案，报集团公司党组批准。（2）对南方各通信公司的债权债务，通过清算方式，先行由当地的清算组织清算和偿还，不足部分统一由集团公司负责承接。

第三步：统一集团财务管理界面

在统一财务核算体系的基础上，依托财务信息系统，合理设立财务组织机构，制定系统的财务管理制度，进而实现财务管理体制的统一。

具体财务实施方案由财务部制定

第四步：机构设置

1. 确定上市公司和中国网通（集团）有限公司内部机构设置方案；

2. 确定省级运营单位内部机构设置。

第五步：人员重组

1. 确定网通 BVI、网通香港、中国网通（集团）有限公司董事会成员、高管人员；

2. 在上市区域先行确定网通省有限省级分支机构筹备组负责人。确定网通集团南方各省分公司、网通香港海外分支机构主要负责人；

3. 明确网通集团总部、网通控股总部、网通有限总部人员融合方案，明确省级及以下机构人员重组方案；

4. 统一劳动人事管理体系，办理劳动合同变更手续；

5. 严格融合过渡期间的印章、财务章的管理，建立、健全人员工作移交制度，确保各项工作延续性，确保文件资料、会计档案妥善归档。

具体人员和机构调整方案由集团人力资源部负责制订。

后记

///////////

赵何娟

写完全书的最后一章，已是凌晨5点。原本蒙眬的双眼却变得越来越精神。脑子里像放电影一样，书中的场景反复浮现，突然有点舍不得搁笔。各种回忆就像脱缰的野马，一股脑儿地奔涌上来。

曾经做过兼职书本翻译，之后才知道翻译一篇文章与翻译整本书的天壤之别。第一次写书，也终于体会了与平日写单篇大幅报道的不同，什么叫死去活来，眼眶不止一次地湿润。

从2011年9月第一次递交初稿，到多次修改，最终通过层层审查，终于能进入出版流程，已过去数月，这个等待的过程中，电信运营商们仍继续着像过山车一样惊心动魄的故事。运营商3G争夺战、苹果争夺战、高管大调整、中国移动被中央九大常委批示整顿、中国移动排名第一的副总经理鲁向东落马……

我的报道与写作没有停止，思考也从未停止。其实，论国企中的运营效率，相比石油、电力、金融、广电等垄断领域，这些年来，电信应该算是最接近市场的垄断领域了，也的确如很多电信从业者所抱怨的“至少我们是不断降价，而不是不断涨价的企业”，然而，他们却被冲到了曝光“腐败”的前沿。

相比其他国企，即便是其他电信运营商，中国移动都可以说算得上优等生，尽管这种优等生也仅仅只是在中国“猴子称霸王”的垄断保护之中。

然而，他们冤吗？这恐怕也不是一句简单的话可以概括之，但这本书是志在提供可留与历史反思的翔实解读。

一次参与SP人士的一个聚会，大家就像找到了一个垃圾桶一样向我大倒苦水，有人骂完移动骂联通，“移动的人要钱，他还实实在在是在办些事，还算好的了，联通的一些人明着要钱还不给你办事”。他的话也许有些情绪化，但是中国联通的管理效率长期远远不如中国移动也是业界共识。

差不多四年前，第一次在巴基斯坦伊斯兰堡街头看到中国移动的宣传牌，是在一家中餐馆里，我还有些惊喜，后得知他们在当地即便非常之便宜，用价格优势吸引了一批用户，仍做得很差，用户忠诚度也很低，仍然严重亏损，一些中国人在那里有些愤愤不平，“为什么在中国收高价手机费，挣中国人的钱，却到巴基斯坦去补贴巴基斯坦人民？”在巴基斯坦打回国内的国际长途费，比在中国的国内长途还要便宜。

2011年春，我做完中国移动这一在海外唯一的一笔收购，即巴基斯坦ZONG项目的采访追踪，才真正理解到，中国运营商要想如中移动董事长王建宙期望的那样成为国际化，有国际竞争力的大企业，目前还有如痴人说梦，这几乎为现有体制所决定。2012年，正在经历整顿风暴，更加强调“政治挂帅”的中移动，这一目标也变得更加遥远。

但随着互联网技术和业务的发展，固守池城，即便是处于垄断优势中的运营商，不进则退也已是大势所趋。

商业和财经报道在很多人看来可能很枯燥，要了解企业和市场，每天要跟很多数字打交道，要分析财报，要分析趋势，还要像侦探一样探析真相，但我却越来越觉得有趣。站在企业之外看企业和商业社会运作的规律和灵魂，也许会被有些人批评，“不处其中，难解其难，不甚了解，所以浅薄”，但在我自己的经历看来，却越来越变成一种独立姿态的“要识庐山真面目，必须站在高山外”的相对超脱。我也开始喜欢用调查的方式肢解一切商业报道，哪怕是很普通的商业事件。

同时也不能否认，媒体的运营，职业新闻的操作，本身也已经成为商业社会的一部分。商业社会的每一部分，无疑都被金钱、体制、政治、教育等等紧密地裹挟，要理解这个商业社会，就必须了解这些复杂性。

2010年5月，我到瑞士参加全球调查记者大会，在会上还作了一个发言，介绍在中国做调查报道的经验。其他国家的同行者除了对中国新闻环境充满好奇，也都很吃惊，来自中国的调查记者如此年轻。

参加大会的调查记者年龄最大的已有68岁，其实这不完全是他们秉持的某种理想，而是他们真的将此作为终身职业。一个职业记者跟一个职业运动员没什么区别，不同的是，职业记者退休之后，仍然可以想干就干。

当时，想着自己身边同行同事不断上演逃离，财经记者为自己创作了各种自嘲的段子，因体制与商业的困惑，时刻伴随着职业生涯，我就很感慨，中国是否也能有这样一个平台，能够鼓励，甚至养着这样一群愿意坚持职业调查的记者或者作者，一直到他们老去。

若干年前，我开始因为连续几篇揭露性调查报道，被前东家所在地宣传主管部门多次点名批评。后来我终于被“冷藏”了，手足无措的我在家连续哭了一星期，直到舒立向我伸出了橄榄枝。到现在，对舒立、过去的财经，对今天的财新，我一直存有一种知遇的感恩。我也对中国媒体行业的复杂有了更深的理解。

在这个团队里，我像一只勤劳的小蜜蜂，笔耕不辍，也越来越明白“职业记者”身上真正沉甸甸的责任。

调查记者，仅有勇气和正义感是远远不够的，再加上所谓的资源积累也是不够的，尤其对财经类调查记者来说，更重要的是耐得住长期寂寞，我们没有社会类调查那么大的轰动效应，没有那么多光环，没有那么快能迅速随着社会热点转移而不断出成绩，却需要不断提升专业知识和积累，需要更多的案头工夫，还需要对复杂的政治、法律、金融、行业性问题的持续学习。

复杂的商业社会，常常没有简单的是非、黑白判断，只有更为错综的历史和金钱渗透到毛孔的利益与交易。这也是两年来，我跟踪调查电信黑幕和写下这本书最大的感受。我不时被问到“为什么像张春江、鲁向东、李华这些出事的，都是国企能人”？

一个对中国行业现状非常了解的外资高管在与我闲聊时感叹：“如果在国外，在十年里把一个运营商搞这么大，全是亿万富翁了，需要贪吗？体制里面，也就没啥好说的。”

是啊，这些都是为什么呢？我试图用这本书里大量的事实与故事来回答这个复杂的问题。如果能让读者从中对行业，对中国的认识有所加深，我想就已经是对我的鼓励。

书肯定不会是尽善尽美的，也许多年后我再重新写就中国垄断行业这点事，中国又有了新的变化。记录下今天发生的这一切，也许仅仅是我作为一名记者给历史一些交代的心愿，但我的写作和思考不会因为这本书而中止。

其实，职业的成就感也是这样逐渐累积的。四年前，曾做过一个不那么大的上市公司的调查——《宏盛科技出口骗局》，一个关于自诩为云南王龙云后人的人的非典型故事，牵涉了中国最大的进出口担保公司。报道作出后上海证监局稽查局领导要找我谈话，我颤巍巍地去了，意想不到的是，他们是希望我能配合他们的调查，因为他们没有掌握我们所报道的核心信息，但报道又不能作为有法律效应的直接证据。征得单位同意，我把相关证据一并提交，他们也掌握了可公开的证据渠道。那也是一个与多位同事合作的报道。

一年多之后该案开庭，怀孕快九个月的我挺着大肚子坚持去听了庭审，在人群中抢到了旁听证，看着那些证据出现在法庭上。来自上海证监局的旁听者一眼就认出了我，并说了声谢谢。我有点感动，不是别的，只是觉得这份辛苦的职业虽然不会给我带来太多物质财富和权力，但给我带来了太多的快乐，以及活着的价值归属感。

2012年2月

哥伦比亚大学

美国 纽约

致谢

这本书的写成，素材积累已近两年，要感谢的人太多太多，实难言表。

首先，要衷心感谢的是为此书付出了汗水的所有同事们，我最默契的搭档于宁，以及王和岩、罗洁琪、贺信、邓海、赵剑飞、郭琼、秦旭东、王晓庆等，难以一一道来。还必须专门感谢，我内心最感激也深引为良师益友的编辑王晓冰，从选题到文本细致到每一个细节的帮助，让我受益匪浅。

其次，要感谢能推动此书最终成型的所有财新同人，财新图书工作室及徐晓老师，大家一直以来的鼓励和督促加速了此书的面世。工作很辛苦，但是共同奋战的感觉却很享受，这就是团队协作的魅力。他们都是这个时代最优秀的记者，最优秀的新闻人。

还想特别感谢我的老公，作为业内人士，他几乎每天都积极地充当我的第一个读者，有批评、有鼓励、有督促。

最后，感谢那些接受我采访，向我爆料，为我采访和搜集素材提供无私帮助，给我批评、不断提意见提要求的所有人。

财新图书
Caixin book series

财新图书
Caixin book series